KB236823

사이공의 슬픈 노래

사이공의 슬픈 노래

하림 夏林

장편소설

황금가지

차례

나의 딸 샤이랑

멀리 인왕산에서 비롯된 가을빛이 경복궁 길을 따라 내려오면서 널찍한 광화문 통의 가로수를 물들이며 황홀하게 빛난다. 퇴근하는 사람들의 무수한 발길에 떠밀려 전철역으로 향하다 문득 몇 해 전 가을 초입에 기적처럼 내 앞에 나타난 샤이랑 생각에 가슴이 저며 왔다.

막 오십 줄에 들어선 지 얼마 안 된 해였다.

그날도 역시 새벽 일찍 집을 나섰다. 새벽잠이 없는 터라 지하철 첫차를 타고 회사 부근 헬스클럽에서 한 시간 남짓 운동을 하고 회사로 향했다. 천천히 아침 햇살을 받으며 사무실로 향하는데, 싱그러운 햇살 속에 가로수들이 담담하게 서 있었다.

공무원 생활을 한 지도 벌써 28년이 지났다. 사무실 일은 순조로운 편이었다. 함께 일하는 젊은 친구들은 어쩌면 그렇게들 똑똑하고 유능한지. 요즘 젊은이들은 어떤 분야에서든 막히는 것 없이 일을 잘해서 혼자서 속으로 감탄할 때가 많다.

오전 시간은 정신없이 흘러갔다. 짧은 회의를 하고, 하루 일정을 점검하고. 오후에는 출장 준비를 해야 했다. 자료를 뒤적이고, 메모를 하고, 서류를 작성하느라 분주한데 책상 위의 전화기가 부르르 울렸다.

나는 습관처럼 수화기를 집어 들었다.

"하 계장님, 미국서 따님이 찾아오셨어요. 정말 하 계장님을 쏙 빼닮았네요."

로비 안내원 미스 김의 낯익은 목소리였다. 그런데 도무지 그녀가 무슨 말을 하는지 알아들을 수가 없었다.

'미국에서 딸이 찾아오다니 대체 무슨 소리지……?'

그리고 잠시 후 가슴이 쿵 하고 내려앉았다. 혹시 그 아이가!

나는 허겁지겁 1층 로비로 내려갔다. 민아가 왔다는 애긴가. 그런데 민아가 왜 미국에서 와. 뭘 잘못 안 거겠지. 그 짧은 동안 수만 가지 생각이 머릿속에서 윙윙거렸다.

나는 손에 들고 온 양복 윗 저고리를 꿰며 안내 데스크로 다가갔다.

"미스 김, 나를 찾아온 손님이 어디 있노?"

미스 김은 얼굴 가득 환하게 웃음을 지으며 대답했다.

"어휴, 딸도 못 찾는 아버지가 어디 있어요. 저기 쇼파에 앉아 있잖아요. 친구분이랑 같이."

나는 어리둥절한 표정으로 천천히 걸어갔다. 두 명의 젊은 아가씨가 앉아 있었다. 과연 그곳에는 너무나 낯익은, 하지만 한편으로는 너무나 낯선 얼굴의 그 아이가 있었다. 맥박이 얼마나 심하게 요동치는지 시뻘건 핏줄기가 심장을 뚫고 터져 나올 것만 같았다.

샤이랑이었다! 몇 십 년 동안 가슴속에 묻어 두었던, 바로 그 아이였다.

"니가 누고? 대체 어디서 왔노?"

순간 다리에서 기운이 쪽 빠져나가는 것 같았다. 나는 비틀거리다 겨우 몸을 가누었다.

그 아이는 놀란 표정으로 나를 바라보았다. 세상에 그 아이 얼굴 속에 나도 있었고, 민아의 얼굴도 있었다. 피는 못 속인다더니, 어떻게 이렇게 닮을 수가 있을까.

"니가 샤이랑이가? 정말 샤이랑이야? 죽은 줄 알았는데 이렇게 살아 있었구나. 고맙다, 샤이랑. 고마워, 이렇게 살아 주어서 정말 고맙다."

나는 샤이랑을 가슴에 안았다. 눈물이 주체할 수 없이 줄줄 흘렀다. 샤이랑 역시 내 가슴에 얼굴을 묻고 함께 울었다.

나는 샤이랑 앞에 무릎을 꿇었다.

"샤이랑, 정말 미안하다. 이 아빠를 용서해라. 네게 무슨 말을 어떻게 해야 할지 모르겠구나."

그러자 샤이랑도 무릎을 꿇고 내 어깨에 기대어 한없이 울었다.

샤이랑은 흐느끼며 무어라 말하는데, 나는 감정이 북받쳐 제대로 알아들을 수가 없었다.

나는 주위를 둘러보았다. 당연히 자이란도 왔을 거라는 생각이 들었기 때문이다. 하지만 자이란은 보이지 않았다.

"어머니는 어디 계시냐? 같이 온 것 아니냐?"

샤이랑이 대답했다.

"아버지, 어머니는 안 계십니다. 이미 이 세상 사람이 아니에요. 20년 전에 돌아가셨어요."

또다시 눈물이 쏟아졌다. 내가 두 손으로 얼굴을 감싸며 울고 있자, 샤이랑과 함께 있던 샤이랑의 친구가 오히려 나를 위로해 주었다.

나는 겨우 마음을 가다듬었다.

28년 전 미첼이 보내온 한 통의 편지가 떠올랐다. 미첼은 베트남이 패망할 때 자이란과 샤이랑을 데리고 본국으로 왔으며, 모녀를 돌보고 있다고 간략하게 전해 주었다. 그리고 그는 편지 끝에 내게 한 가지 약속을 하였다. 샤이랑이 다 자라 어른이 되면 한국에 보내 주겠다는 약속이었다.

샤이랑 옆에 앉아 있던 아가씨가 고개 숙여 인사하였다.

"사라 친구 김유정이에요. 사라는 UCLA 동창생이에요."

"고맙다. 샤이랑에게 훌륭한 한국 친구가 있었구나!"

퇴근 무렵이라 출장했다가 돌아오는 직원들이 호기심에 가득 차서 하나둘 모여들어 로비를 꽉 메우다시피 했다. 그들은 호기심 가득한 눈으로 28년 만의 기적 같은 부녀 상봉을 지켜보고 있었다.

"여기서는 안 되겠다. 샤이랑, 자리를 옮기자!"

나는 샤이랑의 어깨를 감싸안았다. 주위를 둘러보니 다행히 같은 과에 근무하는 김 계장이 보였다.

"김 계장, 보다시피 사정이 이렇네. 한 사흘쯤 연가를 내주게. 그럼 뒷일을 부탁하네!"

나는 주차해 놓은 김유정의 차를 타고 집으로 향하였다.

이대로 아무 예고도 없이 집으로 가면 샤이랑이나 집에 있는 식구들 모두 당황할 게 틀림없었다. 그래서 우선 인근에 있는 호텔에 숙소를 정하였다.

"샤이랑! 우선 여기 머물다 집에 가서 네 동생들도 보고, 고향에도 한번 다녀오자. 한국에 있는 아이들 엄마도 너에 대해 알고 있단다. 우리는 결혼 전에 혹시라도 너희 모녀를 찾을 수 있을까 백방으로 뛰어다녔다. 베트남 보트 피플이 한국에 도착할 때마다 함께 나가서 찾아보고는 했어. 그러던 중에 미첼이 내게 편지를 한 통 보내왔다. 그 편지를 보고 난 뒤에 결혼을 했단다."

샤이랑은 내가 베트남에서 낳은 딸이었다. 샤이랑의 '샤'는 당시 '서전트[하사] 하'로 불린 내 이름 첫 자에서 땄고, '이'는 샤이랑을 길러 준 '자이란'에서, 마지막 '랑' 자는 샤이랑을 낳아 준 '다랑'의 이름에서 따왔다.

나는 월남에 파병되어 가서 두 명의 여인을 만났다. 생사를 함께하며 동지와 같은 정을 느꼈던 다랑과 헌신적으로 나를 보살펴 주었던 어머니 같고 누이 같던 동갑내기 자이란을. 그리고 운명은 세 사람에 제각각 다른 길을 열어 주었건만, 샤이랑은 자기 이름 속에 이렇게 세 사람의 운명이 담겨 있는 줄도 모른 채 스물여덟 해를 살아왔던 것이다.

나는 샤이랑의 여행용 가방을 옷장으로 옮겨 놓았다. 침대 가에 우두커니 서 있는 성장한 샤이랑에게서 언뜻 다랑의 모습을 보았다. 순간 수십 년 전의 일들이 고스란히 내 가슴속에 떠올랐다. 자이란의 품속에 안겨 있던 다랑의 딸 샤이랑. 그 아이가 이렇게 내 눈앞에 있다니.

샤이랑과 나는 테이블을 마주하고 앉아 있었다. 먼저 샤이랑이 어떻게 한국의 아버지를 찾아오게 되었는지 차분하게 이야기하기 시작했다. 샤이랑은 미국에서 대학을 나와 지금은 라스베이거스에 있는 컴퓨터 회사에서 프로그래머로 일하고 있다고 했다.

'정말 고맙다. 정말 잘 자라 주었구나.'

나는 말없이 샤이랑의 두 손을 꼬옥 잡았다.

"며칠 전 양아버지가 라스베이거스에 있는 나를 찾아오셨어요. 그러고는 작은 상자 하나를 내게 건네주었지요."

샤이랑은 그간의 일들에 대해 또박또박, 담담하게 이야기하기 시작했다. 이야기하는 내내 샤이랑의 눈에는 눈물이 멍울멍울 맺혀 있었다.

나는 너무나 마음이 아파 샤이랑을 쳐다볼 수가 없었다. 이유야 어쨌든 핏덩이 샤이랑을 돌볼 수 없지 않았던가. 자이란과 샤이랑을 두고 떠나지 않았던가.

샤이랑은 이야기를 하다 말고 가방을 뒤져 몇 가지 물건을 어머니의 유품이라며 내 앞에 꺼내 놓았다. 낡은 가죽 주머니와 나비 모양의 브로치, 별 모양의 머리핀이었다. 나는 그만 울음을 터뜨리고 말았다. 낡은 가죽 주머니는 다랑의 체취를 고스란히 간직하고 있었다. 그리고 브로치와 머리핀을 보니 30년 전의 자이란 모습이 오롯이 떠오르는 것이 아닌가.

그 물건들은 갑자기 내 삶을 30여 년 전으로 되돌려 놓고 말았다.

샤이랑은 말없이 나를 지켜보고 있었다.

"샤이랑, 괜찮아. 계속 말하렴."

샤이랑은 내가 긴 한숨을 토해 내며 마음을 진정하자 다시 이야기를 이었다.

샤이랑은 병원에서 퇴직한 양아버지 미첼이 고향인 오렌지카운티로 떠나기에 앞서 자신을 찾아오기 전까지는, 자신의 과거에 대해 전혀 모르고 있었다. 그저 베트남에 파견 근무한 미국인 아버지와 베트남 어머니 사이의 혼혈아로만 알고 자랐던 것이다.

그런데 어머니의 유품 상자 안에는 놀라운 사실이 적혀 있는 한 통의 편지가 있었다. 바로 자이란의 유서였다.

……네 친아버지는 한국인으로 베트남 전쟁 때 미군들이 부러워하는 용감한 사나이였다. 이름은 하림(夏林)이고, 나이는 엄마와 같은 동갑이란다. 월남이 망하지만 않았더라면 우리 세 식구는 행복하게 사이공에서 살았을 거다. 네가 태어나고 3개월 후에 아버지가 한국으로 귀국하면서 군대를 정리하고 다시 돌아와 사이공에서 같이 살기로 굳게 맹서했단다.

여기 가죽 주머니 속에 네 친아버지의 주소가 들어 있다. 가죽 주머니는 네 친엄마의 유물이니 네가 잘 간수해야 한다. 어른이 되면 양아버지 미첼에게 잘 말씀 드리고 그 주소를 가지고 한국의 아버지를 찾아가 보아라. 그러면 너에 대한 모든 비밀이 다 밝혀질 것이다.

네 친아버지를 만나거든 이 엄마가 너를 훌륭하게 키우려고 했는데 베트남에서 철수할 때 가슴을 다쳐 그만 평생 고통 속에서 지냈다고, 또 우리 모녀를 헌신적으로 보살펴 준 미첼을 배반할 수 없었다고 전해다오.

미첼은 우리 모녀가 미국인 신분으로 이곳 미국 땅에서 새 삶을 살아가는 데 절대적인 도움을 주었다. 나는 그런 미첼을 배신할 수 없었고, 그래서 우리 모녀를 찾을 걸 알면서도 네 아버지에게 연락할 수 없었단다. 사라야, 미첼의 은혜도 잊으면 안 된다.

사랑하는 사라, 아니 샤이랑.

이제 정말 하느님의 곁으로 가야 할 시간이 된 것 같다. 언제까지나 샤이랑이 행복하기를 하늘에서도 빌고 또 빌 것이다.

정말로 사랑한다, 샤이랑.

무엇보다 샤이랑을 놀라게 한 것은 어머니마저 생모가 아니라는 사실이었다.

나는 샤이랑의 어깨를 감싸 안았다. 샤이랑은 세상 천지에 홀로 남겨진 것만 같은 공황 상태에서 한국행 비행기에 몸을 실었던 것이다.

샤이랑은 나를 위해 자이란이 어떻게 베트남을 떠나 미국에 정착하게 되었는지 말해 주었다. 양아버지에게 어머니의 유품을 받으면서 들은 이야기라고 했다.

샤이랑의 말에 따르면 자이란은 베트남이 망하면서 탄손누트 공항 병원에서 함께 근무하던 미군 군의관과 간호사들을 따라 미국으로 오게 되었다고 했다. 샤이랑이 두 살 때의 일이었다. 나는 사실 미첼의 얼굴을 본 적이 있었다. 수염을 텁수룩하게 길렀던 군의관 미첼은 내가 사이공에 있을 때부터 자이란에게 호감을 가지고 있었다. 그러던 중에 위급한 상황이 닥치자 자이란과 샤이랑을 데리고 미국으로 간 것이다.

하지만 불행히도 자이란은 베트남을 떠날 때 타고 있던 헬기가 철수선 위에 추락하는 바람에 허리와 가슴을 크게 다쳤다고 한다. 자이란은 몇 번이나 대수술을 받았지만 평생 죽을 때까지 고통 속에서 살았단다.

지금 자이란은 라스베이거스 근교에 있는 한 작은 교회의 묘지에 묻혀 있다.

샤이랑은 다른 이야기들보다 생모에 대해 알고 싶어 했다. 다랑이 누구고, 어떻게 아버지를 만났으며, 왜 아버지는 다랑과 헤어지게 되었을까.

엄마의 편지를 읽고 나서 느꼈을 샤이랑의 외로움이 그대로 내 가슴에 전해져 왔다. 얼마나 혼란스러웠을까. 친어머니와 친아버지가 모두 자신을 버렸다는 생각에 미칠 듯이 서럽지 않았을까. 세상천지 홀로 남겨진 것 같은 외로움에 가슴 시리지 않았을까.

나는 샤이랑의 이야기를 듣고 나서 호텔을 나왔다. 저녁 때 한국 가족들과 함께 다시 오기 위해서였다.

집으로 돌아와 아내와 아이들에게 샤이랑 얘기를 했다. 모두들 무척 놀란 표정이었지만 쉽게 내색하지는 않았다. 아내는 이미 오래전부터 알고 있던 일이었다.

드디어 서울의 가족은 샤이랑이 묵고 있는 방으로 올라갔다. 대학을 졸업하고 애니메이터로 일하는 큰딸 민아와 대학에서 유전공학을 공부하는 아들 영재는 의젓하고 침착하게 행동하기 위해 애썼다.

하지만 아내는 샤이랑을 보자 그만 눈물부터 쏟았다.

"왜 이제 왔니? 엄마도 없이 얼마나 고생이 많았어?

아내는 샤이랑을 끌어안고 얼굴을 비비며 목놓아 울었다. 아이를 낳고 키운 어머니의 눈물이었다. 민아와 영재는 조금 거리를 두고 앉아 여전히 어리둥절한 표정으로 그 광경을 지켜보고 있었다. 아내의 품에 있는 샤이랑의 눈에서도 눈물히 흘렀다.

그날 저녁 늦게까지 샤이랑과 한국의 가족은 조금은 어색했지만 슬픔과 기쁨을 함께 나누었다.

다음날, 나는 샤이랑과 유정이를 데리고 고향으로 내려갔다. 샤이랑에게 샤이랑의 뿌리를 보여 주고 싶었다. 키워 준 어머니와 낳아 준 어머니를 잃은 샤이랑의 허전한 마음이 튼튼하게 삶에 뿌리내리도록 도와주고 싶었다.

고향 산천은 여전했다. 샤이랑은 낯선 풍광들을 말없이 바라보고 있었다. 마을을 감싸고 도는 낙동강은 세상사의 기구함을 모르는 듯 유유히 흐르고 있었다. 고향집에는 환갑이 지난 형수님이 홀로 고향 집을 지키고 계셨다. 형수님은 우리를 보고 반색하셨다.

나와 샤이랑 때문에 고향 마을이 발칵 뒤집어졌다. 내 월남 딸을 본다고 고향 어른들이 집으로 몰려와 한바탕 난리를 치렀다. 샤이랑은 그 모든 일들을 담담히 치러냈다.

샤이랑과 함께 선산에 올라가 조상 어른들에게 예를 올린 뒤, 산소 위쪽 작은 공터로 함께 갔다. 8부 능선에 있는 200평 남짓의 공터에는 오래 된 소나무가 둘러서 있었다. 공터 가장자리에서 아래를 내려다보면 낙동강 물이 도도하게 흐른다. 고등학교 시절, 하운거사에게 무술을 배운 곳이 바로 여기였다.

나는 주위에 서 있는 키 큰 소나무 중에서 제일 우람하게 자란 소나무로 샤이랑을 데려갔다. 그런 다음 소나무 밑둥에 새겨진 두 글자를 찾아내 보여 주었다. 소나무 앞쪽에는 '랑' 자가 소나무 뒤쪽에는 '란' 자가 새겨져 있었다. 샤이랑은 어리둥절한 표정으로 나를 바라보았다. 옆

에 있던 유정이가 그 글자를 하나하나 읽어 주자, 샤이랑은 고개를 갸
우뚱거렸다.

'란'은 어머니 자이란을 뜻하는 것 같았다. 그렇다면 '랑'은 누구의
이름일까.

나는 샤이랑에게 천천히 말했다.

"오랫동안 너를 키워 준 자이란과 낳아 준 다랑을 도무지 잊을 수 없
었단다. 고향으로 돌아와 보니 월남은 내가 돌아갈 수 없는 나라가 돼
버리고 말았지. 나는 자이란과 다랑을 모두 잊을 수가 없었다. 가슴을 치
며 앓다가 이곳에 올라와 숱하게 울었단다. 그때 새겨 놓은 이름이야."

나와 샤이랑, 유정이는 강물이 보이는 그리 크지 않은 바위에 걸터앉
았다. 그곳에 앉아서 나는 자이란과 다랑에 대한 이야기를 아주 조금밖
에 할 수 없었다.

샤이랑은 고향에서 서울로 올라와 며칠을 더 머물렀다. 그동안 샤이
랑에게 최대한 내 이야기를 해 주려고 애썼지만 쉽지 않았다. 그 많은
이야기들을 어떻게 다 말로 할 수 있었겠는가.

샤이랑을 떠나 보내던 날, 나는 하얀 아오자이 앞섶이 눈물로 젖어 버
린 자이란의 모습이 떠올라 가슴이 아팠다. 그 품 안에 있던 핏덩이 샤
이랑이 성장해서 나를 찾아왔다는 사실이 여전히 믿기지 않았다.

며칠 후 샤이랑은 미국행 비행기에 몸을 실었다.

샤이랑을 보낸 후 며칠을 앓았다. 도무지 가슴의 응어리를 풀 길이 없
었다. 모든 이야기를 남김없이 들려주고 싶었건만 내 영어는 턱없이 짧
았고, 그 길고 오랜 세월을 속속들이 이야기하기란 어려웠다.

과연 나의 존재가 홀로 세상에 남겨진 샤이랑에게 아주 작은 위로라
도 될 수 있을까.

나는 글을 쓰고 싶었다. 샤이랑에게 말하고 싶었고, 내 가슴의 응어리

도 풀고 싶었다. 누구나 한평생을 살다 보면 소설 같은 일들을 겪는다고 한다. 어쩌면 신기할 것도, 대단할 것도 없으리라.

이 글은 샤이랑에게 하는 나의 궁색한 변명이고, 또한 변명을 앞세운 내 운명의 푸닥거리 같은 것이다.

전쟁 속으로

　멀리 붉은 석양이 솟아올랐다. 비행장 보초를 서면서 가끔 하늘을 올려다볼 때가 있다. 붉게 물들기 시작한 하늘은 붉은 해가 솟구쳐 오르는 동해와 흡사하다. 꿈틀거리며 치솟는 붉은 해를 성원해 주는 흰 파도 대신 일몰 직전의 석양에게는 구슬피 울어 주는 나뭇잎들이 있다.

　나무 이파리가 울고, 주위 덤불이 덩달아 운다. 88비행대에 전입해 온 지도 벌써 일주일이 흘렀다. 황량한 비행장에 멀뚱하게 서 있는 비행기를 보면서 도무지 사람의 앞길을 알 도리가 없다는 생각을 해 본다. 해군 사관학교에 입학한 게 1년 전쯤의 일이었다. 그런 내가 비행장 보초를 서고 있으니…….

　해군 사관학교를 입학할 당시만 해도 내 앞길에 나를 방해할 훼방꾼이 매복해 있으리라고는 상상도 못했다. 사관학교 입학식 날, 내 등 뒤에서 말없이 눈물을 훔치시던 형님 생각에 가슴이 저며 왔다. 고등학교를 졸업하자마자 무작정 서울에 올라온 나는 날랜 몸 하나만 믿고 건달 생활을 했었다. 깡패 조직의 행동대장 노릇을 하다 몇 차례 폭력 사건에 연루된 적도 있었는데, 그때마다 형님은 기꺼이 막내 동생의 바람막이가 돼 주셨다. 형님의 정성으로 사관학교 교복을 입고 교정에 서던 날, 나는 비로소 내 삶의 앞에 서서 나를 지휘할 수 있을 것 같은 자신감을 얻었다.

훌륭한 군인이 되고 싶었다. 이제 길을 택했고, 그 길이 내 앞에 곧게 열렸으니 착실히 걸어나가면 되었다. 빳빳한 제복을 입던 그날의 기쁨은 무어라 표현하기 어려웠다.

하지만 인생은 절대 만만하지 않았다. 곧게 뻗어나간 길 위에도 툭툭 커다란 돌멩이들이 솟아 있었다. 나는 급기야 그 돌부리에 걸려 넘어지고 말았다.

일이 꼬이기 시작한 건 해군 사관학교 2학년 봄이 시작될 무렵이었다.

"하림! 면회!"

토요일이었다. 해사 기숙사에 있던 나는 외출 허가를 받았다. 동네 여자 친구가 면회를 온 것이다. 진해에 있는 친척집에 왔다가 내 생각이 나서 왔다고 했다. 특별한 감정을 나눈 사이는 아니고 그냥 친구였다.

우리는 덕산동의 한 중국집으로 갔다. 2층으로 올라가 나는 계단 쪽을 등지고 창문을 향해 앉아 있었고, 친구는 맞은편에 앉아 있었다. 음식을 주문하고, 고향 친구들 이야기를 한참 나누고 있을 때였다. 해사 제복 차림의 한 사람이 우리를 향해 뚜벅뚜벅 걸어오더니 느닷없이 고함을 질렀다.

"하림! 너 뭐하는 놈이야! 선배를 보고 인사도 없이 건방지게 그냥 앉아 있어서 되겠어."

나는 벌떡 일어났다. 얼굴만 조금 낯이 익은 3학년 선배였다. 계단을 등지고 있던 탓에 나는 그가 이곳에 온 줄 까맣게 모르고 있었다.

"죄송합니다. 주의하겠습니다!"

하지만 선배는 웬일인지 잔뜩 화가 나서 풀리지 않는 모양이었다.

갑자기 내 왼쪽 뺨을 그대로 갈기는 것이 아닌가.

'참자, 참아!'

나는 욱하고 올라오는 걸 그냥 참았다. 여자 친구는 당황해서 어쩔 줄 몰라했다.

"죄송합니다. 들어오시는 줄 몰랐습니다!"

선배는 내 말이 끝나기 무섭게 다시 내 오른뺨을 갈겼다.

그 후로는 아무 생각도 들지 않았다. 순간적으로 나를 내리치려는 선배를 들어 창밖으로 던져 버렸다. 혈기왕성한 스무 살의 내가 그 이상은 참기 힘들었던 것이다. 아무 잘못도 없이 이렇게 사람들이 보는 앞에서 연거푸 따귀를 맞을 수는 없었다.

우탕탕 창문 부서지는 소리가 나더니 선배는 2층에서 1층 길바닥으로 그대로 나가떨어졌다. 결국 선배의 어깨뼈는 심하게 골절되었고, 나는 학교 징계 위원회에 회부되고 말았다.

참 어이없는 일이었다. 외출을 받아 애인과 함께 온 선배는 같은 장소에서 나와 마주친 것부터 기분이 언짢았던 데다가, 내가 여자 친구와 함께 있기 때문에 자기를 보고 아는 체하지 않는다고 생각한 모양이었다.

불문곡직하고 선배에게 폭력을 행사한 나는 교칙에 따라 퇴교 처분을 받았다. 하지만 사태는 여기서 끝나지 않았다. 폭력 행위에 대한 처벌로 군법에 회부되었고, 이번에는 군법에 따라 29일 동안 구류를 살아야 했다.

구류 마지막 날 교도관은 내게 검은 작업복 한 벌과 검은 가방을 내주었다. 그 가방에 개인 사물을 주섬주섬 넣고 고향으로 가는 군용 열차에 몸을 실어야 했다. 열차 안에서도 도무지 화를 가라앉힐 수가 없었다. 도무지 일이 왜 이렇게 더럽게 꼬였는지 아무리 생각해도 납득할 수가 없었다. 누가 사람의 운명을 이렇게 멋대로 요리하는지 그놈의 정체를 알면, 당장 그놈의 목덜미를 쥐고 한바탕 혼쭐을 내주고 싶었다. 그렇게 하면 이 화가 삭을 수 있을까.

'젠장. 이젠 진해 쪽으로는 오줌도 안 눈다.'

이보다 참담할 수 있을까. 아니, 이제 나는 대체 어디로 가야 하는 거지.

고향으로 돌아간 지 2주일 후, 대구 50사단 육군 신병 훈련소에 입소하라는 영장을 받았다.

신병 훈련소에서 단기 하사를 달고 나온 나는 먼저 사천 항공학교에서는 고정익 비행기, 진해 수송학교에서는 회전익 비행기에 대한 훈련을 받았다.

후반기 교육 3개월 동안 훈련을 마친 뒤, 88비행대에 배속받은 것이다.

※

197X년 7월.

초저녁에 비행장 외곽 보초를 선 탓에 곤하게 자고 있을 때였다. 새벽 2시 무렵이었을까. 누군가 나를 흔들어 깨우기 시작했다.

겨우 실눈을 뜨니 불침번을 서고 있던 김 일병이 보였고, 그 옆에 내무반장이 서 있었다.

자리를 차고 일어선 내게 내무반장의 명령이 떨어졌다.

"즉시 개인 소지품만 지참하고 중대장실로 집합하라."

한밤중에 생긴 일이었지만 짚이는 게 있었다. 군말 없이 짐을 꾸려 중대장실에 가보니 같은 내무반에 있던 윤 병장이 먼저 와 있었다. 윤 병장은 제대를 1년 남짓 남겨 둔 상태였다. 해끔한 얼굴에 어딘가 나약해 보이는 윤 병장은 고개를 푹 숙이고 있었다. 중대장실 분위기는 무거웠고, 언뜻 보인 윤 병장의 표정은 아주 심각했다.

중대장실로 들어서자 중대장이 나를 반갑게 맞아 주었는데, 그 음성이며 태도가 무언가를 변명하는 사람처럼 어색하고 부자연스러웠다.

"하 하사, 이거 미안하네. 이번에 중대에서는 윤 병장과 하 하사를 파월시키기로 결정했네. 명령이 났으니 지금 즉시 출발하도록."

윤 병장과 내 어깨를 위로하듯 다독이던 중대장은 고개를 돌려 선임 하사에게 명하였다.

"15분 후에 사단에서 차가 올 테니 두 사람을 인계하도록. 그럼 수고하시게."

선임 하사 역시 중대장이 자리를 비우자 우리 두 사람을 위로해 주었다. 그리고 얼마 후 트럭이 도착했고, 인솔 하사관에게 인계된 우리는 어둠 속을 달리기 시작했다.

트럭 안에는 윤 병장과 나 외에 병과가 다른 장병 네 명이 더 있었다. 트럭 안의 분위기는 말할 수 없이 침통했다. 캄캄한 어둠이 우리들을 감싸고 있었다. 트럭은 소리를 내며 어둠을 뚫고 달려나갔다. 총을 곧추세운 두 명의 감시병과 인솔 하사관들끼리 이런저런 말이 오고 갈 뿐, 파월 대상자들은 아무 말도 하지 않았고, 할 수도 없었다. 혹여 딴 마음이라도 먹을까 싶어 파월 대상자들 사이에는 대화가 허용되지 않았다.

새벽 2시에 곤한 잠에서 깨어나 중대장실을 거쳐 여기까지 오는 내내, 다른 장병들과 달리 나는 조금도 혼란스럽지 않았다. 그저 무덤덤했다. 예상했던 일 아닌가. 아니, 오히려 내가 원해서 된 일 아니던가.

88비행대에 배치되자마자 나는 먼저 인사계 김 상사부터 찾아갔다. 나는 무작정 수중에 있던 돈을 톡톡 털어 김 상사 호주머니에 찔러 주었다. 월남으로 보내 달라는 뇌물이었다. 그게 일주일 전의 일이었고, 정확히 일주일 만에 약효가 발휘되어 강원도 오음리 파월 장병 훈련장으로 향하는 트럭 위에 몸을 싣게 된 것이다.

월남행을 자원한 것은 전쟁을 경험해 보고 싶다는 치기 어린 낭만도, 죽음을 담보로 받게 되는 이런저런 몸값 때문도 아니었다. 자존심 때문이었다. 선배 생도의 돌발적인 심술에 걸려 어쩔 수 없이 장교의 꿈이 사라지고 말았지만, 장교가 되고자 했던 내가 일반 부대에 배치받아 동기생들 밑에서 졸병 생활을 할 수는 없었다. 당시 나에게는 자존심을 지키는 게 목숨을 지키는 것보다 훨씬 더 중요했다.

신병 소집장을 받고 일반 사병으로 훈련을 받을 때 나는 꽤 주목을 받았다. 강한 정신력과 민첩한 몸놀림 때문에 동기들의 부러움을 한몸에 받았다. 게다가 사관학교에서 배운 것들이 암암리에 몸에 배어 있었고, 생도 출신이라 훈련을 마치고 다른 사람들이 이등병 계급장을 받을 때 그나마 단기 하사 계급장을 달았던 것이다. 하지만 자대 배치를 받고 나면 어쨌든 신참으로 졸병 생활을 시작해야 했다.

동기생들 밑에서 졸병 생활을 하느니 차라리 월남에 가서 이 젊은 피를 불살라 보리라.

그 생각뿐이었다.

월남전에 대한 흉흉한 소문이 병사들 속에 떠돌고 있었다.

같은 내무반의 윤 병장은 그야말로 한밤중에 벼락을 맞은 기분이었다. 제대가 1년 정도 남은데다 두 번째 파월이었고, 마음의 준비도 없이 갑자기 차출된 터였다. 하지만 나 역시 처음에는 올 것이 왔다 싶어 무덤덤했는데 시간이 지날수록 착잡한 심경이었다. 그렇다고 결심을 바꿀 수는 없는 노릇이었다.

세상 전체가 시커먼 어둠에 먹혀 버린 듯했다. 그래도 드문드문 수문장 같은 가로등에 의지한 채 시골집들이 옹기종기 모여 있는 게 보였다.

문득 어머니 얼굴이 떠올랐다. 눈물이 흐르려는 걸 억지로 삼켰다. 가슴 한구석이 묵지근하게 아파 왔다. 이럴 줄 알았으면, 이렇게 떠날 줄 알았으면 어머니를 그렇게 보내 드리는 게 아니었는데…….

나는 어머니의 임종도, 장례식도 못 본 불효막심한 아들이었다. 사관학교에 입교하기 전 서울에서 건달 생활을 할 당시 집과 연락이 끊어진 때가 있었다.

왜 어머니는 하필이면 그때 세상을 떠나셨단 말인가. 마지막 눈을 감는 순간에도 막내아들을 찾으셨다니 저승길은 편안히 가셨을까.

'월남에 간다고 다 죽는 건 아니잖아. 어차피 여기 있어 봤자 형님들 속만 썩이는 처지니 차라리 잘된 거야. 잘된 거라니까.'

나는 나를 위로했다.

끝없이 넓은 하늘이 차츰 푸른빛으로 변해 갔다. 먼동이 틀 무렵, 드디어 우리는 강원도 오음리 훈련장에 도착했다.

어둠 속에서 살아남은 대지가 부르르 기지개를 켰다.

파월 장병들

197X년 9월, 6주간의 파병 훈련을 마치고 오음리를 떠나 춘천 역으로 향하였다.

춘천 역에 도착해 보니 파월 장병들을 환송하러 나온 인파로 온통 축제 분위기였다. 나 역시 덩달아 흥분했다. 전쟁의 의미니, 참전의 의미니, 살고 죽는 생존의 문제니 하는 사변적인 것들은 스무 살을 갓 넘긴 혈기왕성한 나를 지배할 수 없었다. 아는 만큼 보인다고 했던가. 나는 내 나이만큼 세상을 보았다. 전쟁이란 얼마나 사나이다운 것이냐. 나는 들뜬 분위기에 편승하여 조금은 영웅이 된 것만 같은 우쭐함마저 느꼈다.

주위를 둘러보았다. 혹시 형님이 나와 계신지 찾아보았다. 하지만 형님 모습은 눈에 띄지 않았다. 얼마 후 기적 소리가 울리면서 열차가 움직이기 시작했다. 그러자 파월 장병 가족들의 애끓는 소리가 터져 나오면서 급기야 축제는 막을 내렸다. 주위의 모든 요란한 치장들은 순식간에 빛을 잃고 말았다. 아들을 보내는 어미의 눈물과 남편을 보내는 아내의 울음과 오빠를 보내는 누이의 탄식과 사랑하는 애인을 보내는 처녀의 울부짖음만이 가득했다. 열차 안의 장병들은 무엇으로도 치유될 수 없는 이별의 상처를 고스란히 가슴에 부여안았다. 이별의 상처 위에 과연 살아서 돌아올 수 있을까 하는 두려움마저 덧쌓여 있었다.

파월 장병들은 열차가 한참 달린 후 눈물을 거두고 나서도 누구 하나 말문을 열지 않았다. 그들은 너무나 잘 알고 있었다. 그들이 가장 하고 싶은 말이 무엇인지. 하지만 그 말은 입 밖에 내서는 안 되었다. 그들은 약속이나 한 듯 그 불문율을 지켰다. 그저 가슴속에서 혼자 조용히 되새김질할 뿐이었다.

정녕 살아서 그들을 다시 만날 수 있을까.

울음을 삼키고 무거운 추를 가슴속에 매단 파월 장병들 속에서 군가가 터져 나왔다. 누군가의 선창을 따라 우렁차게 군가를 불러 댔다.

"사나이로 태어나서 할 일도 많다만……."

춘천 역에서 출발한 기차가 어느덧 청량리를 거쳐 왕십리를 지나고 있었다. 순간 차창 밖으로 마중 나온 형님을 보았다. 형님은 이 군용 열차가 춘천 역을 출발하여 청량리 역에 정차한 줄 모르고, 아마도 왕십리에 정차하는 줄 알았던 모양이었다. 나를 발견한 형님은 열차가 달리는데도 자꾸자꾸 나를 따라 달려왔다. 나는 당장이라도 차창을 깨고 형님과 뜨겁게 두 손을 맞잡고 싶었다. 하지만 우리는 그저 눈빛만 오갈 수 있을 뿐이었다. 기차는 달리고, 나의 안타까운 눈길 속에 멀리서 계속 내 이름을 부르며 달려오는 형님의 모습이 보였다.

가슴속에 고여 있던 슬픔이 터져나왔다. 소리내어 목이 터져라 울었다. 얼마나 울었는지 군복 앞가슴이 눈물로 축축이 젖어 있었다.

고등학교를 졸업하고 건달 생활을 할 때였다. 대구에서 폭력 사건에 연루되어 경찰에 붙잡혀 갈 처지에서 시골집에 숨어 있던 나를 형님이 손수 나룻배를 몰아 낙동강을 건너 피신시켜 주며 이렇게 위로해 주었다.

"하림아, 어디 가서 살든 절대 비굴해서는 안 된다. 사내답게 의리를 지키고 올바르게 살아야 한다. 신념을 갖고 사람 도리를 다하다 보면 언제고 기회가 올 거다."

나는 그 형님 덕에 건달 생활을 청산하고 사관학교에 입학했던 것이다. 그런데 이렇게 형님의 기대를 저버린 채 전쟁터로 떠나야 하다니……. 사지로 떠나는 막내동생을 애타게 찾던 형님의 모습을 보면서 나는 굳게 다짐했다.

'죽어도 살아서 돌아오리라.'

춘천 역을 떠나 여섯 시간 남짓 달려 부산 제3부두에 도착했다. 제3부두에는 거대한 미군 수송선 바래트 호가 기다리고 있었다. 난생 처음 보는 거선이었다.

삼엄한 감시를 받으며 파월 장병들이 하나둘 배에 오르기 시작했다. 승선하는 과정에서 혹시라도 탈영병이 생길까 잔뜩 긴장하고 있었다. 또 전쟁에 대한 두려움 때문에 초장부터 불상사가 생길 확률도 높았다.

도대체 이 배에 얼마나 많은 장병들이 타는지 셀 수가 없었다. 맹호, 백마, 십자성 부대 등 부대별로 선실이 정해졌다.

어수선한 가운데 전 파월 장병은 즉시 갑판으로 나오라는 방송이 흘러나왔다. 장병들이 모두 배에 오른 후 감시는 훨씬 느슨해졌다. 방송을 들은 장병들이 모두 갑판 위로 쏟아져 올라왔다. 갑판 위에는 1000명도 넘는 병사들로 발디딜 틈이 없었다.

마지막 환송식이 기다리고 있었다. 부두 위에는 환송 나온 사람들로 가득했다. 가족의 이름을 적은 플래카드를 높이 쳐들고 있는 사람이 있는가 하면 누군가의 이름을 부르며 이리저리 뛰어다니는 사람에다 사과에 줄을 매달아 연신 배 안으로 던지는 사람, 어떻게 해서든지 배가 출발하기 전에 승선한 가족을 찾으려고 아우성치는 사람 등등.

'이기고 돌아오라, 대한의 남아들아!'

'역전(歷戰)의 용사.'

'우리 국군 가는 곳에 승리뿐이다.'

수송선에는 갖가지 현수막이 내걸렸고, 누군가 나눠 준 색줄 꾸러미가 환송 나온 사람들과 배에 오른 장병들을 이어 주고 있었다.

"아아아아 잘 있거라 부산 항구야 ……."

애잔하게 울려 퍼지는 노랫소리를 뒤로 하며 수송선이 미끄러지듯 물살을 타며 부두를 떠나고 있었다. 수송선의 장병들과 환송 인파를 이어 주던 색줄 꾸러미는 힘없이 끊어지고, 애끓는 이미자의 노랫소리만 병사들의 가슴속에 사무치게 울려 퍼졌다.

갑판 위의 병사들은 또 한 번 눈물을 쏟았다. 목이 터져라 통곡하는 이, 애끓는 목소리로 애인의 이름을 부르는 이, 두 주먹을 불끈 쥐고 살아서 돌아오마고 다짐하는 이, 부모님을 뵙지 못하고 떠난다며 용서를 비는 이……. 그야말로 울음바다였다.

수송선이 내항을 빠져나와 오륙도를 지날 때까지도 장병들은 자리를 뜨지 않았다. 사지를 향해 가는 뱃머리를 뒤로 한 채 아스라이 멀어져 가는 고국 산천을 안타깝게 지켜보았다. 나는 그들 틈에 끼어 허옇게 이는 물결을 하염없이 바라보고 있었다. 모두들 건강한 몸으로 돌아올 수 있을까. 과연 나는 살아 돌아올 수 있을까. 소리 없이 다가와 목을 딴다는 베트콩으로부터 내 목숨을 지킬 수 있을까.

애초의 용기는 흔적도 없이 사라져 한없이 상심해 있는데 소리 없이 윤 병장이 다가와 내 어깨를 감싸 안았다.

"하 하사, 어때? 괜찮아?"

나는 윤 병장과 어깨를 나란히 하고 망연히 바다를 바라보았다. 한 차례 슬픔의 폭풍우가 지나갔지만 갑판 위는 여전히 소란스러웠다. 윤 병장은 함께 훈련을 받을 때도 그리 말이 많은 편이 아니었다. 체력도 별로 다부진 편이 아니어서 훈련 받는 내내 고통스러워 보였지만, 자신의 고통을 쉽게 남에게 내보이는 성격도 아니었다.

그런데 윤 병장이 오늘은 웬일인지 내 옆에 서서 술술 말을 꺼냈다.

"첫 파월 때는 행정병이어서 아주 편했어. 전쟁을 제대로 겪지는 않았었지."

나는 속으로 윤 병장은 대학을 다니다 입대했을 거고, 어쩌면 운동권이었을지도 모르겠다고 짐작하고 있었다.

"나는 서울대 화공과에 다니다 3학년 때 입대했어. 어른들이 제대 날짜만 손꼽고 계실 텐데……. 이래 봬도 내가 귀한 몸이라고. 종가집 장손이야, 장손!"

윤 병장은 말끝에 깊은 한숨을 토해 냈다. 운동권 성향이 있어서였을까. 윤 병장은 내무반 생활이 순조롭지 못했다. 내가 보기에는 눈에 띄게 심하게 다루는 사람도 없었는데 자격지심 때문이었는지 뭔가 잔뜩 꼬여 있어서 88비행대 시절에도 거의 고문관 노릇을 했었다. 어쩌면 이번 파월 결정도 사고뭉치 윤 병장이 혹시 무슨 문제라도 만들까 봐 윗선에서 미리 손을 쓴 것인지도 모르겠다는 생각이 들었다.

"도대체 어떤 놈이 손을 썼는지 그놈 면상이라도 보고 싶어. 우리 중대에서 아직 내 앞으로도 순서가 남았는데 왜 내가 끌려가야 하냔 말이야. 어른들 걱정하실까 봐 집에는 알리지도 못했다고. 정말 생각하면 가슴이 터져 미칠 지경이야."

억장이 무너진 듯 윤 병장은 자신의 가슴을 부여잡았다. 나는 뭐라 위로할 말이 없었다. 게다가 두 번째 파월 아닌가. 나야 스스로 자원한 일이니 특별히 애달플 것도 없었고, 이미 어머니, 아버지도 돌아가신 상태였다. 나는 윤 병장을 보면서 스르르 불안한 느낌이 들었다.

'아, 이 사람이 월남에 가서 잘 버틸 수 있을까. 잘 버텨야 하는데……'

내가 할 수 있는 것이라고는 윤 병장의 어깨를 움켜쥔 두 손아귀에 힘을 주어 그의 어깨를 세게 부여잡는 것뿐이었다.

윤 병장은 잠시 후 내게 불쑥 편지 한 통을 내밀며 말했다.

"하 하사, 혹시 내가 사고라도 당하면 하 하사가 이걸 챙겼다가 꼭 우리 집에 보내 줘."

나는 엉겁결에 윤 병장의 편지를 받아 쥐었다.

윤 병장은 말없이 내게 희미한 미소를 보인 채 선미로 향했다.

나는 여전히 갑판 위 그 자리에 서 있었다. 9월의 바람은 상쾌했다. 배 멀미 때문에 자신의 침대로 가는 병사들이 하나둘 보였다. 나는 그저 상념에 빠져 있었다. 앞으로 가야 할 새로운 세계에 대해 생각해 보았다. 월남 땅이 궁금했다. 그 땅은 우리를 기다리고 있다. 그 땅은 우리를 어떻게 맞이할 것인가.

아침부터 시작된 소란스런 여정이 끝나고 나니, 바다는 고요하게 어둠을 기다리고 있었다. 어둠을 닮은 바닷 물결이 허연 속살을 살짝살짝 내비치고 있었다. 그때였다.

"사람이 배에서 뛰어내렸다! 사람이 떨어졌어!"

날카로운 고함 소리에 사람들이 웅성웅성 모여들기 시작했다. 나 역시 급히 소리나는 곳으로 달려갔다. 벌써 선원들이 보트를 내리고 있었다.

잠시 후 갑판 위로 방송이 흘러나왔다. 다급하고 긴장된 목소리였다.

"갑판 위의 전 장병들은 지금 즉시 선실로 돌아가 점호 준비를 하라! 다시 한번 말한다. 갑판 위의 전 장병들은 즉시 선실로 돌아가 점호 준비를 하라!"

수송선은 얼마나 큰지 선실이 10층은 되는 것 같았다. 배 안에 엘리베이터가 있을 정도였다. 나는 급히 2층에 있는 우리 선실로 달려갔다. 선실 한 층에 3층 침대가 빼곡이 들어차 있었다. 점호 시간이 되어 부대원들이 하나둘 모습을 보였다. 하지만 어찌 된 일인지 윤 병장이 보이지 않았다.

'어, 방금까지 갑판 위에 같이 있었는데 대체 어딜 간 거야.'

그런 생각을 하는 순간 이상한 예감이 불쑥 지나갔다.

결국 윤 병장은 점호 시간이 다 되어도 돌아오지 않았다.

돌이켜 생각해 보니 아까 갑판 위에서 윤 병장으로부터 편지 봉투를 건네받을 때 불길한 생각이 일순 스쳤던 것 같다. 하지만 너무 짧은 순간이라 그냥 지나쳤는데. 나는 이상한 죄의식마저 느껴졌다. 그때 내가 제대로 눈치만 챘어도 막을 수 있는 일이었는데. 안타까운 마음에 화가 날 지경이었다.

나는 소대장을 찾아가 갑판 위에서 있었던 일에 대해서 보고한 뒤 윤 병장의 편지를 건네주었다. 편지는 대대장실에서 개봉되었는데 내용은 알려지지 않았다. 결국 배에서 뛰어내린 사람은 윤 병장으로 추정하였으며, 끝내 시체는 찾을 수 없었다. 살고 죽는 건 하느님 소관이라더니 왜 자신의 운명을 제 손으로 마감한 것일까.

윤 병장은 88비행대에서부터 훈련소를 거쳐 여기까지 함께했던 전우였다. 그리고 월남 땅에 닿기도 전에 벌써 전우 한 사람을 잃은 것이다.

나는 순간 두려운 마음이 들었다. 앞으로 얼마나 많은 사람을 잃게 될까. 나 역시 이 전쟁의 희생자가 돼 버리는 건 아닐까.

어둠은 드넓은 바다도 집어삼켰다. 하지만 수송선은 아랑곳없이 제주도를 지나 남중국해를 향해 무심히 달려나갔다.

뒤바뀐 운명

망망대해라더니…….

선실에 갇혀 지낸 지 꼬박 일주일이다.

우리가 탄 수송선은 퀴논을 거쳐 캄란 항에 닿았다. 캄란 항은 키 큰 야자수가 보기 좋게 늘어선 아름다운 항구였다. 작고 아름다운 캄란 항은 베트남의 핏물 어린 역사와 함께한 유서 깊은 항만이었다. 19세기 중엽 프랑스가 월남을 침략할 때 최초로 상륙한 곳이 캄란 항이었다. 게다가 러일 전쟁 때에는 러시아의 발트 함대가 기세등등하게 이곳에 발을 들여놓았고, 2차 대전 중에는 일본 함대가 상륙했었다. 그리고 월남 전쟁이 발발한 오늘, 미국이 전면적으로 전쟁에 가담하면서 대규모 군사 기지를 캄란에 주둔시켰다.

캄란 항에 하선한 우리는 군용 트럭을 타고 십자성 부대가 있는 나트랑으로 향했다. 산기슭에 자리잡은 십자성 부대는 대부분의 월남 농촌 마을이 그렇듯 주위에 늪지가 많았다. 십자성 부대는 육군 보병 전투 부대와 달리 일종의 지원 부대였다. 나는 항공병과라서 십자성 항공대에 배치되었다. 내 임무는 헬기를 타고 작전 지역에 보급품을 공급하는 일이었다. 나는 속으로 전투 지역에 투입되지 않은 데에 감사했다. 전투 지원 임무를 맡았으니 덜 위험할 것이다. 얼마나 다행스러운 일인가.

보급품을 싣고 하늘을 날 때면 가끔 여기가 과연 피비린내 나는 전쟁이 벌어지고 있는 그 땅이 맞나 의구심이 들 때가 있다. 폭이 넓지 않은 길가에 늘씬하게 서 있는 야자수는 이국적이고, 아름다웠다. 너른 들녘에서는 벼들이 누렇게 익어가고, 농삿갓처럼 생긴 베트남 고유의 모자을 쓴 농부들이 한참 벼를 수확하고 있었다. 그 속에 드문드문 물소들이 한가롭게 물장구질하며 노닥거린다. 평화로운 풍경이었다.

십자성 부대에 온 지 두 달이 지났지만 전쟁은 아직 내 삶 속으로 뛰어 들어오지 않았다. 헬기를 정비하고, 헬기장 보초를 서고, OP에 보급품을 전달하고, 헬기 부속품을 정리하면서 하루하루가 흘렀다. 곳곳에 습지가 있는 정글에서 불시에 들이닥친 베트콩과의 육박전은 파월 장병들을 공포 속으로 몰아넣었고, 죽음으로 내몰았다. 하지만 운이 좋았던 나는 헬기에 몸을 싣고 전쟁을 관망하던 차였다.

197X년 12월 2일, 잊을 수 없는 그 사건이 일어나기 전까지는 말이다.

월남의 12월은 여름이었다. 습기 없는 여름, 건기가 시작되었던 것이다. 그날 나는 퀴논에 주둔 중인 맹호 부대까지 VIP를 모시고 가는 장거리 임무를 받고 대기 중이었다.

그런 내게 정영식 병장이 나타나 대뜸 이렇게 말했다.

"하 하사, 오늘 임무 내가 대신 나갈게. 나랑 임무 교대하자."

키가 멀대같이 큰 정 병장은 제대가 얼마 남지 않았고, 군대 짬밥이 오래인 터라 계급은 하사인 나보다 낮으면서도 턱턱 말을 놓는, 약간 권위적인 데가 있는 인물이었다.

"그러면 부대장 허락을 받아 와. 임무를 어떻게 맘대로 교대해!"

나는 무척 고지식하고 원리원칙을 따지는 편이었다. 마음대로 임무 교대를 할 수는 없었다.

"하 하사, 너무 팍팍하게 굴지 마. 정 그러면 하 하사가 가서 허락을 받아 오라고."

정 병장은 귀국에 앞서 맹호 부대에 있는 친구를 만나고 올 생각이었나 보다.

나는 무대포 정 병장이 좀체 움직일 것 같지 않아 정비대 선임 하사인 김 상사를 찾아갔다.

"김 상사님, 정영식 병장이 임무 교대를 해 달라고 막무가내네요."

김 상사는 그 이름을 듣는 순간 골치가 아프다는 듯 고개를 흔들며 말했다.

"아휴, 바꿔 줘 버려. 귀국이 얼마 안 남은 놈이니 제멋대로 하게 내버려 둬!"

할 수 없이 정영식 병장은 나 대신 헬기에 오르고, 나는 정비대에서 물품을 정리하고, 부속품 등을 분류해서 창고에 넣는 일을 하기로 했다.

정영식 병장과 함께 가는 또 한 명의 기장은 공교롭게도 이름이 똑같은 박영식 병장이었다. 박 병장 역시 귀국 날짜를 받아 놓은 상태였다.

"후두두두" 하는 요란한 소리와 함께 회오리바람을 일으키는 헬기 UH-1H 3191호, 일명 이글 8호는 내 분신과도 같았다. 언제나 나와 함께 하는 또 다른 전우였다.

두 명의 조종사와 기장 두 명, 신분을 알 수 없는 승객 세 명, 도합 일곱 명이 이글 8호에 탑승했다. 항상 헬기에는 두 명의 조종사가 헬기를 조종하고, 좌우에 기장이 한 명씩 탑승하여 적의 위치를 간파, 조종사에게 알린다. 그러면 조종사는 두 기장이 각각 양쪽에 비치돼 있는 기관포 2문과 기관총 2정을 가지고 적을 공격하기 용이하게 헬기를 조종하는 것이다.

한참 정비대에서 물품을 정리하고 있을 때였다. 이글 8호가 나간 지 채 두 시간도 안 되었을 때였다.

"이글 8호 관련자는 즉시 헬기에 탑승하라. 이글 8호가 퀴논에 있는 악마의 V자 계곡에서 추락당했다. 관련자는 즉시 탑승하라."

나는 순간 모골이 송연해졌다. 살갗이 갑자기 오그라드는 기분이었다.

사실 지금 이 자리가 내 자리가 아니었다. 정 병장과 내가 서로 다른 자리에서 다른 운명을 맞이한 것이다. 부대 안은 술렁술렁거렸다. 잠시 후 충격을 겨우 떨치고 사고 수습반에 편성되어 헬기를 타고 현장으로 날아갔다.

이름도 제대로 모르는 활엽수들이 제멋대로 자란 정글 속에는 헬기 잔해가 아무렇게나 흩어져 있었다. 툭툭 불거져 나온 나무 뿌리를 넘어 시꺼먼 이끼가 낀 바위와 큼지막하게 자란 나뭇잎들을 헤집으며 시신을 그러모으기 시작했다. 온전한 형태의 시신을 기대하지는 않았지만 이렇게까지 참혹할 줄은 몰랐다. 갑자기 두려움이 나를 짓눌렀다. 관망하듯 바라보았던 전쟁이 이제야 적나라한 모습으로 내 앞에 들이닥쳤다.

나무뿌리 곁에, 또는 바위 위에 기묘한 형태로 붙어 있는 근육 조각들을 하나하나 수습하였다. 사람의 거죽이라고 믿기 어려운 형상으로 살점들이 나뭇가지나 넝쿨 여기저기에 걸려 있었다. 머리는 찾을 수 없었고, 허벅지 뼈 하나와 촛대 뼈 하나가 그나마 큰 조각이었다. 시신을 다 수습하고 보니 겨우 철모 하나를 메울 뿐이었다. 이게 전우 일곱 명의 시신이란 말인가. 어느덧 두려움은 복수심으로 변하고 있었다. 전우 일곱 명의 목숨을 앗아간 베트콩에 대한 적개심이 치밀어 올랐다.

불과 두 시간 전에 잘 다녀오라고 인사를 나누었던 전우였다. 형체조차 알 수 없이 철모 속에 한데 뒤엉켜 있는 시신 조각들을 보니 억장이 무너졌다. 이게 생과 사의 갈림길이란 말인가. 만일 정 병장과 임무를 교대하지 않았더라면……. 다시 한번 모골이 송연해졌다.

귀국을 사흘 앞에 두고 이 무슨 날벼락이란 말인가. 손꼽아 기다리고 있을 두 고참 병장들의 가족들에게는 또 얼마나 청천벽력 같은 소식인가.

그날 나트랑에서 퀴논으로 향한 이글 8호는 당초에는 바다 쪽으로 우회하여 목적지에 도착할 예정이었다. 하지만 비행 시간을 줄일 욕심으로 조종사가 위험을 무릅쓰고 악마의 계곡이라고 불리는 V자 계곡을 통과하였던 것이다. V자 계곡은 투이호아와 퀴논 사이에 있었는데, 계곡에 잠복해 있던 베트콩이 쏘아올린 중국제 B-40를 맞고 그대로 추락, 폭파되고 만 것이다.

철모 하나를 겨우 메운 시신을 화장하니 한 줌도 안 되는 재가 되어 버렸다. 그 한 줌도 안 돼는 재를 일곱으로 나누었다. 누구의 뼈인지, 누구의 살인지 모른 채 일곱 명의 전우는 하나가 되어 유족들에게 보낼 유품이 된 것이다. 그나마 출정 전에 깎아 놓은 손발톱이 유일하게 전사한 전우의 것이었다.

며칠이 지났다. 술렁거리던 부대 분위기도 조금씩 가라앉기 시작했다. 하지만 나는 좀체로 이글 8호 추락 사건을 잊을 수가 없었다. 전쟁터에서 흔히 있을 법한 그냥 그런 사건일 수도 있었다. 그리고 이보다 더 많을 일들이 나를 기다리고 있을 것이다. 하지만 그냥 이대로 지나칠 수는 없었다. 전투 지역에 투입되지 않고 보급 임무를 맡은 데 안도했던 스스로에 대한 죄책감마저 들었다.

이글 8호 추락 사건 이후 나는 이상하게 보이지 않는 힘이 나를 죽음으로부터 보호해 주고 있다는 생각이 들었다. 무서울 게 없었다. 더 이상 이렇게 안일하게 군 생활을 할 수는 없었다. 그때 마침 미군 헬기 부대 파견 하사관 지원자 모집이 있었다.

　신체 건강하고, 영어 회화 가능한 사람으로 귀국 1년 이상 남은 하사 이상의 한국 군인.

　지원자는 나 하나였다. 그리고 결격 사유가 없던 나는 마침내 최고 점수로 미군 헬기 전투 비행대에 차출되었다.
　적을 사살하는 일 외에는 할 일이 없다는 헬기 전투 비행대.
　이렇게 해서 나는 닌호아 미군 전투 비행대에 배속되었다.

투이호아에서

닌호아 비행대에서 두 달 남짓 보낸 뒤 다시 자원하여 투이호아 비행대로 옮겼다. 이왕이면 더 큰 하늘을 날아보고 싶었던 것이다. 투이호아는 닌호아와는 비교가 안 될 정도로 큰 부대였다.

그렇다고 해서 기죽을 일은 없었다. 이미 한국인이라고는 나뿐인 닌호아 비행대에서 미군의 생리는 겪을 만큼 겪어서 알고 있었다. 투이호아에 와 보니 역시 한국인은 나뿐이었다. 하지만 자신 있었다. 열심히 생활하고 정면으로 승부한다는 정공법으로 맞서면 그만이었다.

어느 일요일 새벽이었다.

급박하게 울리는 사이렌 소리가 정적을 깨뜨렸다. 나는 그 소리에 벌떡 일어났다. 내무반에는 나 외에 세 명의 사병뿐이었다. 모두 작전을 나간 상태였다. 긴장된 얼굴로 서로 바라보고 있는데, 잠시 후 계류 중인 헬기가 폭발하는, 요란한 굉음이 울렸다. 뒤이어 베트콩들이 코브라 중대 내무반에 침투했다는 내용을 다급하게 알리는 방송이 흘러나왔다.

적의 침투조 1개 분대가 철조망 밑에 땅굴을 파고 불시에 야간 공격을 감행한 것이었다. 이미 정문 반대편 경비 요원 내무반에 침투해 자고 있던 부대원 다섯 명 전원을 칼로 목을 베어 살해했다고 한다.

나는 숨가쁘게 상황 판단에 들어갔다. 방송을 들으면서 부대 지형을 떠올렸다. 그렇다면 베트콩이 어디를 퇴로로 삼을지 짐작할 수 있었다. 부대 옆에 수로가 하나 있는데, 약 2킬로미터 남짓 떨어져 있는 산에서부터 계곡물이 흘러내려 오는 곳이었다.

나는 우선 세 명의 사병을 손짓으로 불러모았다. 우리가 쓸 수 있는 화력이 얼마나 되는지 먼저 살펴보았다. 권총 두 정과 실탄 스무 발, M-16 한 정, 스무 발이 장전된 탄창 세 개가 수중에 있었고, 사병들은 각각 M-16 한 정과 탄창 세 개씩을 가지고 있었다. 화력이 절대적으로 부족했지만 한시가 바빴다.

우선 운항 장교에게 전화로 보고한 뒤 지프를 타고 산과 수로가 만나는 지점으로 달려갔다. 틀림없이 적들은 아직 이 지점을 통과하지 못하였을 것이다. 우리는 지프를 타고 왔고, 베트콩 침투조들은 은폐물을 이용해 가면서 조심스럽게 퇴각하고 있을 것이다.

퇴로를 안 이상 우리가 먼저 움직여 길목을 지키고 있다가 기습을 하는 수밖에 없다.

매복을 한 지 정확히 5분이 지났다. 과연 적의 첨병 세 명이 눈에 들어왔다. 삼각형 대형을 이루고 내가 매복해 있는 오른쪽 수로를 타고 올라오는 중이었다. 나는 반대편 매복조에게 손짓과 표정으로 신호를 보냈다.

'내가 처리할 테니 절대로 총을 쏘지 말라!'

하늘에는 보름달이 환하게 밝았다. 하지만 다행스럽게도 수로 옆은 억새가 사람 키보다 크게 무성하게 자란 터라 고도로 훈련된 사람이 아니면 누가 있는지 알아보기가 어려운 상황이었다. 적들은 나를 알아볼 수 없을 것이다.

드디어 그들이 가까이 다가왔다. 순간 나의 오감이 일시에 곤두섰다. 적들의 냄새를 맡을 수 있었고, 피부에 박혀 있는 솜털 하나하나까지 빳빳하게 일어섰다. 청각도 예민한 상태였다. 나는 그 순간 사람이 아니라 정글 속을 헤매는 한 마리 야생 사자였다. 정신은 더할 나위 없이 총명하였고, 눈은 주위를 환히 밝힐 만큼 환했다. 적은 완전히 노출되었다. 적의 몸에서는 비릿한 피 냄새가 풍겨 왔다. 1미터 앞까지 끌어들인 나는 온정신을 집중하여 몸을 왼쪽으로 빠르게 돌며 회전력을 이용, 앞에 있던 두 명의 목을 대검으로 가로로 치면서 동시에 한 바퀴 돌면서 뒤에 있던 적의 오른쪽 가슴에 칼을 박았다.

얼떨결에 내 멱살을 움켜쥐었던 베트콩이 바르르 몸을 떨더니 맥없이 주저앉아 버렸다. 이 모든 일은 삽시간에 일어났다.

참았던 숨을 훅 토해 냈다. 상황은 종료되었다.

나는 나의 잔인성에 소스라치게 놀랐다. 내 안에 숨어 있던 야수와 같은 본성에 오금이 저렸다. 내가 이렇게 잔인한 인간이었단 말인가. 대체 언제부터, 왜?

그러나 전투는 이런 감상을 허락하지 않았다. 적의 본대가 방금 목숨을 잃은 첨병과 연락을 취하려고 후루룩, 후루룩 새 소리를 내면서 다가왔다. 본대는 모두 여섯 명이었다. 그나마 두 명이 한 명을 부축하고 있었다.

우리는 화력을 갖추고 매복한 상태니 육박전을 치르지 않고도 승산이 있을 것 같았다. 반대편 매복조는 숨을 죽인 채 내 신호만을 기다리고 있었다.

아직까지도 적들은 아무 눈치도 못 채고 있었다. 그렇다면 그들이 최대한 가까이 올 때까지 기다리고 있다가 정조준하여 한순간에 해치우면

될 것 같았다.

10미터, 8미터, 5미터! 드디어 나는 신호를 보냈고, 동시에 네 개의 총구에서 불이 뿜어져 나왔다. 베트콩은 완전 소탕되었다. 적의 침투조 여덟 명이 전원 사살되었다. 미군 측 피해는 경비병 다섯 명 사망에 조종사 세 명이 관통상을 입었으며, 헬기 한 대가 대파되었다. 우리는 급히 본부에 구조 신호를 보냈다. 잠시 후 두 대의 헬기가 당도하였다. 로버트 대령이 전투병 1개 소대와 구급요원들을 이끌고 왔다.

현장을 본 비행대장은 놀라서 입을 다물지 못하였다. 상황을 보고 받고 목이 베어진 채 나동그라져 있는 베트콩을 보면서 감탄사를 연발하며 경악하였다.

사실 나는 저들의 오만함으로부터 자존심을 지키기 위해 무던히 애썼다. 작전 중인 보병들을 지원하는 임무나 베트콩의 비밀 루트 및 은거지 공격, 특공대원 구출 작전 등 위험하고 힘든 일을 자원하였다.

그리하여 어느덧 미군들이 나를 보면 엄지손가락을 세워 보이며 인사했다. 전투 때마다 불사신처럼 살아 돌아오는 나에 대한 신뢰였다.

이름 모를 산에 추락하다

197X년 8월, 우기철이라 수풀이 푸르다 못해 검게 보이던 어느 날이었다.

투이호아 헬기 부대에 있던 나는 VIP 수송 임무를 받고 헬기에 올랐다. 해발 1000미터에 위치한 중부 고원 도시의 중심지인 번마쩟에 가서 VIP 두 명을 태우고 플레이쿠에서 열리는 작전 회의에 참석하게 한 뒤, 회의가 끝나는 대로 투이호아 공군 기지로 모시고 오는 임무였다. 플레이쿠는 월남의 중부 고원 지대에 있는 도시로 월남군 2군단 사령부가 주둔해 있었다. 오늘 월남군 2군단 사령부에서 한미월 군의 합동 작전 회의가 있다고 했다.

아침에 부대를 출발하여 번마쩟 비행장에 도착하여 연료를 공급을 받고 플레이쿠로 출발할 때는 날씨가 맑았다. 헬기는 해발 1000미터가 넘는 이름 모를 산들이 모여 있는 고원 산악 지대 위를 지나야 했다.

이륙한 지 30분쯤 지나자 높은 산등성이가 코앞에 보였다. 해발 1500미터 정도. 그런데 어찌 된 일인지 산허리를 감싸고 있던 구름이 검게 변하면서 온 산을 휘감고 있었다.

검은 기류는 헬기 안에 앉아 있는 내 안으로도 흐르는 것 같았다.

'벌써 월남 땅에 온 지도 8개월이 다 되어 가는군.'

그동안 크고 작은 전투에 참가하여 생명을 잃을지 모를 위험에 직면했던 게 한두 번이 아니었다. 그 순간마다 나는 용수철처럼 튀어 올라 상황을 돌파해 냈다.

그런데 지금 갑작스럽게 먹구름으로 돌변한 검은 구름을 눈앞에 보고 있자니 내 운명의 어떤 불길한 전조처럼 느껴졌다. 불안정한 기류는 헬기를 뒤흔들었다. 헬기는 갑자기 10여 미터 정도 하강하다가 치솟듯 상승했다. 그러기를 몇 차례, 고르지 않은 자갈밭을 구르는 손수레 같았다.

헬기는 쉽게 안정을 찾지 못하고, 고도 1500미터를 유지한 채 계속 덜컹거렸다. 덜컹거리면서 산 정상을 향해 고도를 점점 높이고 있었다. 회의 참석 시간에 맞추려면 시간을 빡빡해서 위험을 무릅쓰고 높은 산을 넘으려는 것이었다.

헬기에는 두 명의 조종사와 한 명의 기장, 그리고 두 명의 탑승객이 있었다. 한 사람은 미군 대령이고, 다른 한 사람은 사복 차림의 민간인이었다. 헬기에 오르기 전에 미군 대령은 조종석을 향해 빠른 어조로 이렇게 말했다.

"오전 10시까지는 플레이쿠에 도착해야 합니다."

시간을 줄이려면 지름길을 택해야 했고, 지름길에는 높은 산들이 비죽비죽 솟아 있었다. 헬기는 가파른 고개를 넘어온 등 굽은 노인네처럼 여전히 불안정한 기류 속에서 숨을 헐떡이고 있었다. 가까스로 산 정상을 넘어온 헬기는 고도를 30미터로 낮추어 저공비행을 시작했다. 그때였다. 산 위의 바위틈에서 포탄이 날아오기 시작했다. 숨죽이고 있던 적들이 기다렸다는 듯 집중 사격을 퍼붓는 것이었다. 배고픈 호랑이처

럼 일순간 달려드는 적의 공세에 마침내 헬기는 메인 로터^{큰 회전 날개}를 반
쯤 잃고 추진력을 상실한 채 추락하기 시작했다.

'아!'

비명을 지를 여유도 없었다. 나는 순식간에 개인 화기를 챙긴 뒤 추락
하는 헬기가 계곡을 지나자마자 뛰어내렸다. 헬기는 관성에 의해 피격
지점에서 500미터 정도 더 날아가서 계곡을 지나 바로 옆에 있는 산봉
우리의 관목 숲 한가운데로 곤두박질했다.

나는 공중제비를 몇 바퀴 돌며 떨어진데다 무성한 관목 정글 수풀이
완충 작용을 한 터라 말짱했다. 나는 우선 추락한 헬기 쪽으로 달려갔
다. 아직 폭발하지 않았으니 생존자가 있을지도 몰랐다.

헬기 안을 들여다보았다. 조종사 스미스 중위는 고개를 가슴 쪽으로
떨군 채 죽어 있었고, 보브 중위는 목이 부러진 채 의자에 간신히 매달
려 있었다. VIP 중 한 사람은 조종석 의자에 부딪쳐 머리가 깨진 채 죽
어 있었고, 다른 한 사람은 보이지 않았다. 나는 우선 사고 소식을 본부
에 전하기 위해 무전기를 찾았다. 하지만 헬기 안에 있던 알루미늄 상
자가 고꾸라지면서 무전기를 파손시킨 상태였다. 우물쭈물하다가는 베
트콩 수색대에 덜미를 잡힐 게 분명했다. 한시바삐 현장을 수습하고 이
곳을 떠나야 했다. 나는 서둘러 죽은 전우들의 군번과 소지품을 챙겼다.

그러고 나니, 알루미늄 상자 두 개가 눈에 들어왔다.

'무슨 상자지? 금괴나 신무기?'

들어보니 혼자 들기 벅찰 만큼 무거웠다. 뭐가 들었는지 파악할 시간
은 없었지만 일단 적에게 노출되면 안 될 것 같았다. 나는 상자를 힘껏
굴려 근처 웅덩이에 넣고 흙을 덮어 위장해 두었다.

정글을 헤치며 다가오는 베트콩 수색대의 발소리!

후닥닥 정글 속으로 몸을 숨기려는 순간 누군가 내 발목을 잡는 것이

아닌가. 나는 반사적으로 총을 겨누었다.

"도와 줘……."

보이지 않았던 VIP 중 한 사람인 데이브였다.

데이브는 내 다리를 잡고 놓아주지 않았다.

나는 입에 손을 대며 조용히 하라고 주의를 주고 나서 데이브를 부축하여 숲 속으로 몸을 숨겼다. 어깨는 부러진 것 같았고, 허벅지에는 아직도 나무 꼬챙이가 박혀 있었다. 데이브 역시 헬기가 추락하기 직전 탈출했는데 그때 부상을 입은 모양이었다.

"상자, 상자를 찾아야 해! 상자를……."

고통으로 거의 정신을 잃은 데이브는 계속 알루미늄 상자를 찾았다.

나는 우선 그의 입에 재갈을 물렸다. 허벅지의 꼬챙이를 뽑아내는 게 급선무였다. 나는 눈을 질끈 감고 꼬챙이를 단숨에 뽑아냈다. 동시에 검붉은 피가 용솟음치듯 흘러나왔다. 빨리 빠져나가지 않으면 둘 다 위험했다. 급히 지혈을 한 다음 데이브를 어깨에 메고 걸어가면서 주위를 살펴보았다. 80킬로그램 가량 되는 장정에 개인 화기까지 110킬로그램 정도를 메고 다니느라 민첩할 수가 없었다.

정상 부근이라 몸을 숨길 만한 데가 마땅치 않았다. 사고를 당하면 현장에서 구조를 기다려야 했지만 지금 상태로는 불가능했다. 조종사는 졸지에 당한 일이라 구조 요청도 못했을 것이다. 구조 요청만 했어도 부근에 숨어 있다가 아군 수색대를 기다리면 될 터였다.

하지만 지금은 아군 수색대는 커녕 귀신 같은 베트콩이 코앞에 오고 있지 않은가.

나는 정글 속으로 몸을 피했다. 툭툭 불거져 나온 굵직한 나무 뿌리며 덩굴, 키보다 높이 자란 이름 모를 열대 식물들을 헤집으며 부지런히 길을 찾아 헤맸다. 등줄기에서 땀이 흘렀다. 무겁다는 생각도 들지 않았다. 어떻게든 사지를 벗어나야 했다.

얼마를 헤맸지만 길을 찾을 수 없었다. 다리에 힘이 풀렸다. 기진맥진한 나는 신음하고 있는 데이브를 반듯하게 눕혀 놓았다. 다시 한번 지혈 상태를 살피며 불안해하는 그를 달래 주었다.

'길을 찾기는 어려울 것 같아. 겨우 찾아보았자 베트콩 루트일 게 뻔한데……'

입으로는 데이브를 위로했지만 절망감이 엄습했다.

또 한 번 신의 가호가 있기를.

순간 퍼뜩 떠오르는 말, 등잔 밑이 어둡다.

'그래, 적의 허점을 이용하는 거야. 적의 턱밑에 숨자. 베트콩 루트를 이용하자.'

이렇게 결심하고 나서 데이브의 입에 재갈을 물린 뒤 갈라진 바위틈 사이 산짐승들의 흔적이 있는 후미진 곳에 데이브를 눕혀 놓았다. 그리고 혼자 베트콩 루트를 찾아 나섰다. 한참을 찾아 헤매다 나무 밑에서 한숨을 돌릴 겸 소변을 보고 있는데 언덕 아래로 베트콩 수색대가 떠들면서 지나가는 게 보였다.

나는 재빨리 자리에 엎드려 낮은 포복으로 언덕 가장자리로 기어가서 아래쪽을 살펴보았다. 모두 다섯 명의 베트콩이 일렬로 베트콩 루트를 지나가고 있었다.

중간에 있던 지휘관으로 보이는 자가 일행을 세워 놓고 작전 지시를 하는 것 같았다. 먼저 후미에 있는 몸집이 다부진 놈에게 무어라고 말을 하면서 여기서 기다리고 있으라는 듯 손을 아래위로 흔들더니, 앞에 보이는 산꼭대기를 가리켰다.

지휘관은 지시를 마친 후 주위를 한 번 더 둘러본 다음 다른 몇 놈에게 앞쪽 능선을 가리키며 따라오라는 시늉을 하더니 그들을 이끌고 산 정상을 향해 올라갔다.

　나는 놈들이 사라지기를 기다렸다가 남아 있는 자가 눈치 채지 못하게 서서히 그곳을 빠져나갔다. 데이브를 숨겨 둔 곳으로 돌아온 나는 그를 데리고 방금 머물렀던 언덕 위로 가서 몸을 숨겼다. 베트콩 일행이 올라온 이 길을 이용해서 거꾸로 내려갈 생각이었다. 물론 위험하기 그지없는 계획이었지만 내려가는 길을 모르는 나로서는 다른 방법이 없었다.

　잠시 후, 본대와 연락이 닿았는지 10여 명의 베트콩이 나타나 길목을 지키고 있던 자와 합류하여 능선을 따라 움직이기 시작했다. 나는 고문관 데이브를 업고 베트콩 루트에 들어섰다. 적의 안방에 발을 들여놓은 셈이었다.

　'죽고 사는 건 하늘에 맡기자!'

　정글 속에 나 있는 베트콩 루트는 산짐승들이 지나다니기 안성맞춤인 좁은 산길이었다. 거구의 백인을 둘러메고 가려니 여기저기 나뭇가지에 스치고 얽혀 있는 덩굴에 걸려 제대로 걷기가 힘들 정도였다.

　뿐만 아니었다. 허벅지가 썩은 검불들 속으로 푹푹 들어갔다. 한 시간 남짓 헤맸을까. 죽느냐 사느냐의 기로에 선 탓에 무거운 줄도 모르고 걷고 또 걸었다. 팔이며 다리며 어깨며 몸뚱아리 전체가 나뭇가지와 가시 덩굴에 스쳐 짐승의 형상을 하고 있었다.

　조금씩 힘이 빠져나가고 있었다.

　'아!' 깊은 숨을 몰아쉬고 있는데 베트콩들이 다가오는 소리가 들렸다. 휙 고개를 돌려보니 몸을 숨길 만한 곳이 없었다. 나는 우선 썩은 검불을 파헤쳐 실신해 있는 데이브를 눕힐 공간을 만들었다. 데이브를 그곳에 눕히고는 가랑잎과 나뭇가지들을 긁어모아 위장해 놓았다.

　'베트콩을 다른 곳으로 유인하지 않으면 당장 발각되고 말겠지.'

내가 베트콩의 사냥감이 되어야 했다. 데이브를 살리려면 이 방법밖에 없었다. 나는 일부러 나를 노출시키느라 흔적을 남기며 달아나기 시작했다. 데이브를 두고 혼자 움직이자 날개를 단 것처럼 몸이 가뿐했다. 드디어 베트콩과 나 사이에 숨 가쁜 추격전이 시작되었다.

얼마 동안 추격전은 계속되었다. 한참 달아나다 보니 큰 계곡이 나왔다. 아마 이 계곡이 아까 피격된 지점과 추락한 지점 사이에 있던 계곡인 것 같았다. 계곡 주위는 깊고 험해서 한 사람이 숨어 있기로 작정하면 1개 대대 병력이 수색해도 찾아내기 어려울 정도였다. 나는 베트콩들을 유인하기 위해서 계속 흔적을 남기며 계곡을 건너갔다. 200미터 정도 앞으로 나아갔다가 다시 계곡을 건너와 계곡 가장자리에 있는 바위 밑에 몸을 숨겼다.

잠시 후 베트콩 추격대가 계곡에 도착하였다. 그들은 주위를 이리저리 살피더니 내 흔적을 따라 계곡을 건너갔다. 나는 그들이 하는 양을 지켜보다 재빨리 데이브가 숨어 있는 곳으로 돌아왔다. 베트콩들은 계곡을 건널 것이고, 거기서 나의 흔적을 찾지 못하면 다시 계곡으로 돌아와 추격을 계속할 것이다.

돌아와 보니 천만다행으로 데이브는 실신한 채 그 자리에 그대로 있었다. 나는 데이브를 등에 업고 다시 계곡으로 향했다. 힘겹게 계곡 근처에 당도한 나는 우선 주위를 살펴보았다. 베트콩들이 계곡을 수색하고 돌아갈 때를 기다려야 했다.

계곡 아래가 한눈에 보이는 언덕 위에 덩굴이 군락을 이룬 곳이 있었다. 나는 덩굴 속에 몸을 숨기고 계곡을 내려다보며 적의 동정을 살폈다.

"물! 물!"

데이브가 물을 찾으며 깨어나 고통을 호소했다. 얼른 데이브의 입부터 막았다. 그러고는 허벅지에 난 상처를 살펴보았다. 적을 피해 달아

나느라 겨를이 없었는데, 그새 상처가 시커멓게 변해 있었다. 워낙 상황이 급박해서 손을 쓸 수도 없었고, 또 구급약도 없는 터라 지금 당장 어떻게 해 볼 도리가 없었다. 한시바삐 병원으로 호송하는 게 유일한 길이었다.

참으로 난감한 상황이었다. 앞뒤에서 적들이 목을 조여 오고, 옆에 있는 전우는 고통 속에서 죽어가고 있었다.

나는 데이브 때문에 심각한 고민에 빠졌다.

'이대로 있다간 위험해. 오히려 포로가 돼서 빨리 후송되어 목숨이라도 건지게 하는 게 낫지 않을까……? 아니면 죽더라도 끝까지 함께해야 할까?'

만일 데이브가 적의 수중에 들어가면 목숨을 구할 수 있겠지만 아군의 정보가 적의 수중에 들어갈 것이고, 따라서 곧바로 아군의 피해로 직결될 것이다. 하지만 이대로 두었다가는 한두 시간도 버티기 힘들 것이다.

한참을 고민하던 나는 이렇게 결론을 내렸다.

'죽고 사는 것은 신의 뜻이다. 데이브를 적에게 내줄 수는 없는 일. 죽어도 같이 죽고 살아도 같이 살자.'

운명은 묵묵히 제 길을 갈 뿐이다.

포로가 되다

적의 움직임이 귀에 들려온다. 수풀을 헤치는 소리, 몸을 좌우로 움직이는 소리, 푹신한 검불 속에 푹 빠지는 묵직한 발소리……. 정글 속에 있으면 내 귀는 어두운 동굴에 사는 관박쥐의 그것과 같아진다.

베트콩들은 계곡 아래에서 위로 훑으며 올라오고 있다. 나는 어쨌든 계곡 아래로 내려가야 했다. 계곡 외에는 길이 없었다. 그러니 중간에서 꼭 한 번은 적과 맞부딪칠 운명이다.

데이브와 함께 하리라 결정을 하고 나니 특유의 뚝심이 되살아났다. 먼저 권총 벨트를 풀었다. 거구의 데이브를 등에 업은 다음 허리와 허리를 밀착하여 벨트로 묶었다. 그 다음에 데이브의 상의를 벗겨 어깨와 어깨를 하나로 묶었다. 내 몸집보다 큰 부상자를 업은 채 계곡 아래로 내려가기 시작했다.

얼마 후 다리의 힘이 풀리는 게 느껴졌다. 주위를 경계하면서 몸집 큰 부상자를 업고 내려가는 일이 여간 힘든 게 아니었다. 게다가 갑자기 허기가 밀려왔다. 배가 푹 꺼져 힘을 낼 수가 없었다. 등에 업혀 있던 데이브의 신음 소리는 점점 더 심해지고 있었다.

몸을 숨길 만한 적당한 바위가 보였다. 벨트를 풀러 데이브를 반듯하게 눕힌 뒤 이마를 짚어 보았다. 열이 펄펄 끓었다. 응급 처치를 해 놓은 상처를 열어 보았다. 상처가 벌써 곪기 시작했다. 나는 깨끗한 물을 가져와 상처를 씻어 준 뒤 다시 붕대를 감았다. 가혹한 고통 속에서 데이브는 거의 정신을 잃은 상태였다. 차가운 물을 온몸에 발라 열을 식혀 주었다.

잠이 든 데이브를 두고 먹을 것을 찾아 은신처를 빠져나왔다. 그동안 별로 먹은 게 없으니 무엇으로든 배를 채워야 했다. 주위를 둘러보았다. 살모사 한 놈이 가시 덩굴이 우거진 곳에서 스물스물 기어나와 바위 아래로 향하고 있었다. 순식간에 뭉툭한 혀를 날려 먹이를 포획하는 카멜레온처럼 M-16 개머리판으로 놈의 머리를 강타했다. 정신을 잃은 놈의 머리를 손에 쥐고 주욱 껍질을 벗겨 낸 뒤 독이 있는 목 부근을 잘라 냈다. 나는 흰 살을 드러낸 독사를 단숨에 먹어치웠다. 아무 맛도 느낄 수 없었다.

데이브와 함께 정글을 누빈 지도 벌써 2, 3일은 지난 것 같다. 밤이면 누더기가 다 된 군복 속으로 으스스한 바람이 불어왔고, 해가 나면 소나기가 한 차례씩 오락가락하였다. 솜 뭉치처럼 피로하던 몸이 배를 채우고 나니 손발이 스르르 풀리는 느낌이었다. 그 다음 손님은 졸음이었다. 맨 먼저 눈꺼풀이 내려앉고, 동시에 잠이 쏟아졌다. 나는 살모사가 기어나온 가시 덩굴 속을 헤집고 들어가 넓적한 바위에 기대었다. 마음을 놓을 수 없어 나뭇가지에 총구를 걸고 앞을 바라보면서 눈을 뜬 채 잠이 들었다.

"바스락, 바스락."

나뭇가지 스치는 소리가 일정한 간격으로 들려왔다. 나는 소스라치게 놀라 총을 움켜쥐고 전방을 응시했다. 약 2미터 앞쪽에 베트콩 한 놈이 내 쪽을 보고 서 있었다. 의심스런 눈초리로 덩굴 속을 주시할 뿐 확실히 나를 발견한 것 같지는 않았다.

나는 M-16 조정간을 풀면서 동시에 덩굴 속에서 벌떡 일어났다. 소스라치게 놀란 베트콩이 뒤로 한발 물러서며 총구를 겨누었다. 수많은 전쟁 영화 속의 한 장면. 총구를 겨눈 채 대치해 있는 두 명의 적군. 서로 방아쇠를 당기는 순간 한 사람도 살아날 수 없는 상황이다.

세상이 딱 멈추어 버린 순간. 지구 위에 우리 둘만 존재하는 것 같았다. 그와 나는 서로를 날카롭게 노려보며 상대의 약점을 찾고 있었다. 나의 승리였다. 내 눈에 적의 7.5밀리미터 MAS 36 소총에 자물쇠가 풀리지 않은 게 보였다. 나는 회심의 미소를 지으며 눈짓으로 MAS 36 소총의 방아쇠를 가리켰다. 그러고는 한 발을 내딛으며 덩굴 속에서 나왔다.

총구를 적의 가슴 가까이 들이대며 눈짓으로 어서 빨리 항복할 것을 종용했다.

"네 놈 총에 안전 장치가 걸려 있군."

나의 영어를 알아듣지 않고도 상황을 눈치 챘을 그가 총구를 내리고 두 손을 번쩍 치켜들었다.

'소리 없이 이자를 처리해야 한다. 잘못하면 베트콩 수색대가 이리로 몰려올 것이다.'

선택의 여지가 없었다.

"꿇어!"

무릎을 꺾은 베트콩이 공포에 질려 간절한 표정으로 내게 말했다. 의외로 그자는 영어를 썼다.

"친구, 살려 주면 살길을 알려 주겠다."

안경을 쓴 스무 살 안팎의 그는 오른쪽 팔에 붉은 완장을 차고 있는 걸로 보니 중간 지휘자인 것 같았다. 징집된 젊은 지식인의 얼굴이었다.

두 손을 빌며 내게 목숨을 구걸하는 그를 보자 순간적으로 동정심이 스쳐 지나갔다.

하지만 나는 다음 순간 고개를 내저었다.

'이자를 살려 두면 내가 죽어.'

동정심 때문에 내 목숨을 내놓을 수는 없는 노릇이었다. 나는 단호하게 그의 등 뒤로 돌아가 M-16 개머리판으로 뒤통수를 내리쳤다.

베트콩은 일격에 숨을 거두었다. 재빨리 시체를 덩굴 속에 숨긴 뒤 데이브가 누워 있는 은신처로 향했다. 다행히 은신처는 적에게 발각되지 않은 모양이었다. 나는 다급하게 데이브를 흔들어 깨웠다. 빨리 이동해야 했다.

데이브는 꿈쩍도 하지 않았다. 가만히 몸을 만져보니 차갑게 굳어 버렸고 맥박도 뛰지 않았다. 숨을 거둔 것이다. 어쩌면 지금까지 버텨 온 것도 용했다. 겨우겨우 물로 입을 적시며 상처조차 치료받지 못한 채 정글 속을 누볐으니.

데이브의 두 눈은 드넓은 하늘, 고요한 하늘을 향해 있었다. 그리고 손에는 가족 사진과 수첩이 쥐어져 있었다.

가슴이 아렸다. 사진과 수첩을 윗주머니에 넣고 데이브의 두 눈을 감기려는 순간 주위가 어수선해지면서 발자국 소리가 요란하게 울렸다. 이어서 수선스런 참새 소리처럼 베트콩 수색대장의 고함 소리가 들려왔다. 호루라기 소리가 요란하게 뒤따르더니 곳곳에서 다급한 발자국 소리가 숲 속에 울려 퍼졌다. 잠시 후 숲 속에 있던 베트콩들이 계곡 쪽으로 몰려가는 것 같았다.

'좀 전에 죽은 베트콩 시체를 찾은 모양이군.'

나는 바람같이 그곳을 빠져나왔다. 정글 속을 누비며 무조건 계곡 아

래로 내려갔다. 베트콩들이 총을 쏘며 뒤쫓았다. 숨가쁜 추격전이 시작
되었다.

나는 달리면서 화력을 점검해 보았다. M-16 한 정, 탄창 30개들이 한
개, 권총 한 정, 권총 탄환 열두 발, 대검 한 자루가 전부였다.

풀어진 전투화 끈을 매느라 잠시 멈추었다.

"탕!"

총 소리가 아주 가까이서 울리더니 바로 옆에 있던 바위를 부수었다.
그 순간 파편이 날아와 내 엉덩이에 박혀 버렸다. 나의 위치가 적들에
게 노출된 것이다. 판단보다 빠른 몸놀림이 나를 지배했다. 몸을 굴려
절벽 아래 물속으로 뛰어들었다. 물이 깊지 않아 몸을 숨길 수가 없었
다. 숨을 쉬려 물 밖으로 고개를 내밀면 기다렸다는 듯 총알이 날아들
었다.

위치가 노출된 이상 이대로 시간을 끌면 적들에게 포위될 게 뻔했다.
이곳을 벗어나야 했다. 하지만 웬걸. 도무지 달아날 틈이 보이지 않았
다. 나는 계곡 바닥을 헤집으며 물고기 뛰듯 가끔씩 숨을 고르며 계곡
아래로 내려갔다. 온몸이 바위에 부딪혀 상처투성이였고 심하게 어지러
워서 금방이라도 정신을 잃을 지경이었다.

겨우겨우 바위 뒤 은신처를 찾았다. 그 속에 몸을 숨기고 상황을 보
니, 베트콩이 계곡 능선을 따라 추격해 오고 있었다. 숨을 고른 나는 온
몸의 감각이 기분 나쁘게 무뎌진 느낌이었다. 이리저리 살펴보니 온몸
에 거머리가 새까맣게 붙어 있었다. 소름이 돋았다. 나는 우선 목에 붙
어 있는 놈들을 없애고, 가슴과 팔다리, 사타구니에 붙은 놈들을 차례
로 제거하였다. 손이 닿지 않는 등판은 땅바닥에 대고 문질러 없애 버
렸다. 거머리가 베트콩보다 더 섬뜩했다. 베트콩들에게 달아나면서 계
곡 물속에 몸을 숨길 때 거머리들의 습격을 받은 모양이었다. 베트콩들

이 계곡 물에 안 들어오고 가장자리를 따라 추격해 온 게 이 거머리 놈들 때문인 것 같았다.

쫓고 쫓기는 추격전이 며칠째 계속되었고, 나는 이제 산야를 누비는 한 마리 야행성 맹수가 되었다. 해가 떠 있는 동안에는 바위틈이나 굴 속에 몸을 숨긴 채 움직이지 않았다. 그러다 밤이 되면 계곡을 따라 산 아래로 부지런히 내려갔다. 적당한 은신처가 없을 때에는 검불 속을 헤 집어 땅을 파고 들어가 밤이 오기를 기다렸다.

어느 날 계곡의 중간쯤에서 야생 물소 떼를 만났다. 갑자기 그놈들이 그렇게 반가울 수가 없었다. 오랫동안 홀로 산을 누비며 알게 모르게 스며 있던 외로움 탓이었다. 일곱 마리의 물소 가족이 계곡 옆에 있는 웅덩이에서 물을 먹고 있었다. 나는 반가운 마음에 물소들 곁에 다가갔 다. 온기가 흐르는 그놈의 등짝이라도 쓰다듬어 줄 작정이었다. 하지만 웬걸. 야생 물소 떼는 나를 보자 무섭게 화를 내며 달려들었다. 어찌나 무섭든지 화들짝 놀라 나무 위로 달아나 위기를 모면했다. 물소가 온순 한 동물인 줄 알고 있다가 혼쭐이 난 것이다.

그 후 몇 번 더 물소 떼를 만났지만 그때마다 놈들을 멀리했다. 하지 만 이상하게 물소들이 먹는 물 웅덩이에는 거머리 떼가 없는 걸 알게 되어 놈들이 자리를 떠나길 기다렸다가 가서 물을 먹고 몸을 씻었다.

적의 감시를 피하랴, 숱한 곤충과 거머리와 싸우랴, 몸은 지칠 대로 지쳐 있었고, 조금씩 정신도 혼미해져 갔다.

'추락한 지 며칠이 지난 것일까. 여긴 어디지?'

시간이 흐를수록 몸도 마음도 견디기 어려웠다. 굶주림은 물고기나 뱀, 산거북, 산짐승 등을 닥치는 대로 잡아먹어 해결했다. 어느덧 한 마 리 산짐승으로 변해 버린 나. 하지만 이곳을 살아서 빠져나갈 것 같지 도 않았다. 나는 점점 마음이 약해졌다. 죽어도 살아서 돌아가리라는 애초의 의지도 많이 흔들렸다.

그 틈을 메우는 것은 숱한 잡념들이다. 아, 꿈속이라면 좋으련만. 순간 이 모든 상황이 그렇게 비현실적으로 느껴질 수가 없었다. 여기가 어디지? 내가 왜 지금 이런 꼴로 여기 있는 것일까?

커다란 바위 밑에 한 사람은 들어가 앉아 있을 만한 공간이 보였다. 나는 엉덩이를 땅에 붙이고 숨을 고르느라 바위에 기대어 있었다. 파란 하늘이 보였다.

'여기가 고향의 선산 뒤 소나무 숲이라면 얼마나 좋을까.'

고향 마을 뒤에는 진등재라는 선산이 있었다. 진등재에 오르면 굵은 소나무가 죽 둘러서 있고, 거기에 200평 정도 되는 평지가 바위 위에 있었다. 나는 그 소나무 숲에서 하운거사에게 6개월 동안 단검 무술 훈련을 받은 적이 있었다.

하운거사는 산사람이었다. 인적이 없는 산에서 혼자 무술을 연마하며 살던 육십대 가량의 하운거사는 양식이 떨어질 무렵이면 마을에 내려와 양식을 얻어가고는 했다.

어느 날 하운거사는 평소 지인인 나의 큰형님을 통해 나에게 무술을 배울 뜻이 없는지 물어왔고, 당시 고등학생이었던 나는 전국 체전에서 유도부 우승을 할 만큼 몸이 날랜 터라 호기심 반 기대 반으로 무술을 배웠다. 6개월 동안 단검 쓰는 법을 배웠는데 지금 생각해 보면 아주 독창적인 전통 무예였던 것 같다.

숨이 턱에 찰 만큼 고되게 훈련을 받다가 도중에 쉬느라 털버덕 주저앉아 올려다본 파아란 고향 하늘. 지금 내가 보고 있는 하늘과 같았다. 가슴이 시려 왔다. 지금의 내 모습은 상상도 할 수 없었던 과거의 나. 한 치 앞도 내다볼 수 없는 미력한 인간 같으니라고.

그 순간 새끼 산돼지 한 마리가 지나가는 게 보였다. 허기진 나는 무의식적으로 산돼지를 쫓아 계곡을 벗어나기 시작했다. 물이 있고, 은신처가 많은 계곡을 함부로 이탈해서는 안 된다는 등의 이성적 판단은 굶주림 앞에 무색할 뿐이었다.

정신없이 산돼지를 쫓고 있는데 엉덩이 상처 부위가 너무 쓰라리고 아팠다. 걸음을 멈추고 상처 부위를 보니 거머리 한 마리가 상처를 파고 들어가 피를 빨고 있는 게 아닌가. 나는 소스라치게 놀랐다. 소름이 다 돋을 정도였다.

'어서 떼어 내 버려야지.'

하지만 거머리는 너무 깊이 파고들어간 터라 손으로는 떼어 낼 수가 없었다. 나는 대검을 손에 들었다. 그러고는 불을 피워 검을 달구었다. 달군 검으로 내 살을 파 들어가는 거머리를 지지니 그제야 거머리는 몸을 움츠리며 빠져나와 떨어지는 것이었다.

아뿔싸. 나뭇가지 스치는 소리와 발자국 소리가 들려오면서 주위가 어수선해졌다.

불을 피워선 안 되는데……. 나는 후다닥 흙을 덮어 불을 끄고 바위 뒤에 몸을 감춘 채 생각을 정리해 보았다.

거머리 때문에 불을 피웠으니 꼼짝없이 적들에게 나의 위치가 노출되고 만 것이다. 누적된 피로와 허기, 그 안으로 틈입해 온 잡념이 살기 위해 필요한 긴장을 무장 해제시켜 버린 것이다. 베트콩 수색대는 점점 더 가까워 오는데, 나는 은신처인 계곡에서도 떨어져 나와 있는 상황이었다. 몸을 숨기고 총알을 피할 수 있는 바위와 굴, 물이 흘러 갈증을 면할 수 있고, 물고기가 많아 허기도 면할 수 있는 젖줄과도 같은 그런 곳을.

하지만 능선에선 물도 찾기 어렵고, 수풀만 우거진 정글이라 전진하기도 쉽지 않으며, 족적을 감출 수 없어 베트콩들이 추적하기가 용이하다.

나는 할 수 없이 계곡 능선을 따라 산 아래쪽으로 내려갔다. 흔적이 남아 쉽게 추격을 당하니 숨 돌릴 겨를도 없었다. 적의 판단에 혼선을 주느라 일부러 나뭇가지 방향이 반대로 꺾이게 해두었고, 부지런히 내 자취를 없애며 전진하였다.

연신 흘러내리는 땀방울. 몸을 빠져나가는 수분. 하지만 보충해 줄 방법이 없었다. 갈증으로 입과 입술이 쩍쩍 갈라졌다. 물이 있을 만한 데를 골라 찾아다녔지만 찾을 수 없었다. 나는 키 작은 관목 숲 그늘에 앉아 구름 낀 하늘을 멀겋게 바라보았다.

지금 당장 물 한 모금만 마실 수 있다면 적의 포로가 된다 한들 상관없을 것 같았다.

점점 더 나약해지는 마음을 붙잡을 수가 없었다.

돌아가신 어머니 얼굴이 떠올랐고 형님들 생각도 났다.

'안 돼. 이렇게 있다가 베트콩 포로가 되면 모진 고문에 정보는 정보대로 다 새 나가고, 곧바로 사형될 게 뻔하잖아. 집에 돌아가야 해. 개같이 죽으려고 여기 온 게 아니야. 보란 듯이 살아 돌아가야 해. 죽어도 살아 돌아가야 한다고!'

나는 의식을 잃지 않으려 애썼다. 그때 산거북 한 마리가 머리를 내밀고 열심히 기어가고 있었다. 일순 내 눈에 생기가 돌았다. 잠시 후 산거북의 등에는 내 대검이 꽂혀 있었다. 버둥거리는 거북의 목을 잘라 먼저 피를 마셨다. 그러고는 딱딱한 등 껍질을 벗겨내고 남은 고기를 날것으로 먹어 치웠다.

뒤이어 엄습하는 졸음. 관목 사이를 헤집고 들어가 몸을 숨긴 후 눈을 붙였다.

얼마나 시간이 흘렀을까. 귓가에 후두둑 하는 소리가 요란하게 울렸다. 나는 졸다가 놀라서 벌떡 일어났다. 매서운 눈으로 주위를 둘러보았다. 별다른 기척이 보이지 않았다. 그 대신 간절히 기다리던 소나기가 후두둑 떨어졌다. 아, 가뭄에 비 기다리듯한 내 심정을 하늘이 알았던가.

나는 빗물을 받아먹기 시작했다. 미친 듯이 마셨다. 하늘을 향해 입을 벌리고 있으면 금세 한입 가득 빗물이 고였다. 갈증을 해소하고 난 뒤, 나는 옷을 벗어 몇 번을 헹구었다. 그러고는 흠뻑 빗물을 받았다. 그 다음에는 커다란 나뭇잎을 따서 비에 젖은 옷을 잘 쌌다. 증발되지 않게 하기 위해서였다. 물통이 없으니 나중에 목이 마를 때 입이라도 축이려는 것이었다.

손으로 얼굴을 덥수룩하게 덮고 있는 수염을 매만져 보았다. 어설프게나마 손가락 사이에 수염이 끼이는 걸 보니 열흘 이상 지난 것 같았다. 거머리 때문에 노출되어 바싹 수색해 오던 베트콩도 지쳤는지 잠잠했다. 그렇다고 마음을 놓을 수 있는 처지가 아니었다. 어딘지는 잘 모르겠지만 큰 나무들이 많은 걸 보면 산 중턱쯤 되는 것 같았다.

아주 오랜 옛날부터 자라온 거대한 나무들이 숲을 가득 메웠다. 나는 그중 작은 나무들을 헤치며 능선을 타고 내려오니 불을 피운 흔적과 화전밭 같은 게 보였다. 거기서 더 한참을 내려가자 바나나 나무가 듬성듬성 서 있었다. 나무마다 노랗게 익은 바나나가 주렁주렁 열려 있지 않은가. 사막 한가운데서 오아시스를 만난 것만큼 감격스러웠다. 보는 순간 입 안에 달콤한 향내가 풍겨 오는 것 같았다. 바나나는 한 송이가 내 키만큼 자라 있기 때문에 송이째 꺾을 수가 없었다.

한달음에 나무를 타고 올라가 대검으로 바나나를 실컷 따서 나무 아래 수북히 쌓아 놓았다. 바나나는 먹기 좋게 잘 익어 있었다. 짐승들의 비린 피맛만 보던 나는 허겁지겁 먹기 시작했다. 어릴 때 시골 참외밭에서 배가 터질 정도로 먹던 참외 생각이 났다. 바나나를 배불리 먹고 바나나 줄기와 몸통 사이에 고여 있던 빗물까지 마시고 나니 노곤해지면서 졸음이 몰려왔다.

막 눈을 감으려는 찰나였다. 대여섯 명의 사람들이 달려오면서 막대기를 후려치며 고함을 질렀다. 베트콩 수색대라고 판단한 나는 급히 정글 속으로 달아났다. 정글 속에서 살펴보니 수색대는 아니고 마을의 농부들 같았다. 하지만 농부라고 해서 달라질 건 없었다. 만일 그들이 베트콩과 내통하는 자들이면 나는 잡히는 즉시 사살되거나 포로가 되어 베트콩 손에 넘어갈 게 뻔했다.

나는 좀더 살펴보기로 했다. 농부들은 내가 바나나를 따 먹던 곳까지 온 뒤 이상한 낌새를 느꼈는지 그 이상 더 나가지는 못했다. 그들은 바나나 나무 주위를 한번 훑더니 내가 따 놓은 바나나를 들고 산을 내려가기 시작했다.

나는 정글을 빠져나왔다. 일단 마을 위치를 알아둔 다음 밤을 타 마을로 숨어 들어가 식량과 약품을 구하는 게 좋을 것 같았다.

나는 조심조심 그들의 뒤를 밟기 시작했다. 대략 1킬로미터 남짓 갔을까. 갑자기 그들이 정글 속으로 사라져 버렸다. 나 역시 뒤따라 정글 속으로 들어갔다. 이제 더 이상 그들의 자취를 찾을 수가 없었다. 작은 단서라도 찾을 요량으로 정글 속을 헤매고 있을 때였다.

"쉬익" 하며 바람가르는 소리가 나더니 뭔가가 내 오른쪽 발목을 낚아챘고, 순식간에 내 몸을 거꾸로 공중으로 띄워 올렸다. 나는 공중으로 매달려 올라가는 순간 가슴에 품고 있던 대검을 뽑아 오른발에 걸려 있는 밧줄을 끊었다. 스르르 공중제비를 돌며 땅에 떨어져서 싸울 자세를 취하면서 주위를 살폈다. 그때 내 앞에는 세 개의 총구가 나를 겨누고 있었다.

'아차! 적의 매복에 걸려들었구나!'

　어떻게든 위험에서 벗어나려고 몸을 움직이는데 나무 뒤에 숨어 있던 총구가 앞으로 쑥 나오면서 총을 한 방 날렸다. 움직이지 말라는 경고의 뜻이었다.

　총알은 내 사타구니 사이를 지나 엉덩이 바로 아래 땅속에 처박혔다.

　사면초가. 뚫고 나갈 빈 틈이 전혀 보이지 않았다. 이렇게 끝이란 말인가. 머릿속이 하얗게 텅 비어 버린 느낌이었다.

숨겨진 마을

비현실적인 현실. 내가 적의 포로가 되다니. 보름도 넘게 산짐승의 형상으로 정글 속을 누비고 다니면서 몸과 마음의 에너지가 바닥에 떨어진 것이다. 적의 이 정도 유인 작전에 말려들 줄이야. 적들은 쇠약해진 내 몸뚱아리를 사정없이 핍박하였다. 겨누고 있던 총구로 쿡쿡 찌르고, 발길질을 해 댄다. 허리 부러진 호랑이 신세다.

자기들끼리 어수선하게 월남어로 떠들었다. 나는 무기를 빼앗긴 채 두 손을 결박당하였다.

좁은 베트콩 루트를 지나니 마을이 보였다. 전쟁의 한복판에서도 여전히 삶은 계속되고 있었다. 키 큰 열대의 나무들 사이에 자그마한 집들이 둥글게 모여 앉아 마을을 이루었다.

마을에 들어서니 삼사십 명쯤 되는 사람들이 몰려나와 있었다. 여자들과 아이들은 보이지 않았고 대개 남자들로, 노인네, 장년, 청년들이었다.

마을 한복판에는 꽤 넓은 공터가 있었고, 나는 무릎이 꺾인 채 공터 한복판에 앉혀졌다.

"너는 누구냐? 이름과 소속을 밝혀라."

베트콩들 중에서 지휘관으로 보이는 사내가 의자에 앉아 의례적인 심문을 시작하였다. 그 역시 영어를 사용했다. 사내는 옆구리에 권총을 차고 있었고, 약간 뚱뚱한 몸에 둥근 얼굴로 머리카락이 희끗희끗한 게 오십대쯤 돼 보였다.

사내 양 옆에는 민활해 보이는 청년 두 명이 보좌하듯 지켜 서 있었고, 내 쪽으로 몇 명이 양 갈래로 늘어서 있었다. 그리고 사내 뒤로 우르르 사람들이 모여 있었다.

전신의 기운이 쭉 빠져나갔다. 절망보다 더한 무기력감이 내 몸을 엄습했다.

오십줄의 사내는 눈빛이 형형한 게 상대를 위압하는 힘이 있었다.

어설픈 영어로 심문이 계속되었다.

어떻게 여기까지 왔는지? 이름은 뭐고, 계급은 뭐며, 어느 부대 소속인지…….

나는 짤막하게 형식적인 대답만 하였다.

"나는 한국군 하사 하림이다. 미군에 파견된 미 육군 헬기 기장으로 임무를 수행하던 중 이상기류에 휘말려 저기 보이는 산 정상에서 헬기가 추락하여 부대로 귀환하려고 길을 찾다 당신들의 포로가 되었다."

"우리의 소대장 동지들을 살해하고 도망 다니고 있는 사람이 바로 너였나?"

"오해하지 말라. 그때는 어쩔 수 없었다."

나를 심문하던 그는 옆에 서 있는 젊은 베트콩에게 나의 소지품을 가르키면서 베트남 말로 무어라 명령을 내렸다.

아마 내 소지품을 확인하고 진실인지 알아보라는 것 같았다. 젊은이는 내 소지품을 이것저것 살펴더니 지휘관을 보고는 고개를 끄떡여 보였다. 사실이라고 보고하는 것 같았다.

갑자기 주위에서 웅성거리는 소리가 들렸다. 모여 있던 군인들의 눈에 나에 대한 적개심이 어른거렸다. 지휘관은 믿기지 않는다는 표정으로 내 소지품을 하나하나 다시 살펴보기 시작했다. 내 지갑과 데이브의 수첩, 전사자들의 군번 등을 자세히 들여다보더니 옆에 서 있던, 부관으로 보이는 자의 귀에 대고 귓속말을 하였다.

뒤이어 지휘관이 말했다.

"너는 우리 선에서 처리할 수 있는 놈이 아니니 본부에 인계하겠다. 본부에서 심문을 계속할 것이다!"

그러자 부관이 주위의 병사들에게 나를 가두라고 명령하는 것 같았다.

병사들이 몰려들어 내 온몸을 단단히 결박하고 발에 족쇄를 채웠다.

마을은 공터를 중심으로 네 갈래 길이 있었다. 산 위로 향하는 길, 산 아래로 향하는 길, 그리고 양 옆의 평지로 나 있는 길.

나는 집과 집 사이에 난 좁은 길로 끌려갔다. 얼마쯤 가니 엄청나게 큰 나무가 한 그루 서 있었고, 그 나무 앞에 섰다. 베트콩 하나가 갈대와 바나나 이파리로 얽은 지름 2미터 가량의 뚜껑을 열었다. 그러고는 어둡고 좁은 굴속으로 밧줄을 늘어뜨렸다. 그는 줄을 흔들어 보이면서 줄을 타고 굴속으로 들어가라고 밀었다.

고향 마을에 있던 우물이 떠올랐다. 깊은 우물 속에 드리워진 두레박. 줄을 타고 5미터쯤 내려가니 옆으로 길이 뚫려 있었다. 10여 미터 들어가니 3평 남짓한 방이 나왔다. 바닥에는 마른풀이 조금 깔려 있을 뿐, 사람이 사는 데 필요한 도구는 아무것도 없었다.

땅속의 서늘한 기운이 몸에 닿았다. 고즈넉하고 어두운 지하 감옥. 조용히 앉아 있으려니 처음 잡혀 올 때의 무기력감이 조금씩 사라졌다.

바닥까지 내려갔으니 다시 치솟을 일만 남았다. 탈출하리라. 반드시 이곳을 빠져나가리라.

몸을 일으켜 이곳저곳 살펴보기 시작했다. 하지만 내 힘으로 이곳을 빠져나가기란 어려울 것 같았다. 혼자서는 탈출이 불가능하다고 판단한 베트콩들은 굴 입구에 보초도 세우지 않은 모양이었다.

저녁 무렵, 굴속으로 바나나 한 개를 던져 주었다. 우리 속에 갇혀 있는 한 마리 가축처럼 던져 준 바나나를 받아먹고 나서 다시 곰곰이 생각에 잠겼다. 베트콩 본부로 끌려가기 전에 무슨 수를 쓰든 탈출해야 했다. 머릿속으로 이런저런 시나리오를 계속 쓰고 앉아 있었다.

범에게 열두 번 물려가도 정신을 놓지 말라고 했다. 긴장의 끈을 놓은 순간 위험이 닥쳤으니 다시 적의 빈 틈을 노린다면 불가능한 일도 아닐 것이다.

저녁을 먹은 지 한참이 지난 걸로 봐서 한밤중인 모양이다. 달빛조차 새어 들어오지 않는 지하 땅굴 감옥.

"하사! 하사!"

희미하게 들려오는 소리에 귀가 번쩍 뜨였다. 한 줄기 섬광이 어두운 감옥 안을 꿰뚫고 지나간 것만 같았다. 얼마만에 들어보는 소리던가. 나는 수직과 수평이 교차하는 지점으로 달려나왔다. 밧줄 하나가 길게 드리워져 있었다.

'신이여, 제게 튼튼한 동아줄을 주소서. 제발 이 밧줄이 나를 생명으로 인도하기를.'

밧줄이 흔들리고 있었다. 어서 줄을 타고 올라오라는 신호였다.

'신이 주신 마지막 기회다. 순식간에 올라가서 적을 제압한 뒤 달아나자!'

상황 판단과 동시에 5미터 깊이의 땅굴을 단숨에 날아 올라갔다. 밖의 공기를 들이킴과 동시에 줄을 쥐고 있던 자의 목을 잡아 비틀었다. 그는 벌게진 얼굴로 양손을 내저으며 할 말이 있다는 시늉을 보였다. 나는 약간 팔의 힘을 빼서 그의 숨통을 틔워 주었다.

"친구, 당신의 친구……."

아뿔사, 누군지 모르지만 나를 구해 주려고 온 사람이었다.

"미, 미안하오."

미안하다는 나의 말을 듣는 둥 마는 둥, 그가 내 손을 잡고 말했다.

"저들이 곧 순찰을 올 테니 여긴 아주 위험해요. 나를 따라와요."

나는 앞장서서 달려가는 그를 따라갔다. 그 역시 스무 살 가량의 온순해 보이는 월남 청년이었다. 영문도 모른 채 그를 따라서 인근에 있는 창고 같은 건물 안으로 들어갔다. 베트콩과 한 패거리가 아닌 건 분명해 보였다.

"나는 라이라는 사람입니다. 거북이 마을 촌장의 아들로, 영어를 약간 해요."

라이는 주위를 경계하며 나지막한 어조로 어떻게 된 일인지 설명하기 시작했다.

거북이 마을은 고산족이 사는 마을이다. 오랫동안 고산 지대에서 화전을 주업으로 외부와 별다른 접촉 없이 평화롭게 살고 있었다. 하지만 전쟁의 어두운 그림자를 벗어날 수는 없었다. 전쟁이 일어나자 제일 먼저 미군들이 헬기를 타고 이곳에 왔다. 미군들은 생활 용구 등을 가져와 원시적인 삶에 가까운 생활을 하던 이 종족을 개화시켰고, 이 사실을 알고 있던 베트콩은 급기야 마을을 기습하기에 이른 것이다. 베트콩은 먼저 마을의 지도자와 젊은이들을 수없이 죽이고, 남은 사람들을 억지로 끌고 가 베트콩을 만들었다. 따라서 지금 이곳 거북이 마을 사람들은 호시탐탐 탈출 기회만 노리고 있었던 것이다.

　지금 마을에는 고산족 30여 명 외에 50명 정도의 베트콩이 주둔해 있는데, 대부분 베트콩 루트를 만들고, 간이 숙소를 만드는 일 등에 동원되어 20명 정도만 남아 마을을 감시하고 있다고 설명했다.

　라이의 설명을 듣고 나서야 어떻게 된 일인지 알 수 있었다.

　하지만 그것으로 의문이 완전히 풀린 것은 아니었다. 나는 먼저 라이에게 감사의 인사를 한 후 물었다.

　"그런데 나를 구해 준 이유가 뭐요?"

　라이가 빙그레 웃으며 대답했다.

　"촌장님께서 당신을 비밀리에 탈출시키라는 명령을 내리셨어요. 당신이 돌아가서 군인들을 데려와 마을에 있는 베트콩들을 소탕해 주기를 바라시는 것 같습니다."

　나는 비로소 일이 어떻게 돌아가는지 명확히 이해할 수 있었다.

　"혼마 산에 있는 베트콩 최고 본부에서는 당신을 잡으려고 혈안이 돼 있을 겁니다. 그들은 당신을 생포하여 정보를 빼내려고 해요. 베트콩들이 당신에 대해서 하는 얘기를 들었어요. 싸움을 잘하는 용사라고 하더군요. 만에 하나 저들에게 끌려갔다간 모진 고문을 받고 죽을 게 뻔해요. 베트콩의 감시가 심한 곳이니 조심해야 합니다. 만일 우리가 당신을 도와 준 사실이 발각되면 우리 모두 몰살 당할 겁니다."

　라이가 내게 자루 하나를 건네주었다. 자루 속에는 내 소지품이 고스란히 들어 있었다. 얼른 받아들고 대충 챙겨 보니 총과 대검 외에는 지니고 있던 물건들 그대로였다.

　라이에게 말했다.

　"칼이 없소!"

　무엇보다 대검이 꼭 필요했다. 내가 손을 내밀며 다급하게 외치자 라이는 베트콩들의 사무실로 쓰는 막사를 가리키며 말했다.

"저기 있어서 가지고 나올 수 없었어요."

라이에게 다시 물었다.

"막사 안에는 몇 명이 있소?"

라이는 손가락 하나를 들어보였다. 라이를 앞세워 내 대검이 있는 막사로 달려갔다. 아직까지 내가 탈출한 사실이 알려지지 않은 모양이었다. 보초도 없이 한 명의 베트콩이 내 대검을 옆구리에 찬 채 의자에 앉아 졸고 있는 게 보였다. 자세히 보니 아까 적들에게 생포될 때 내 가랑이 사이에 총을 쏜 놈이었다.

눈에 불꽃이 튀었다. 심기일전. 주위를 살펴보니 몽둥이 하나가 계단에 비스듬히 걸쳐 있었다. 나는 몽둥이를 집어 들었다. 한 방에 보낼 생각이었다. 적을 향해 몽둥이를 내리치려는 순간, 소란스럽게 일을 치를 필요가 없다는 생각이 들었다. 더 간단하게, 더 조용하게, 더 빠르게 처치할 방법이 떠올랐다.

나는 가만히 베트콩에게 다가가 옆구리에 끼고 있던 나의 대검을 순식간에 빼 들었다. 그와 동시에 바람같이 움직여 놀라서 어쩔 줄 모르는 베트콩의 입을 틀어막으면서 늑골 사이에 있는 급소에 대검을 꽂았다.

틀어막은 입에서 가는 신음 소리가 비어져 나오더니, 베트콩의 몸이 금세 축 늘어졌다. 나를 지켜보던 라이는 경악을 감추지 못하였다. 두 손으로 얼굴을 가린 그는 두려움에 떨었다.

다행히 주위는 조용했다. 막사를 나온 나는 라이의 안내 덕에 베트콩 초소를 피해서 마을을 빠져나올 수 있었다.

우리 두 사람은 정글 속으로 들어와서 우선 바위를 찾아 몸을 숨겼다.

라이가 앞에 보이는 큰 산의 능선을 가리키며 말했다.

"저 앞에 보이는 동쪽 능선을 넘은 다음, 능선 하나를 더 넘으면 작은 호수가 나옵니다. 호수 옆에는 갈대밭이 있는데 그 속에 작은 마을이 있어요. 베트콩들도 모르는 마을로, 우리 종족들이 이곳을 탈출해서 몰래 숨어 살고 있는 곳이죠. 그곳에서 먼저 상처를 치료한 뒤에 다음 일을 도모하세요."

라이는 말을 마치자 칼로 깎아 만든 나무 거북이 한 마리를 내게 주었다.

"이 거북이를 보여 주면 마을 사람들이 당신을 의심하지 않을 겁니다."

나는 내 생명의 수호신이 될 나무 거북이를 받아서 주머니 안에 넣었다. 그리고 두 손을 모아 고개 숙여 감사의 인사를 올린 후 말했다.

"같이 갑시다. 잘못하면 당신도 위험해요. 같이 탈출합시다!"

라이는 고개를 가로저었다.

"나는 마음만 먹으면 언제든지 탈출할 수 있어요. 내가 여기 있는 이유는 촌장님을 보살피고, 우리 마을 인질들을 구해 내기 위해서요. 마을에 가면 우리가 왜 당신을 구해 줬는지 잘 알게 될 겁니다."

라이의 대답은 단호하였다. 사지에서 나를 구해 준 청년을 두고 떠나려니 마음이 무거웠다. 내가 탈출한 게 밝혀지고 나면 또 한 번 죽음의 소용돌이가 휘몰아칠 것이다. 하지만 더 이상 이곳에서 머뭇거릴 수는 없었다.

나는 진심으로 타국의 청년에게 감사의 인사를 올리고 바람같이 길을 떠났다.

다섯 명의 전사

몸은 만신창이였지만 발걸음은 예전보다 가벼웠다. 적진 한복판에서 이정표도 없이 살 길을 찾아 헤매던 때와는 달랐다. 백척간두에 서 있는 듯 단 한순간도 마음을 놓을 수 없었는데, 지금은 희미하게나마 한 줄기 빛이 보인다. 나는 혹여 발자국이 남아 적들에게 추격을 당할까봐 되도록 바위나 나무를 타면서 이동했다.

한밤중에 라이가 땅굴 감옥에서 탈출시켜 준 뒤 이틀을 꼬박 뛰다시피 달려 능선 두 개를 넘었다. 또 하루가 저물려나. 드넓은 하늘이 붉은 빛으로 물들기 시작했다. 해가 질 모양이었다. 나는 서둘러 발걸음을 옮겼다.

눈앞에 작은 호수가 보였다. 호숫가에는 키를 넘는 갈대가 석양을 받으며 서 있었다. 주위가 온통 갈대밭이라 어디로 가야 할지, 또 그 너머에 무엇이 있을지 가늠할 수가 없었다.

'갈대밭 안쪽에 마을이 있다고 했지.'

동서로 누워 있는 8자 모양의 호수에 붉은 노을이 비치고 있었다.

'라이가 말한 호수가 바로 여기군.'

우선 갈대밭에 몸을 숨겼다. 호숫가는 조용하고 평화로웠다. 전쟁의 상흔과는 무관해 보였다. 수천 년 이어져 내려온, 자연 그대로의 모습이었다. 조심스럽게 주위를 살펴보았다. 인기척이 느껴졌다. 호수 건너편, 몇몇 청년이 작살을 쥔 채 물고기를 잡고 있었다. 라이의 동족들이리라. 나는 민첩하게 움직이는 그들을 조용히 보고 있었다.

붉은 노을, 넘실거리는 호수, 술렁이는 갈대밭. 구릿빛 몸의 청년들이 그림 같은 풍광 속에서 물고기를 잡고 있다. 전쟁조차 그들을 비껴갈 것 같았다.

'저들을 뒤쫓아 가보자.'

무작정 모습을 드러내서는 안 되었다. 라이의 동족이 아닐 수도 있었고, 동족이라고 해도 나의 신분을 알 길 없는 그들이 어떻게 나올지 모를 일이었다. 조심스럽고 재빠르게 호수를 건너야 했다. 처음에는 호숫가를 돌아서 가려다가 헤엄쳐 건너는 게 빠를 것 같았다. 나는 조용히 물속으로 들어갔다. 그러고는 목만 빼꼼이 내놓고 소리나지 않게 개헤엄을 쳤다. 혹시 나를 보고 놀라서 달아나 버리면 어쩌나 싶어 눈에 띄지 않는 곳으로 향했다.

건너편 호숫가에 도착하여 물속에서 몸을 빼내 뭍으로 올라서는데 길다란 갈대가 움직이는 게 보였다. 반사적으로 대검을 빼 들고 좌우를 훑어보는데 등 뒤에 날카로운 물체가 와 닿는 섬뜩한 느낌이었다. 어차피 싸우러 온 게 아니었기에 반항하지 않았다.

아마도 그들은 호수를 건너는 나를 곁눈질로 본 모양이었고, 눈에 띄지 않는 곳을 찾아 방향을 틀자 먼저 이곳으로 와서 잠복해 있었던 것 같았다.

원주민 청년들은 재빨리 나를 결박했다. 그중 진중해 보이는 청년 하나가 나를 수색하더니 금세 주머니 안에서 라이가 준 나무 거북이를 꺼냈다. 청년들은 놀란 눈빛으로 서로 바라보며 중얼거렸다.

청년은 내 얼굴에 거북이를 들어 보이며 알아들을 수 없는 말로 떠들었다. 누가 주었는지 묻는 눈치였다.

"라이가 주었다."

그는 놀란 눈을 크게 뜨며 되물었다.

"라이? 라이?"

그는 내가 이틀을 꼬박 달려온 정글 쪽을 손짓으로 가리켰다. 그쪽에서 왔냐는 뜻이었다.

내가 고개를 끄덕이자 자기들끼리 몇 마디 오가더니 뭐라고 묻는데 라이가 살아 있냐는 물음 같았다. 살아 있다고 열심히 떠들었지만 전혀 못 알아듣는 눈치였다.

그들은 포박을 풀지 않고 이번에는 내 눈을 가렸다. 마을로 끌고 가는 모양이었다. 갈대를 헤치고 한참을 끌려가자 사람들이 수군거리는 소리가 들려왔다. 마을에 당도한 모양이었다.

조금 있으니 위엄 있는 목소리가 들려왔다. 젊은 음성은 아니었다. 옆에 있던 청년이 그의 명령 때문인지 내 눈의 가리개를 벗겨 주었다. 그리고 묶었던 줄도 풀어 주고 나서 대검을 건네주었다.

"당신은 자유요. 라이가 증명해 주었소."

눈을 뜨고 보니 마을 어른 같았다. 위엄 있는 목소리의 주인공으로 영어가 유창했다. 오랫동안 미군 길 안내를 맡아 한 탓에 영어도 잘하고, 생각도 트인 마을의 수장격인 사람이었다.

"우리가 아는 바에 따르면 당신은 강인하고 용감한 사람이오. 게다가 베트콩들이 당신을 찾으려고 혈안이 돼 있소. 하지만 베트콩은 우리 마을의 적이오. 우리를 도와 주시오!"

그는 진지한 표정으로 내게 부탁했다.

나는 우선 결박당했던 손목과 어깨를 어루만지며 대검을 찼다. 그러고는 천천히 주위를 둘러보았다.

마을은 작지만 아늑하고 포근했다. 절벽과 절벽 사이 움푹 들어간 작은 평지에 있었는데 주변은 온통 키를 넘는 갈대밭이라 외부의 접근이 거의 불가능했다. 아주 오랜만에 집에 돌아온 기분이었다. 사선을 넘으며 적들에게 쫓겨 다닌 지 벌써 보름도 더 된 것 같았다. 얼마만에 맛보는 여유인가. 이제야 살 길이 보였다. 이젠 살아 나갈 수 있을 것 같았다. 아무렇게나 걸쳐 입은, 거의 반라의 고산족들은 어른 아이, 여자 남자 할 것 없이 모두 순수해 보였다.

"당신은 누구고 어디서 왔소?"

등 뒤에서 누군가 다른 사람이 유창한 영어로 물어왔다.

뒤돌아보니 베트남 군인 복장을 한 삼십대 사내가 웃으며 서 있었다. 나와 눈길이 마주치자 그는 한발 앞으로 다가서며 악수를 청해 왔다. 악수를 나누며 보니 그의 오른손에는 나무 거북이 한 마리가 쥐어져 있었다.

저 거북이가 나를 살려 주는구나, 안도의 한숨을 내쉬며 그의 손을 반갑게 잡고 흔들며 감사 인사를 연발했다.

"나는 따이한으로 미군 헬기 부대 기장입니다. 임무 수행 중 헬기 추락으로 나머지 전우가 모두 전사하고 혼자 살아서 베트콩의 추격을 받다가 라이가 있는 베트콩 부대에 체포되었죠. 다행히 라이의 도움으로 그곳을 탈출해서 여기까지 오게 되었고, 나무 거북이도 라이가 준 겁니다."

내가 차분히 내 소개를 하자, 고개를 끄덕이던 사내도 자신이 누군지 밝혔다.

"나는 베트남 군 중위 북테이 듀이오. 고산 지대에 사는 소수 부족을

정부 측으로 이끄는 선무 공작을 하는 게 내 임무요. 라이가 있던 마을
에 있다가 베트콩의 습격으로 함께 이곳 거북이 마을로 피신을 왔지요.
이 마을은 이들 부족 외에는 아무도 모릅니다. 라이는 촌장의 아들로
지난번 습격 때 촌장과 함께 인질로 잡혀 있는 상태지요."

듀이 중위는 담배꽁초를 입에 물더니 불을 붙였다.

"여기는 그야말로 천연 요새입니다. 호수를 건너지 않으면 들어올 수
도 없고, 절벽 아래 처박혀 있어 외부와 완전히 차단돼 있지요. 헬기나
비행기 같은 것도 접근할 수 없는 곳이오."

듀이 중위는 짧게 설명을 하다가 내 얼굴을 살펴보았다.

"우선 숙소로 안내하겠소. 많이 지쳐 보이는군요. 가서 쉬도록 하지
요."

듀이 중위의 말을 듣고 나자 갑자기 피로가 엄습하면서 다친 엉덩이
가 참기 어려울 만큼 아팠다.

"먼저 상처를 치료한 뒤 잠을 좀 자고 싶습니다."

듀이 중위의 안내로 갈대로 엮은 막사 안으로 들어간 나는 우선 바나
나 죽을 먹었다. 그러고 나서 상처를 보여 주었다. 기다리고 있던 마을
어른들이 급히 치료사를 불렀다. 추락 직후 베트콩에게 쫓겨 다닐 때
베트콩의 총에 바위가 깨지면서 파편이 엉덩이에 처박혀 난 상처가 곪
아 터진 상태였다.

깡마른데다 머리가 약간 벗겨진 노인 하나가 금세 달려왔다. 마을에
서 병이 생기면 치료를 도맡아 해 주는 노인이었다. 그 노인은 우선 퉁
퉁 부은 상처 부위를 칼로 째더니 고름을 입으로 빨아내기 시작했다.
그러나 깊숙이 있는 고름이 나오지 않자 호수에서 잡아온 거머리를 붙
여 남은 고름을 빨게 했다. 마취도 없이 상처를 째고 고름을 빨아 대니
비명이 절로 터져 나올 지경이었다. 나는 입을 앙다물고 비명을 참으며

견뎠다. 고름을 없애고 나서는 나뭇잎 같은 것을 갈아 상처 속으로 밀어 넣어 상처를 밀봉하였다. 그런 다음 물수건으로 더러워진 나의 온몸을 깨끗이 닦아 주었다.

나는 그 후 혼절하듯 깊은 잠에 빠져 버렸다.

얼마나 잤을까. 누군가 나를 흔들어 깨웠다. 침상 위에 누운 채 주위를 바라보니 듀이 중위와 나를 치료해 주었던 노인과 다른 노인 두 사람이 걱정스런 눈길로 나를 내려다보고 있었다. 일어나려고 안간힘을 쓰는 나를 보더니 마을 치료사가 그대로 있으라고 만류하였다. 내가 그에게 고개를 끄덕이자 처음 눈 가리개를 풀어 주었던 노인이 이야기를 시작했다. 듀이 중위가 일부분 통역을 맡았다.

"먼저 몸이 회복되면 베트콩에게 인질로 잡혀 있는 촌장과 라이, 마을 주민들을 구출해 주시오. 그러면 당신을 여기서 동쪽으로 100킬로미터 떨어진 산 아래에 주둔한 백마 부대까지 안내해 주겠소."

말을 마친 노인은 내게 가볍게 목례를 올렸다. 간곡한 청이었다.

'어서 빨리 부대에 복귀해서 전사자 신고를 하고 알루미늄 상자에 대해 보고를 올려야 하는데…….'

나는 당장 뭐라고 대답하기가 어려웠다. 고산족의 요구를 거절하자니 생명을 구해 준 분들에 대한 예의가 아니었고, 부탁대로 하려니 시간도, 몸 상태도 자신할 수가 없었다. 난처한 순간이었다.

"예의가 아닌 줄 알지만 일단 시간을 주십시오. 몸이 나아지는 걸 보면서 답을 드리겠습니다."

나는 무얼 믿고 나를 위험에서 구해 주고, 내가 그 일을 할 수 있을 거라고 전폭적으로 믿게 되었는지 의구심이 들었다. 듀이 중위에게 물었다.

"한 가지 궁금한 게 있습니다. 라이 말로는 내가 부대로 귀환하여 부대를 이끌고 와서 이 마을을 구해 주었으면 좋겠다고 하더군요. 헌데 내게 왜 이런 부탁을 하는 건지 궁금합니다."

듀이 중위는 기다렸다는 듯 대답했다.

"궁금해할 줄 알았어요. 라이가 베트콩이 상부에 올릴, 당신에 대해 쓴 보고서를 훔쳐보았다고 하더군요. 그동안 베트콩의 포위망 한가운데서 당신이 보여 준 용감한 행동을 보고, 마을에 인질로 잡혀 있는 촌장님과 당신에 대해 의논한 결과 당신을 구해 주고, 그 대신 마을을 구해 달라고 부탁하기로 결정을 한 겁니다. 우리 모두는 베트남 정부에게 몇 번씩이나 이 마을을 구해 달라고 요청했지만 기다려 달라는 대답만 돌아올 뿐이었소. 그래서 기다리다 지친 마을 주민들이 당신을 선택한 것이지요. 그 뿐이오."

듀이 중위의 말을 들으며 이제야 알겠다는 듯 고개를 끄덕이자 사람들은 내가 자신들의 청을 들어주기로 한 줄 알고 허리를 깊이 숙이며 고마워했다.

듀이 중위가 이어서 말했다.

"당신은 여기 온 뒤로 꼬박 이틀을 내리 잠만 잤소. 그동안 이들이 당신을 지극 정성으로 간호했지요. 그들 덕에 당신은 지금 빠른 회복 상태를 보이고 있어요. 여기 노인들께서 그러시더군요. 보통 그 정도로 몸이 쇠약한 상태면 다시 살아나기 어려웠을 텐데 정말 대단한 생명력을 가졌다고 말입니다. 이들은 당신의 뛰어난 능력과 강인한 정신력, 용기를 빌리기 위해 수고를 아끼지 않은 것 같소. 다시 한번 부탁하오. 제발 저들의 요구를 거절하지 마십시오……"

듀이 중위를 비롯한 좌중의 표정이 너무나 진지하고 간절해서 도저히 거절할 수가 없었다. 우리는 서로 마음이 통했다. 그들과 나는 내 몸을 회복시키는 데 전력을 다했다. 원래 누군가 살고 있던 집을 나를 위해 비워 준 모양이었다. 사방을 갈대로 엮은 나의 처소에는 침상이 있었고, 침상 위에는 갈대로 엮은 자리가 깔려 있었다. 나를 치료했던 마을 어른이 옆에 붙어서 죽을 먹여 주고, 상처를 돌보아 주었다. 그야말로 손끝 하나 움직일 힘조차 없었다. 저녁이면 사방에서 소슬한 바람이 불어왔다. 미제 군용 모포 한 장이 해가 지고 난 뒤의 한기를 막아 주었다. 그로부터 2주일이 지난 후에야 비로소 혼자 힘으로 마을을 걸어다니며 둘러볼 수 있을 정도가 되었다. 몸 안에 새로운 기운이 샘솟기 시작한 것이다.

몸이 어느 정도 회복된 나는 생명의 은인인 이들의 청을 들어주기로 결심했다. 은혜도 모르는 놈처럼 그냥 떠날 수는 없었다. 먼저 저들의 청을 들어준 후 부대로 복귀하기로 결심하고 두 분 어른과 듀이 중위를 불렀다.

"내 몸을 마음대로 움직일 수 있는 날, 당신들의 촌장과 동족을 구하러 떠나겠습니다. 하지만 혼자서는 불가능합니다. 건장한 청년 다섯 명만 지원해 주셔야겠습니다. 무기도 필요합니다."

마을 노인 중에서 마르고 키가 큰 분이 미안해서 어쩔 줄 몰라 하며 말했다.

"이 마을로 도망나올 때 베트콩의 감시가 워낙 심해 총 세 자루와 사냥용 칼, 창 밖에 가져오지 못했소. 하지만 총 세 자루는 마을을 지켜야 하기 때문에 내줄 수 없는 형편이오. 무기라야 칼과 창뿐이오."

나는 흔쾌히 대답했다.

"좋습니다! 이 마을에서 전투를 할 수 있는 사람이 몇 명이나 됩니까?"

미안해하던 노인이 이번에도 답했다.

"이곳에 온 사람들은 모두 50명 정도 되오. 그중에서 전투를 할 수 있는 사람은 여자 다섯 명을 포함해서 열여덟 명 정도요. 나머지는 고향에서 탈출해 나올 때 부상을 입어 싸울 처지가 못 되오. 베트콩이 점령한 우리 고향에는 촌장과 라이를 비롯해서 노약자들 50명 정도가 볼모로 잡혀 강제 노역에 시달리고 있소."

어느 정도 회복한 나는 혼자 마을을 돌아다닐 때면 라이와 그의 부족을 구해 내기 위해 어떤 작전을 쓰면 좋을지 혼자 구상해 보고는 했다. 무기가 충분하다면 마을 청년 중에서 몇 사람을 훈련시켜 함께 기습 작전을 펴면 승산이 있을 것 같았다.

'하지만 무기가 없다면……'

그래도 우선 팀을 꾸리는 게 우선이었다.

나는 원로들에게 청했다.

"우선 건강하고 날렵한 사람을 다섯 명만 뽑아주십시오. 그들을 훈련시키겠습니다. 단 베트콩에 원한이 많은 사람을 우선적으로 선발했으면 좋겠습니다."

그렇게 해서 다섯 명의 팀이 꾸려졌다. 탄(남, 스무 살), 타우(남, 열여덟 살), 차오(남, 열여덟 살), 다랑(여, 열여덟 살), 트랑(여, 열아홉 살). 이들 다섯 명의 손에 부족의 운명이 달려 있었다. 이렇게 시작된 인연의 끈이 삼십 해를 지난 지금까지 이어질 줄은 꿈에도 상상할 수 없었다.

열여덟 살인 다랑

　홀로 침상에 누워 있으려니 나뭇잎 서걱이는 소리마저 귀에 들려온다. 밤이면 제법 서늘한 기운이 피부 속으로 스며든다. 하루에도 몇 차례씩 쏟아져 내리는 폭우가 대지의 열기를 모조리 빼앗아 버리는 모양이다.

　한 달 동안의 강훈을 결정하고, 대원들도 선발하고 나서 혼자 지낼 숙소로 독립해 나오니 홀가분한 기분과 동시에 미뤄 두었던 상념들이 한꺼번에 밀려들었다. 숙소 인근에는 다섯 명의 대원이 공동으로 생활할 막사도 이미 세워 두었다.

　탄, 타우, 차오와 다랑과 트랑.

　하나같이 순박한 청년들이었다. 탄은 그들 중에서 제일 나이가 많은 맏형격으로 몸집이 동글동글한 게 통통한 편이었고, 타우와 차오는 키가 크고 깡마른 편이었다. 다랑과 트랑은 꾸미지 않은 속에서도 순박함과 건강미가 아름답게 보이는, 전형적인 월남 아가씨였다. 과연 이들이 나의 손과 발이 되어 이 위험천만한 상황을 돌파해 낼 수 있을까.

내일부터 시작될 훈련에 대한 생각, 훈련을 마친 후 베트콩 마을을 기습 공격할 계획 등등 여러 생각들이 산만하게 얽혀 있어 쉽게 잠이 오지 않았다. 그런 나를 조용한 달빛이 감싸 안아 주었다. 몸을 뒤척일 때마다 침상은 내 무게를 이기지 못하고 삐걱거렸다.

그리고 다음날 어김없이 해는 솟아올랐다.

다섯 명의 대원은 아직 스무 살이 채 안 된 앳된 청년들이었다. 우리들보다 몸집은 작지만 눈빛만큼은 누구보다 강인했다. 처음 대원을 선발할 때 베트콩에게 원한이 많은 사람을 우선적으로 뽑아 달라고 해서 그런지 다섯 대원 모두 마을 사람들과 본인들이 보는 데서 가족이 모두 베트콩에게 살해되었고, 여자 대원인 다랑과 트랑은 베트콩에게 끌려가 윤간을 당한 상처를 안고 있었다.

처음 한 일은 의사 소통을 위한 언어 교육이었다. 우선 간단한 명령어는 우리말을 썼다. 앉아. 일어서. 찔러. 뒤로. 앞으로. 등등. 그리고 꼭 필요한 영어 몇 마디.

막바로 훈련을 시작했다. 물론 언어는 의사 소통을 위해 가장 기본적인 것이긴 하지만 눈빛과 표정, 손짓, 발짓 등도 훌륭한 수단이라는 것을 훈련을 하면서 새삼 깨달았다. 게다가 적진 한가운데서 기습 공격을 수행해야 하기 때문에 말없이 몸짓 눈짓으로 의사를 주고받아야 했다. 우선 다섯 명이 한 몸이 되어 작전을 펴려면 나와 대원들 간의 호흡이 무엇보다 중요했다. 매일 태권도의 기본 동작, PT 체조, 총검술 등을 기본으로 하면서 이들에게 자신감과 용기를 갖게 하기 위해 본격적으로 칼 쓰는 법을 가르쳤다. 우리의 주무기는 칼이었기 때문에 특히 칼 쓰는 법이 중요했다. 훈련을 시작하고 보니 이들은 하나같이 기본적으로 몸이 유연하고 민첩했으며 칼 쓰는 데 능했다.

첫 훈련을 마치고 마을 공터 옆에 임시로 갈대로 엮어 만든 움막집 숙소로 돌아왔다. 침상에 누워 눈을 감았다. 눈빛 하나가 떠나지 않고 내 머릿속을 맴돌았다.

열여덟 살의 다랑. 다랑의 눈길은 훈련 내내 나를 놓아주지 않았다. 다랑은 다른 대원들에 비해 이해력이 뛰어났고, 몸놀림도 눈에 띄게 탁월했다. 그 뿐이 아니었다. 그녀는 나의 모든 것을 흡수하려는 듯이 굴었다. 마치 귀머거리가 말을 배우듯 내 입 모양새를 뚫어지게 보며 쉴 새 없이 따라서 입을 오물거렸다. 그녀는 휴식 시간조차 내게서 눈길을 거두지 않았다. 복수에 대한 염원이 그리도 강했던 것일까. 그녀의 열정과 정신력이 나를 놀라게 했다.

다랑의 몸매는 버드나무처럼 유연하고 매끈했다. 고산족 아가씨치고는 꽤 큰 편에 속했는데, 대략 160센티미터 남짓 되는 것 같았다. 약간 동그란 얼굴에 콧날이 오똑한 그녀의 얼굴에서 무엇보다 인상적인 것이 날카로운 눈매였다. 끊임없이 무엇인가를 추구하는 듯한 집요한 그녀의 눈은 항상 긴장해 있었다.

다음날부터는 본격적인 단공도 18행법을 가르쳤다. 고교 시절 고향마을 진등재에서 하운거사에게 배운 무술을 이렇게 써먹게 될 줄이야. 인생은 아래로부터 차곡차곡 쌓아가는 피라미드인 모양이다. 그저 물 흐르듯 흘러온 일들이 이렇게 유용하게 쓰일 줄은 몰랐는데.

단공도 18행법은 찌르기, 가로베기, 세로베기, 수평베기, 위로베기, 회전베기, 한손던지기, 두손던지기, 몸굴러베기 등 아홉 가지 공격 행법과 양손가로막기, 위로막기, 아래로막기, 회전막기, 엎드려막기, 몸틀어막기, 몸굴러막기, 오른쪽피하기, 왼쪽피하기 등 아홉 가지의 수비 행법으로 구성되는데, 워낙 훈련 기간이 짧아서 공격 행법만 가르칠 작정이었다. 약 25센티미터 길이의 단도를 양쪽 팔목과 팔꿈치 사이에 감추고 날듯이 돌면서 상대의 목을 공략하는 법으로, 단공도 18행법은 그 움직임이 조용하면서 절도 있는 절묘한 무술이었다. 워낙 일상생활에서 칼을 쓰는 일이 많았던 원주민들이라 그런지 가르치기 무섭게 몸에 익혀 갔다.

훈련 둘쨋날 역시 다랑의 태도는 유달리 눈에 두드러졌다. 단공도 시범을 보여 주자, 쉬는 시간에도 한쪽 구석에서 혼자 맹훈련을 하고 있었다. 그녀의 몸 전체에서 뿜어져 나오는 열정의 근원이 무엇인지 이해하기 힘들 정도였다. 부모와 형제자매를 잃고 홀홀 단신으로 살아가는 그녀에게 삶의 의미와 목표는 어쩌면 철저한 복수일 수도 있을 것이다. 그 복수를 실현하는 길을 내가 열어 주어서일까. 무엇으로도 그녀의 맹목성을 설명할 수가 없었다.

훈련을 끝내고 숙소에 도착하여 쉬려고 하는데 밖에서 갈대 움직이는 소리가 나서 나와 보니 다랑이 내 숙소에서 조금 떨어진 곳에 갈대와 바나나 잎으로 부지런히 간이 숙소를 만들고 있었다.

"다랑, 여기다 뭐 하려는 거지?"

다랑은 돌아서서 나를 보며 혼잣말하듯 말한다.

"불편한 일이 있으면 가까이서 도와 드리기 위해 여기에 내 숙소를 만들고 있습니다, 서전트 하."

나는 다랑에게 손사래를 치며 말렸다.

"다랑, 괜찮아. 그럴 필요 없어. 내 문제는 내가 해결해."

하지만 나의 만류는 그녀에게는 아무 소용이 없었다. 다랑의 결심은 완고했고, 그날 이후 다랑은 나의 그림자가 되어 내 주위를 떠나지 않았다.

한 달을 기약한 훈련이 벌써 중반을 지나고 있었다. 대원들의 실력은 나날이 향상되어 갔다. 낮에는 정글을 헤매 다니며 호숫가에서 체력 훈련을 했고, 밤이면 총 다루는 법과 분해하여 조립하는 법을 익혔다. 총에 대한 공포심을 없애고 친밀감을 높여 주기 위한 훈련이었다.

어느 날 훈련 나갔을 때였다. 다랑이 호수에 뛰어들더니 물속에서 유연하게 노니는 물고기의 머리를 정확히 조준하여 칼끝으로 찍어 올리는 것이었다. 푸우 하는 소리와 함께 한 마리, 두 마리, 세 마리 툭툭 물고기를 땅으로 던져 올리는 솜씨에 저절로 탄성이 새어 나왔다.

잠시 후 트랑과 차오가 다랑이 하는 양을 보고 자신들도 해 보이겠다는 몸짓을 하며 뛰어들었다. 하지만 쉬운 일이 아니었다. 두 사람은 번번이 실패했고, 뭍으로 올라와서는 다랑을 향해 엄지손가락을 치켜들었다.

"다랑 최고!"

나는 가끔씩 훈련 중인 다랑을 보면서 섬뜩한 느낌을 받을 때가 있었다. 만일 그녀가 나의 적이라면 꽤 어려운 상대일 거라는 생각을 했다. 또 같은 대원들과 실전 훈련을 할 때면 항상 상대의 목을 노려 정확히 상대를 제압해 나가는데 거의 신들린 듯한 동작이었다. 가끔씩 전혀 내가 가르치지 않은 동작을 보여 줘 나를 놀라게 하기도 했다.

시간이 흐를수록 다랑의 태도는 더욱 노골적이었다. 훈련하는 내내, 아니 훈련을 마치고 나서도 다랑은 이 드넓은 우주에서 오직 나 한 사람만을 위해 태어난 사람처럼 굴었다. 내 이마로 땀이 조금 흐르는 듯 싶으면 달려와 땀을 닦아 주었고, 내 식사를 먼저 챙겨 주었으며, 물이라도 마실 양으로 두리번거리면 어느새 내 앞에 물을 가져다 주었고, 숙소로 돌아와서는 내가 잠이 들기 전에는 잠자리에 들지도 않았다.

그러던 어느 날 밤이었다. 한참 잠에 취해 있는데 한쪽 팔이 이상하게 묵지근하게 아파 왔다. 눈을 떠보니 누군가 내 오른손을 두 손으로 꼭 감싸 안은 채 웅크리고 자고 있었다. 동그랗게 몸을 말고 밤새 웅크리고 있었던 사람은 바로 다랑이었다.

"다랑, 아니 왜?"

나는 놀라서 입이 다물어지지 않았다.

다랑은 깜짝 놀라 슬그머니 팔을 빼고 나를 바라보고 있었다. 달빛에 비친 다랑의 눈동자가 애절하게 빛났다. 왜 자신의 진심을 몰라 주느냐고 원망 어린 눈빛이었다. 나는 평소 그녀의 행동이나 눈빛에서 나를 향한 마음이 남다르다는 것을 느꼈다. 나 역시 그녀에게 마음이 기울려고 했다. 하지만 그럴 수는 없었다. 그럴 때가 아니지 않은가. 나는 단호하게 다랑을 내쳤다. 해야 할 임무가 있었고, 나는 이방인이었으며, 그녀의 스승이기도 하지 않은가.

"다랑, 다신 이러면 안 돼! 어서 가서 자, 내일 훈련을 해야지!"

다랑은 아무 말도 하지 못했다. 그리고 힘없이 자리에서 일어나 흐느끼면서 자신의 숙소로 돌아갔다. 나는 왠지 가슴이 아팠다. 다랑의 외로운 사랑이 가슴 저리게 아팠다. 무너진 자존심을 어찌 달래고 있을지 걱정스러웠다.

하지만 하루하루 지나면서 다랑의 열정에 나는 조금씩 흔들리고 있었다. 사실 다랑은 총명하고 아름다운 아가씨였다. 가는 입매에 웃을 때마다 살짝살짝 파이는 보조개가 아주 매력적이었다. 나는 내 마음을 다잡으려 애썼다. 그런 감상에 빠질 만큼 여유 있는 상황도 아니었고, 흔들림이 파도가 되어 나의 지금을 잊게 만들까 봐 두려웠다. 어차피 다른 세계 속에 살고 있는 두 사람이었다. 인연의 끈을 맺을 수 없을 바에야 섣부르게 마음을 주어서는 안 되었다. 그리고 무엇보다도 나는 그녀의 교관이며 그녀의 지휘관이었다. 내가 흔들리면 작전 전체가 흔들릴 수 있었다!

나는 다랑의 감정을 모르는 척했지만 다랑은 나의 태도에 전혀 아랑곳하지 않았다. 얼마나 열심히 내 말을 배우고 외웠는지 한 달쯤 되고 나니 그녀와 나 사이에는 의사 소통에 아무런 장애가 없었다.

시간이 흐르면서 다른 대원들도 나에 대한 다랑의 헌신성을 인정하기 시작했다. 오히려 다랑의 어깨를 치며 그런 다랑을 격려할 때도 있었다.

훈련이 거듭되면서 다섯 명의 대원들은 변해 가기 시작했다. 첫 일주일이 지나자 그들은 어느새 나의 수신호와 말을 거의 알아듣고 분신처럼 따라 주었다. 한 달로 예정된 훈련. 목숨과 직결된 훈련이라 하루하루 최선을 다해 임했다. 어느덧 대원들의 눈에 자신감이 보이고, 독기가 올랐다.

훈련이 끝나는 날 저녁, 마을 어른들과 듀이 중위, 대원들을 불러 모아 놓고 그동안의 훈련 상황을 설명하였다.

"훈련은 잘 끝났습니다. 내일 저녁 작전을 개시할 예정입니다. 작전에 참가할 대원들을 많이 격려해 주고, 무기와 식량을 지원해 주십시오. 그리고 작전이 끝나는 대로 나는 부대로 귀환할 겁니다. 산 아래까지 나를 안내해 줄 사람이 필요해요. 약속대로 나를 안내해 줄 수 있겠습니까?"

한동안 침묵이 흘렀다. 부대까지 가는 길은 베트콩 지역으로 지극히 위험했다. 목숨을 내놓을 각오를 하지 않으면 안 될 일이었다. 그러나 나 역시 목숨을 걸고 하는 일이니 정당한 요구라고 생각했다.

얼마 후 다랑이 입을 열었다.

"제가 하겠어요. 가족들도 모두 죽은 마당에 더 살고 싶은 생각도 없어요. 스승인 서전트 하를 무사히 안내해 드리고 죽는다면 그걸로 만족합니다. 제 인생 최대의 보람이라고 생각합니다."

노인 한 분이 다랑을 만류했다.

"다랑! 길이 험하고 베트콩에게 잡히는 날이면 또 끔찍한 일을 당할 거고, 처참하게 죽을 확률이 높으니 다시 생각해 봐라. 어린 네가 한번 당했으면 됐지 또 당할 수는 없는 일 아니냐?"

그러나 다랑은 단호하게 고개를 가로저었다.

"서전트 하와 함께 있는 게 더 안전해요. 이 세상에서 저를 지켜 줄 수 있는 사람은 서전트 하밖에 없습니다."

다른 대원들은 이미 다랑의 계획을 알고 있었다는 표정이었다. 다랑의 말을 들으며 나는 또 한 번 가슴이 아려 왔다. 자신의 생명보다 더 나를 아끼는 다랑의 깊은 애정에 대해 아무것도 보답해 줄 수 없다는 사실이 안타까웠다.

그날 밤에도 다랑은 간이 숙소에서 내가 잠들기를 기다리고 있었다.

달빛 속에서 그녀의 검은 머리카락이 아름답게 빛나고 있었다. 그녀는 꼿꼿이 앉아 나를 바라보고 있었다. 나는 그녀가 왠지 내 생명을 지켜 주는 수호 여신 같았다.

"다랑, 어서 자. 내일 싸우려면 푹 자 둬야지."

다랑은 한사코 손사래를 쳤다. 나는 그녀의 모든 것이었다. 하지만 나는 그녀에게 줄 게 아무것도 없었다. 마음을 주어서는 안 돼. 어차피 헤어져야 할 처지 아니던가. 그러나 나의 마음속에는 다랑이 자리를 틀고 앉아 있었다. 어쩌지? 간신히 이성의 힘으로 흔들리는 내 마음을 억누르고 있었다.

스산한 밤바람이 그날 따라 더 더욱 쓸쓸하게 느껴졌다.

❧

"그동안 이렇게 나를 치료해 주고 보살펴 주어 얼마나 고마운지 모르겠습니다. 살아서 부대로 귀환하게 되면 상부에 보고하여 꼭 구출하러 오겠어요. 기다려 주세요."

나는 작전 지역으로 떠나기에 앞서 마을 사람들에게 깊은 감사의 마음을 전했다. 뒤이어 마지막으로 작전에 임하는 대원들의 각오를 물었다.

"너희들은 고향을 되찾고 마을 사람들을 구하기 위해 목숨을 바치기로 했다. 그 약속을 지키기 위해 오늘 밤 출발한다. 만일 용기가 없거나 목숨이 아까운 사람이 있다면 지금이라도 늦지 않았다. 나를 따르지 않아도 좋다."

모두들 내 말의 정확한 뜻을 몰라 천천히 헤아리고 있을 때였다. 먼저 알아들은 다랑이 큰소리로 대답했다.

"우리는 모두 서전트 하와 함께 목숨을 걸고 싸우기로 했습니다!"

다랑은 두 주먹을 불끈 쥐어 가슴에 모았다.

"서전트 하와 같이 싸우겠습니다!"

그제야 다른 대원들의 합창이 이어졌다.

다섯 명의 대원들과 더불어 마을 사람들에게 마지막 인사를 올린 뒤 곧바로 작전에 들어가기 위한 점검을 시작했다.

"탄, 장비를 점검하라."

탄은 남자 대원 중에서 맏형뻘로 신뢰가 가는 친구였다. 탄의 지휘로 활 한 개와 화살 스무 개, 사냥용 칼 다섯 자루, 창 네 자루가 모였다. 식량은 말린 물고기와 감자였다.

"이걸로는 현대식 무기를 갖춘 적과 싸우기 힘들다. 오늘 밤 먼저 적의 무기고를 습격해 무기를 탈취한 뒤 마을을 접수하도록 하자."

어느덧 땅거미가 길게 늘어지고 있었다.

작은 쪽배가 조용한 호수 위를 건너고 있었다. 으스스 울어 대는 갈대 소리. 몸의 오감이 하나하나 다 살아 움직이는 것 같았다.

"절대로 흔적이 남아선 안 돼!"

쪽배에서 내려 정글 안으로 들어서기 전에 대원들에게 단단히 주의를 주었다. 험한 정글을 지나는 와중에도 다랑은 내 뒤를 놓치지 않고 따라다녔다. 내가 목이 마를 때쯤이면 벌써 다랑이 대나무 수통을 건넸었고, 옷소매로 땀을 훔치는 것 같으면 뒤에서 부지런히 손부채를 부쳐주었다.

땅거미 질 무렵 출발한 우리 일행은 다음날 새벽에야 작전 지역인 고향 마을에 당도하였다. 언뜻 대원들의 얼굴에 표현 못할 회한이 스치고 지나갔다. 비록 베트콩 손에 넘어갔지만 그들이 태어나고 자란 곳 아니던가. 살길을 찾아 떠나온 고향에 돌아오니 감회가 남다를 수밖에. 고향의 나무 한 그루, 바위 하나하나가 얼마나 익숙하고 애틋하랴.

만일 이대로 휴식 시간을 주었다간 더 깊이 감상에 빠질 것 같았고, 그랬다간 빈 틈조차 허락할 수 없는 절대절명의 작전이 실패할 공산이 컸다. 그들을 몰아붙이듯 작전을 시작했다. 또 날이 밝기 전에 작전을 끝내는 게 유리했다. 나는 우선 상황을 살펴본 후 대원들을 모아 놓고 각각 임무를 주었다.

"탄과 차오는 마을에 들어가 베트콩들의 숙소와 무기고의 위치를 파악하라! 다랑과 타우는 마을 주위에 있는 초소 위치를 파악하고, 트랑은 촌장에게 우리가 구출하러 왔다는 소식을 전한 다음 라이와 함께 이곳으로 오도록. 모든 대원은 조심스럽게 움직이되 만일 발각되면 맞대결하지 말고 정글로 달아났다가 적의 추적이 없을 때 이곳으로 오도록 하라!"

나는 대원들 표정을 훑어보았다.

"각각 정보를 수집, 한 시간 후에 이곳으로 모여라! 암호는 사이공이다. 나는 여기 숨어 있겠다. 즉시 출발하라!"

모두들 나의 명령을 숙지하고 재빠르게 몸을 움직였다. 하지만 다랑은 나를 혼자 남겨 두는 게 못 미더운 듯 미적거리고 있었다.

나는 다랑을 날카롭게 쳐다보며 엄하게 명령했다.

"다랑! 마을 사람들의 생사가 달려 있는 중요한 순간이다! 사적인 감정으로 작전을 망칠 작정인가? 즉시 출발하라!"

나는 다랑의 등을 떠밀다시피 보냈다. 다랑은 나의 단호한 태도에 체념한 듯 적진 속으로 떠났다.

나는 홀로 남아 생각에 잠겼다. 처음에는 은밀히 라이를 불러내서 마을 상황을 알아본 다음 작전을 시작하려고 했었다. 하지만 그것보다는 대원들이 직접 마을 상황을 눈으로 보고 자신감 있게 작전에 임하는 것이 일을 확실히 끝내는 데 좋을 것 같았다.

숲 속에 몸을 숨긴 채 전방을 응시하며 대원들이 무사히 돌아오기를 기다렸다. 내가 직접 움직이는 것보다 훨씬 불안하고 초조했다. 시계를 보았다. 벌써 10분이 지났다. 나는 이렇게 적의 동태를 살필 때마다 내 몸의 감각 기관이 얼마나 발달해 있는지 새삼 느끼곤 한다. 시각과 청각, 후각이 평소보다 수십 배 예민해지고, 몸의 솜털 하나 긴장을 풀지 않는다.

잠시 후 적의 순찰병 두 명이 어깨에 총을 매고 담배를 문 채 지나가고 있었다. 나와의 거리는 1미터 남짓.

'그냥 돌려보내? 아니지, 곧 작전이 개시되면 한 놈이라도 수가 적은 게 우리에게 유리하겠지.'

순식간에 정황 판단을 마친 나는 움츠린 개구리가 도약하듯 몸을 날리면서 대검을 왼쪽에서 오른쪽으로 반원을 그리며 휙 돌았다.

칼 바람 소리가 나자 두 명의 베트콩 목에서 뜨거운 피가 뿜어져 나왔다. 동시에 두 사람의 목이 떨어져 나갔다. 한순간의 일이었다. 나는 발이 땅에 닿기 무섭게 몸을 날려 두 베트콩을 양팔로 받아 안아 살며시 바닥에 내려놓았다. 쿵 하고 뒤로 넘어지는 소리를 내지 않기 위해서였다. 그러고는 바삐 총과 탄약을 수습하여 다시 몸을 숨겼다.

그때 갑자기 나뭇잎 스치는 소리가 들려왔다. 인기척이었다. 코를 벌름거려 냄새를 맡았다. 코에 익은 대원 냄새였다. 탄과 차오였다.

"탄, 차오! 숨을 것 없다. 나와라."

탄과 차오는 내 쪽으로 걸어와서는 목도 없이 쓰러져 있는 베트콩의 시체를 보고 깜짝 놀라며 물었다.

"서전트 하! 그새 전투가 있었습니까?"

나는 그들의 말에 빙긋이 웃었다.

나는 노획한 소총을 두 사람에게 나누어 주면서 배운 대로 한번 다뤄 보라고 하였다. 탄과 차오는 내게 배운 대로 실수 없이 소총을 잘 다루었다.

그러자 또다시 인기척이 났다. 대원이라면 틀림없이 둘이어야 했다. 탄과 차오, 다랑과 타우를 함께 보냈고, 혼자 간 트랑도 라이와 함께 오기로 돼 있으니 한 사람만 온다면 적이거나 일이 잘못 된 게 분명했다.

나는 탄과 차오에게 눈짓을 보내 양 옆에서 경계 태세를 갖추게 한 뒤 긴장을 늦추지 않았다.

"사이공! 사이공!"

저쪽에서 낮은 소리로 암호를 불렀다. 타우의 목소리였다. 나는 순간 가슴이 쿵 내려앉았다. 뭔가 일이 꼬인 게 분명했다.

'타우는 다랑과 함께 갔었는데 왜 혼자 돌아온 거지……?'

"사이공!"

나는 나지막하게 하고 암호를 말한 후 이어서 말했다.

"타우, 이쪽으로 와라."

타우의 얼굴에 두려운 기색이 역력했다. 걱정했던 일이 벌어지고 만 것이다. 타우는 적에게 쫓기기라도 했는지 좀처럼 겁먹은 표정이 사라

지지 않았다. 우리에게 엄습해 온 또 다른 위기 앞에 나는 애써 마음을
진정시키며 사태를 수습하려고 애썼다. 생과 사를 가르는 경계 사이에
서 나는 끝나지 않는 숨바꼭질을 숨가쁘게 계속하고 있었다.

　다랑, 다랑은 어떻게 된 거지?

고산족 마을을 구하다

나는 타우에게 다급하게 물었다.

"타우, 왜 혼자 왔느냐? 다랑은, 다랑은 어떻게 된 거야?"

타우가 흥분된 목소리로 빠르게 대답했다.

"적의 초소를 확인하고 돌아오는 길에 갑자기 다랑이 가져올 게 있다면서 옛날 자신의 집으로 갔습니다. 다랑을 기다리고 있는데 베트콩들의 움직임이 심상치 않더군요. 가만히 살펴보니 다랑이 그만 베트콩들이 놓은 함정에 빠지고 말았어요. 도저히 다랑을 구할 수 있는 상황이 아니어서 곧장 이곳으로 달려온 것입니다. 다랑이 죽었는지 살았는지 확인하지 못했습니다."

타우는 내 눈치를 살피면서 조심스럽게 말했다.

"서전트 하! 사실 다랑은 이번 작전을 끝내고 서전트 하가 떠날 때 같이 떠나려고 명령을 어기고 물건을 챙기러 그녀의 옛집에 간 겁니다. 거기서 그만 적의 함정에……."

미련스럽게 맹목적이었던 다랑의 사랑이 스스로를 사지로 몰아넣은 것이다.

결국 이렇게 사고를 치고 말다니. 나를 두고 떠나는 게 못 미더워 차마 돌아서지 못하던 다랑의 뒷모습이 떠올랐다. 그런 다랑의 등을 매몰차게 떠밀었으니. 마치 내가 다랑의 등을 밀어 함정으로 빠뜨린 것만 같았다. 나는 타우의 말을 들으며 눈물이 솟구쳐 흐르는 걸 애써 감추었다. 내가 나약한 모습을 보이는 순간, 대원들은 무너지고 말 것이다.

"시간이 없다. 빨리 움직이자! 다랑을 살려야 한다. 죽게 내버려 둘 순 없어! 탄, 너부터 보고해라."

탄이 말했다.

"적들은 마을 한복판에 있는 촌장 집을 개조하여 숙소로 사용하고 있습니다. 숙소 아래 사무실이 있고 무기고는 숙소에서 조금 떨어진 곳에 있으며 보초 두 명이 지키고 있고, 숙소에는 스무 명 정도가 자고 있습니다."

"타우, 보고해라!"

"초소는 동서남북에 네 곳에 있고, 초소마다 두 명씩 지키고 있습니다. 초소의 지형지물은 모두 어릴 때 우리가 놀던 곳이라 초병을 속이는 건 문제도 아닙니다. 외곽 보초는 제가 맡겠습니다."

"좋다! 지금부터 작전 개시다. 나와 탄은 먼저 무기고를 습격하여 무기를 탈취한 후 숙소에 있는 적을 해치우겠다. 차오와 타우는 외곽의 초병을 처치한 후 다랑을 구해서 오도록 하라. 작전이 성공하면 마을 광장으로 모이고 실패하면 각자 알아서 호수 마을로 가도록."

나는 우선 타우와 차오를 먼저 출발시켰다.

"타우! 반드시 다랑을 구출해 와야 한다. 어서 출발하도록 해!"

나는 타우와 차오를 보내고 탄과 함께 마을로 침입해 들어갔다. 우선 무기고를 지키고 있는 두 명의 보초를 없앤 뒤 숙소로 들어가 칼로 한 사람씩 해치울 작정이었다.

탄이 마을 지리에 익숙한 탓에 무기고까지 접근하는 데 어려움이 없었다. 하지만 막상 도착해 보니 쥐도 새도 모르게 보초를 처리하는 게 어려울 것 같았다. 만일 조금이라도 소란스럽게 되면 숙소에 자고 있던 적들이 한꺼번에 공격해 올 것이고, 그렇게 되면 작전은 수포로 돌아가고 말 것이다.

"탄, 활을 줘. 활을 써야겠어."

탄이 당황한 표정으로 말했다.

"총이 있어서 활을 버리고 왔습니다. 가서 가져오겠습니다."

탄이 움직이려는 순간 뒤쪽에서 인기척이 들렸다. 혹시 순찰 중이던 베트콩인가 싶어 한껏 긴장해 있는데 나지막한 음성이 들려왔다.

"사이공! 사이공!"

트랑이었다. 우리가 무기고를 습격해 올 줄 알고 기다리고 있었던 것이다. 암호를 주고받자 트랑이 모습을 드러냈다. 옆에 라이가 있었다.

나는 너무나 반가운 나머지 라이를 힘차게 껴안았다. 하지만 워낙 상황이 다급해서 반가운 마음을 뒤로하고 그쪽 상황을 물었다.

"마을 사람들은 모두 회의장에 갇혀 있고, 세 명의 베트콩이 교대로 지키고 있습니다. 그리고 지금 촌장님은 병환으로 아주 위독한 상태입니다."

라이가 흥분한 목소리로 급히 대답하자, 무기고를 지키고 있던 보초가 낌새를 챘는지 두 명 중에 한 놈이 이쪽으로 다가오고 있었다.

"탄! 저놈을 소리 없이 처치해라. 나머지 한 놈은 내가 맡으마. 절대로 소리를 내선 안 된다. 일이 끝나는 대로 트랑과 라이 모두 숙소로 오도록!"

베트콩이 다가오는 것을 보면서 다시 한번 탄에게 주의를 주었다.

"탄! 배운 대로 해라! 겁먹지 말고. 반드시 선제 공격으로 놈의 입을 막은 다음 오른쪽 갈비뼈 사이로 칼을 넣어라!"

나는 도마뱀처럼 숲 속으로 스르르 모습을 감추었다. 무기고를 지키고 있는 보초까지는 불과 50미터 정도. 다행히 주위에 숨을 곳이 많아 접근이 용이했다. 나는 주위의 나뭇가지와 길게 자란 풀을 꺾어 몸 전체를 위장했다. 그러고는 몸을 완전히 땅에 붙여 개구리처럼 낮은 보복으로 거총 자세로 서 있는 보초의 등 뒤로 조심스럽게 다가갔다.

적과의 사이는 불과 2미터 남짓. 그제야 놈은 낌새를 챘는지 몸을 돌렸다. 나는 바로 그 순간 나는 것처럼 뛰어올라 대검을 그었다. 놈은 고꾸라지고 말았다. 놈을 처치한 뒤 곧바로 30미터 떨어져 있는 베트콩 숙소로 올라갔다. 막 문고리를 잡고 열려는 순간 안쪽에서 베트콩 하나가 문을 열고 나왔다.

'운이 나쁜 놈이군!'

놀라고 당황해서 쩔쩔매고 있는 베트콩을 뒤로 껴안으며 옆구리에 칼을 넣었다. 따뜻한 피가 비릿한 냄새와 함께 흘러내렸다.

숙소로 먼저 들어갈까 하다가 탄과 트랑, 라이를 기다릴 작정으로 계단을 내려와 무기고 쪽을 돌아보았다. 셋이 엄폐물에 몸을 숨겨 가며 다가오고 있었다. 수신호를 받은 세 사람이 순조롭게 숙소 앞까지 도착하였다.

"라이, 오늘 저녁 마을 안에 있는 베트콩은 몇 명이나 되지?"

라이가 서른 명이라고 대답했다.

지금까지 죽은 놈이 다섯이니 살아 있는 놈은 스물다섯. 그중에서 인질을 지키는 보초 셋에 외곽 보초 여덟을 빼면 숙소 안에서 자고 있는 적은 열넷.

숙소 안에는 어슴푸레 새벽빛이 비쳐 들었다. 나는 숙소 안으로 들어가 우선 불침번을 찾았다. 불침번이 보이지 않는 걸 보니 방금 전에 문을 열고 나오다 죽은 자가 불침번인 모양이었다. 하나, 둘, 셋……. 자고 있는 놈들을 세어보니 열여덟 명이었다. 예상했던 것보다 많았다. 외곽 보초를 나가지 않은 게 틀림없었다.

"탄, 트랑! 무기고에서 수류탄을 가져와!"

소리 없이 칼로 하나씩 해치울 작정이었는데 그럼 시간이 지체될 것 같았다. 한꺼번에 처리하는 게 나을 성싶었다.

두 사람이 가져온 수류탄 다섯 개를 넘겨 받은 뒤 말했다.

"탄, 트랑 두 사람은 각각 이쪽으로 오는 길 양 옆에 숨어 있도록. 숙소가 폭파되면 적들이 달려올 것이다. 지키고 있다가 적들을 사살하라!"

나는 두 사람이 움직이는 것을 보고 즉시 다섯 개의 수류탄 안전핀을 모두 뽑았다. 그러고는 숙소 안에 골고루 던져 놓고 숙소 밖 계단 밑에 앉아 있었다. 몇 초 후 일제히 강력한 폭발음과 함께 수류탄이 터졌다.

그 순간 갑자기 맥이 풀리며 심연 속으로 가라앉는 기분이었다.

'이렇게 많은 사람을 죽이고도 괜찮을까? 내가 왜 이렇게 되었지? 내가 어쩌다 이렇게 된 거지?'

나와 또 하나의 내가 싸우고 있었다.

'어쩔 수 없는 일이었어. 내가 살려면 어쩔 수 없는 일이었다고. 그들을 죽이지 않으면 내가 죽어. 그럴 순 없어. 난 살아야 해. 꼭 살아서 돌아가야 해.'

입을 앙다물고 탈취한 총을 들고 주위를 살펴보았다. 두 명의 베트콩이 숙소를 향해 다가오고 있었다. 나는 망설임 없이 그들을 사살하였다.

탄창을 교환하며 대원들을 향해 말했다.

"탄, 아직 목숨이 붙어 있는 자가 있는지 찾아보고 확인 사살하도록!

만일 한 사람이라도 살아 있다간 나중에 너의 부족 모두 괴로움을 당할 것이다. 모든 죄는 내게 미뤄라."

그러고 나서 오른손에 총을 들며 신속하게 지시를 내렸다.

"탄과 트랑은 무기를 옮기고, 라이는 주민들이 잡혀 있는 데로 나를 안내해라."

우리는 급히 인질이 잡혀 있는 마을 회의장으로 움직였다.

상황은 우리가 절대적으로 우세하다. 적은 이제 몇 명밖에 남지 않았다.

마을 회의장으로 가는 동안, 숙소가 폭발하고 나서 동쪽 외곽 초소에서 들려온 총소리 때문에 마음이 편하지 않았다. 혹시라도 외곽 보초를 처치하러 갔던 타우와 차오가 당한 게 아닐까.

이미 정체가 드러난 상태라 은폐물 따위에 몸을 숨길 필요도 없었다. 다랑의 일이며 타우와 차오에 대한 근심으로 발걸음이 점점 빨라졌다. 어서 빨리 이 모든 상황을 끝내야 한다는 조바심 위로 다랑에 대한 걱정이 가슴을 무겁게 짓눌렀다.

'다랑, 제발 살아 있어 다오.'

마을 회의장에 도착해 보니 타우와 차오가 적들과 대치 중이었다.

베트콩 하나가 열병으로 옴짝달싹 못하는 촌장의 머리에 총구를 들이대고 있었고, 그 옆에 두 명의 베트콩이 주위를 경계하고 있었다. 촌장을 인질로 삼아 달아날 속셈이었다. 벌집 쑤셔 놓은 듯 마을 전체가 혼란에 휩싸이자 사태가 불리해진 것을 깨달은 베트콩들의 마지막 발악이었다.

타우와 차오는 그들을 향해 엄포 사격을 계속하고 있었다.

타우와 차오는 나를 보자 그들을 향해 총부리를 겨눈 채 반색을 하며 달려왔다.

“서전트!”

나 역시 타우와 차오가 아무 일 없이 건재한 것을 보고 너무나 반가웠다. 하지만 긴장을 늦추어서는 안 되었다.

“탄! 적을 위협하라. 사격을 계속하지 말고 가끔 한 방씩 쏘면서 시간을 끌어라.”

탄에게 말한 뒤 차오에게 다급히 물었다.

“차오! 다랑은 어떻게 됐나?”

차오는 우선 마른침을 꿀꺽 삼킨 후 대답했다.

“외곽 보초들을 모두 처치한 뒤 다랑을 구하러 갔으나 다랑이 없었어요. 주위에 핏자국이 있는 걸로 보아 한바탕 싸운 흔적은 있는데 도대체 다랑이 보이지 않았습니다. 그래서 다랑을 찾기 위해 이곳저곳 둘러보다 이곳에서 적들을 만나 대치 중이었습니다.”

과연 다랑이 탈출에 성공한 것일까. 하지만 도무지 낙관할 수 있는 상황이 아니었다. 적의 함정 속에서 어떻게 혼자 힘으로 살아 나온다는 말인가. 그렇다면 대체 다랑은 어디 있는 것일까.

나도 모르게 깊은 한숨이 터져나왔다.

차오가 고개를 갸웃거리며 말했다.

“한 가지 이상한 게 있습니다. 우리가 동쪽 외곽 초소에 도착했을 때 보초들이 이미 죽어 있었어요. 혹시 다랑의 솜씨가 아닐까요?”

그때였다. 촌장을 인질로 대치 중이던 베트콩들 쪽에서 날카로운 비명소리가 터졌다. 자세히 보니 두 사람이 한데 엉겨 붙어 싸우고 있는 게 보였다. 갑자기 옆에 있던 트랑이 큰 소리로 말했다.

“다랑이에요! 다랑! 다랑이 싸우고 있어요!”

세상에, 죽은 줄 알았던 다랑이 촌장 머리에 총구를 박고 있던 베트콩 놈을 덮쳐 한 놈을 쓰러뜨린 후 다른 한 놈과 맞붙어 싸우고 있었다.

　　베트콩은 다랑 위에 걸터앉아 다랑의 목을 누르고 있었다. 순간 나는 눈에 보이는 게 없었다. 오직 죽어가는 다랑을 살려야 한다는 일념밖에. 나는 혼신의 힘을 다해 30미터를 날 듯이 달리면서 가지고 있던 대검을 던졌다. 대검은 정확히 다랑의 목을 누르고 있던 녀석의 등에 가서 박혔다. 칼을 맞은 녀석은 칼의 무게와 속도 때문에 다랑의 목을 조르던 두 손이 풀리며 앞으로 굴러 나가떨어졌다. 그런 다음 추진력을 이용해 옆에서 총을 쏘려고 거총 자세를 취하던 베트콩의 목을 힘차게 걷어찼다. 어디서 이런 무서운 힘이 나오는지 나 스스로도 놀랄 정도였다.

　　놈은 단번에 정신을 잃고 널브러졌다. 땅바닥에 쓰러져 있던 다랑은 나의 안전을 확인하고는 피 묻은 얼굴에 가는 미소를 지으며 몸을 일으키려고 안간힘을 썼다. 하지만 기력이 다해 몸을 일으키지 못하고 다시 쓰러져 버렸다. 그녀는 땅에 누운 채 눈물을 흘렸다. 피 범벅이 된 그녀의 얼굴 위로 맑은 눈물이 흘러내렸다. 살아 있는 그녀를 보니 아아! 얼마나 반가운지 내 입에서는 나도 모르게 "하느님 고맙습니다." 하고 감사의 말이 흘러나왔다

　　살아나기 힘들 만큼 극심한 부상을 입은 다랑을 보니 가슴을 칼로 저며 내는 것처럼 아파 왔다. 얼마나 모진 고초를 겪었길래 독기 서린 다랑의 눈에서 연약한 눈물이 흐르는 것일까.

　　기력을 잃고 쓰러져 있는 다랑을 살펴보니 굵은 대나무 창이 그녀의 오른쪽 넓적다리 위로 솟아나 있었다. 죽창 끝을 갈고리처럼 깎아 만든 탓에 혼자 힘으로는 도저히 빼낼 수도 없었을 것이다. 굳어 버린 검붉은 핏덩이 위로 여전히 샘솟듯 피가 쏟아져 나왔다. 너무나 처참한 모습이었다. 아직도 숨을 쉬고 있는 게 신기할 정도였다.

　　제 몸 하나 추스르기도 힘든 상황에서 또다시 적을 향해 몸을 날린 다랑의 용맹함에 탄복하고 또 탄복하였다.

나는 대원들에게 주위를 경계하라 이르고 쓰러져 있는 다랑을 안아 들었다. 너무 피를 많이 흘린 탓에 핏자국 선연한 사이로 보이는 일굴 빛이 극도로 창백했다. 나는 다랑의 얼굴에 내 얼굴을 비비며 그녀가 살아나기를 신에게 빌었다. 너무나 강인한 다랑이었기에 이 순간의 그녀가 더없이 애처로웠다.

다랑은 내 품 안에서 행복한 꿈을 꾸고 있는 듯 평온한 표정이었다. 오랜 고통 끝에 맞이한 평온. 다랑은 가냘픈 손으로 가만히 내 두 얼굴을 감싸 안더니 금세 눈을 감고 축 처져 버렸다.

'안 돼, 다랑. 죽지 마.'

나는 진심으로 빌었다.

'다랑, 제발 죽지 마라. 네가 살아난다면 반드시 돌아와 널 데리고 고향으로 돌아가겠어. 그러니 제발 죽지 마.'

내 품에 안긴 채 정신을 잃은 다랑을 보니 그동안 애써 눌러 왔던 사랑과 연민이 분수처럼 솟구쳐 올라왔다. 마음속에 깊이 또아리를 틀고 있던 감정이 터져 나왔다. 더 이상 숨길 수 없었다. 더 이상 막을 수 없었다. 내 가슴은 다랑으로 꽉 차 버렸다. 이것이 사랑이라 해도 어쩔 수 없었다. 아니 사랑이었다. 다랑을 사랑했다!

나는 당장 다랑을 힘껏 껴안고 얼굴을 비비며 통곡이라도 하고 싶었다. 그럴 수만 있다면 내 가슴속을 짓누르는 견딜 수 없는 답답함에서 조금은 벗어날 수 있을 것 같았다. 하지만 그럴 수 없었다. 나 하나만을 믿고 의지하는 대원들과 그들의 동족들이 있지 않은가.

나는 길게 한숨을 토해 내며 나를 억누르고, 또 억눌렀다. 나는 다랑을 옆에 있는 대나무 평상 위에 눕혀 놓았다. 그리고 죽창의 갈고리 부분을 잘라 낸 뒤 죽창을 뽑았다. 트랑이 달려와 우선 지혈부터 시켰다.

"서전트, 다랑을 살릴 수 있을까요?"

피를 너무 많이 흘려 창백해진 다랑의 얼굴을 걱정스럽게 쓰다듬고 있는 나에게 트랑이 잔뜩 걱정스런 어조로 말했다.

마을의 베트콩들은 전멸하였다. 단 한 명도 살아남지 못했다. 다랑과 격투 중이던 녀석도 탄이 해치운 뒤였다.

나는 무엇보다도 지금 벌어지고 있는 이 상황을 수습하는 게 우선이었다.

대원들을 불러 모았다. 우선 본부에 있는 베트콩들이 찾지 못하게 적의 시체를 모아 땅속에 은닉해야 했다. 녀석들이 끌려갔는지, 어찌 됐는지 모르게 해야 했다. 만일 우리들의 공격으로 몰살한 걸 알게 되면 득달같이 공격해 올 것이다. 시체를 수습한 뒤 수류탄으로 폭파된 숙소를 깨끗하게 치우고 무기와 탄약을 회수한 다음 억류되어 있던 부족 사람들을 데리고 빨리 이 마을을 떠나야 했다. 그래야 적의 보복을 피할 수 있었다.

어느 정도 상황이 마무리되는 것을 보니 이제 떠날 때가 임박했다. 더 지체했다가는 베트콩 본부에서 병력이 몰려올 것이다. 그렇다면 나뿐만 아니라 마을 사람들도 위험해질 것이다.

나는 대원들과 라이를 불러 모았다. 그리고 촌장을 모셔 오도록 했다. 촌장에게 감사의 인사를 올린 뒤 떠날 생각이었다.

"촌장님! 라이를 보내 토굴에서 탈출시켜 주셔서 뭐라 감사를 올려야 할지 모르겠습니다."

촌장이 두 손 모아 인사했다.

"무슨 소리. 목숨을 걸고 우리 부족 사람들을 구해 줘서 너무나 고맙소."

일찍이 미군의 도움을 받아 온 터라 촌장도 짧은 영어를 할 줄 알았다.

"이제 나의 임무는 여기서 끝입니다. 이제부터는 당신들 힘으로 헤쳐

나가야 합니다. 지금 즉시 저는 부대로 귀환할 것입니다. 만일 베트콩들에게 붙잡혀 이곳 일을 물으면 모두 서전트 하가 한 일이라고 말씀하십시오. 그리고 그들이 오기 전에 마을 사람들과 함께 빨리 이곳을 빠져나가십시오."

이제 이곳을 떠날 일만 남았다. 다랑은 아직도 숨을 쉬고 있을까. 죽어가는 다랑을 두고 떠나자니 차마 발길이 떨어지지 않았다.

나는 대원들을 향해 말했다.

"탄, 타우, 차오, 트랑, 무사해서 정말 다행이구나. 하지만 다랑이 걱정이다."

모두들 말없이 침통한 표정이었다.

"다랑 대신 누가 나를 산 아래로 안내하겠느냐?"

"차오와 타우가 다랑 대신 안내하기로 했습니다. 우리들끼리 이미 의논해서 결정한 일입니다. 서전트 하, 걱정마십시오."

"알았다. 그럼 즉시 출발한다!"

나는 주저하는 마음을 모질게 추슬러 떠날 준비를 서둘렀다. 짐을 꾸린 뒤 마지막으로 다랑이 누워 있는 곳으로 갔다. 작별 인사를 하기 위해서였다.

다랑은 희미하게 숨을 쉬고 있었다. 힘겹게 생명의 끈을 움켜쥐고 있는 다랑. 나는 가만히 다랑을 내려다보았다.

미련한 사람. 목숨을 걸 만큼 나를 사랑했더란 말인가. 이렇게 두고 떠나는 게 비겁한 짓만 같았다. 그녀가 의식도 없는 상태에서 떠나야 하다니.

나는 잠시 동안 몸을 굽혀 다랑의 얼굴에 내 얼굴을 대고 가만히 있었다. 미미한 그녀의 체온이 느껴졌다.

이렇게 떠나가 버리면 나중에라도 의식이 돌아온 다랑이 얼마나 상심

할까. 제대로 회복은 될 수 있으려나. 처참한 심정이었다. 이제 임무를 마쳤고, 다랑의 염원대로 함께 떠날 수 있으련만……. 하지만 어쩐지 다랑은 깨어날 것 같지 않았다. 마음속으로는 쉴 새 없이 눈물이 흘러내리고 있었다.

아무것도 희망할 수는 없었지만 이대로 떠날 수는 없었다.

나는 종이를 꺼내 한국에 있는 내 고향 주소와 이름을 적었다.

하림. 대한민국 경상남도 합천군 XX면 XX리 68.

그리고 옆에서 지켜보고 있던 라이와 탄에게 말했다.

"다랑이 깨어나면 이걸 전해 주어라. 그리고 살아서 부대에 귀환하면 다랑을 데리러 반드시 호수 마을로 오겠다고 말해 주어라. 인연이 있으면 반드시 만나게 될 것이다."

나는 내 이름과 고향 주소가 적힌 종이 쪽지를 그들에게 건네주었다.

나는 이성적으로 사태를 받아들여야 했다. 내 힘으로는 이들을 끝까지 도울 여력이 없었다. 그리고 살아서 내 고향으로 돌아가야 했다. 그렇다면 1초라도 빨리 이들과 작별을 고해야 했다.

나는 촌장에게 다가가 두 손 모아 공손히 절을 올렸다.

그리고 그 모든 안타까움과 미련을 뒤로하고 발길을 돌렸다.

"차오, 타우, 앞장서라! 출발이다!"

서전트, 행운을 빕니다!

산등성이 위로 붉은 해가 솟아올랐다. 아침 햇살이 새벽 기운을 조금씩 밀어내고 있었다. 그 햇살에 쫓기듯 나는 산 아래쪽을 향해 바삐 내려가기 시작했다. 차오와 타우에게 앞장을 서라고 해놓고는 마음이 급한 내 발걸음이 그들을 앞질러 버렸다.

길이 보이지는 않았지만 아무튼 아래로 내려가면 되겠지.

정글을 헤집는 순간 순간 다랑의 처연한 눈빛이 떠올랐다.

이대로 가면 안 돼요. 서전트, 날 데려가요. 나랑 함께 가요.

내 발목을 붙잡는 다랑의 망상을 털어 낼 양으로 나는 숨 가쁘게 수풀 속을 헤집으며 걷고 또 걸었다.

"서전트 하! 서둘지 마세요. 여기서 동쪽으로 큰 산을 세 개나 넘어야 해요. 거기가 아니에요. 이쪽으로 따라오세요!"

차오가 총을 메며 큰 소리로 불러 세웠다.

나는 걸음을 멈추었다. 그러고는 다시 길을 되짚어서 차오와 타우가 서 있는 언덕 위로 올라왔다.

"마을 어른들께 인사하느라 늦었습니다. 저희가 모실게요. 따라오세요."

나는 말없이 그들 뒤를 따라나섰다.

"다랑을 데리고 마을 사람들 모두 호수 마을로 떠났어요. 서전트, 마음 놓으십시오."

타우가 말했다.

'그래, 살아날 거야. 다랑이라면 이겨 낼 거야.'

마을 사람들이 호수 마을로 떠났다니 조금 마음이 놓였다.

차오가 앞장서고 타우가 뒤를 따랐다. 그 중간에 내가 있었다. 이런 길이 숨어 있다니.

차오는 우거진 수풀 속에서 신기하게도 길을 찾아내 앞서 나갔다. 차오를 따라 내려가다 보니 제멋대로 얽힌 넝쿨과 나무 뿌리, 키를 넘는 열대 식물들 속에 한 사람 정도 지나다닐 수 있는 길이 보였다. 아까 혼자 갈 때는 보이지 않던 길이었다.

세 사람은 말없이 걸어 나갔다. 지금까지는 어떤 위험도 없었다. 이른 아침에 출발하여 저녁 어스름이 질 때까지 단 한번도 쉬지 않았다. 좁은 길을 달리듯 지나왔다. 비상 식량인 물고기 말린 것과 미숫가루도 걸으면서 먹었고, 오줌을 눌 때조차 걸음을 멈추지 않았다.

나는 부대로 돌아갈 생각에 마음이 점점 급해졌다. 차오와 타우 역시 급하기는 마찬가지였다. 그들의 마음은 벌써 남은 가족들과 마을 사람들이 기다리고 있는 호수 마을에 가 있었다. 마음은 급한데 어느덧 붉은 하늘이 검게 물들기 시작했다. 이제 어둠은 순식간에 정글을 집어삼키고 말 것이다.

앞서 가는 차오의 발걸음이 짐짐 더디졌다. 어둠 한가운데서 소로를 찾기 쉽지 않은데다 베트콩 작전 지역에 들어선 것이다. 재는 넘을수록 높고 물은 건널수록 깊다더니 여기까지는 날 듯이 달려왔지만 이제부터는 초긴장 상태에서 주의를 경계하며 전진해야 했다. 베트콩들이 곳곳에 설치해 놓은 부비트랩이 언제 터질지 알 수 없는 상황이었다. 세 사람 모두 입을 꾹 다물고 열심히 걸었다. 불안이 한쪽 가슴에 진드기처럼 달라붙어 있었다. 낮에 비해 두 배, 세 배의 시간이 소모되었다.

"스톱! 서전트, 부비트랩입니다!"

차오가 무릎을 꿇고 앉으며 날카롭게 소리쳤다. 과연 정강이 높이에 가느다란 철사 줄이 늘어져 있었다. 고산족 사람들뿐만 아니라 베트콩들은 야행성 동물만큼 놀라울 정도로 눈이 밝았다. 한 치 앞도 식별하기 어려운 깜깜한 정글 속에서 가느다란 부비트랩 줄을 찾아내다니. 놀라웠다. 차오는 왼손으로 폭발물에 연결되어 있는 철사 줄을 살며시 쥔 다음 나와 타우가 무사히 건널 수 있게 해 주었다. 아찔한 순간이었다.

그 후에도 서너 번 부비트랩을 발견했고, 그때마다 우리는 부비트랩을 제거하지 않고 움직였다. 만일 우리가 부비트랩을 제거하게 되면 베트콩들에게 우리의 존재를 알려 주는 것과 마찬가지였기 때문이었다.

깜깜한 한밤중에 좁은 밤길을 살얼음판 디디듯 조심조심 걸었다. 어디선가 풀 이파리 스치는 소리만 나도 전신의 솜털이 송곳처럼 뾰족하게 곤두섰다. 조금이라도 긴장을 늦추면 어김없이 악운이 우리의 덜미를 낚아챌 기세라 숨조차 제대로 못 쉬며 걸었더니, 새벽 무렵이 되자 피로가 몰려와 걷기 힘들 지경이었다.

타우가 말했다.

"서전트, 잠시 쉬었다 갑시다!"

나는 고개를 끄덕이며 옆에 있는 나무에 등을 기대고 앉아 있었다.

타우와 차오는 자기들 말로 무언가를 열심히 의논하는 눈치였다. 나는 고요히 눈을 감고 앉아 있었다. 새벽 공기가 머릿속을 한결 맑게 씻어 주었다. 과연 이 길고도 위험한 여정을 무사히 끝낼 수 있으려나.

잠시 후 타우가 와서 말을 꺼냈다.

"서전트! 우리는 이틀 밤낮을 달려왔어요. 너무 멀리 가면 우리가 위험해집니다. 여기서 헤어져야겠어요. 저 아래 능선을 넘으면 계곡이 나올 겁니다. 그 계곡만 따라 내려가면 백마 부대 전방 초소가 나옵니다. 서전트이라면 내일 저녁 무렵에는 도착할 수 있을 겁니다."

'이제 헤어질 때가 되었군.'

"서전트, 행운을 빕니다!"

나는 가만히 타우를 끌어안았다. 일생을 놓고 보면 한 달이라는 시간은 그야말로 찰나에 불과할지도 모르겠다. 하지만 나는 그들에게 피를 나눈 형제처럼 깊은 정을 느꼈다.

차오가 눈물을 글썽이며 가까이 다가왔다.

"서전트, 우리는 형제입니다. 죽어도 서전트을 잊지 못할 겁니다. 서전트을 존경합니다. 반드시 살아서 다시 만났으면 좋겠습니다."

차오는 손목으로 눈물을 쓱 문질렀다. 나는 한 손을 벌려 차오를 끌어안았다. 세 명의 사내가 무릎을 꿇은 채 어깨를 감싸 안고 굵은 눈물을 뚝뚝 떨구었다.

나는 양손으로 차오와 타우의 등을 쓸어 주며 말했다.

"반드시 살아서 다시 만나는 거야. 그때까지 절대로 죽으면 안 된다. 꼭 살아서 만나자!"

부둥켜안은 세 사내의 등 뒤로 희미하고 가냘프던 새벽 햇살이 조금씩 넓게 퍼져 나가고 있었다. 나는 그들을 만나기 전 치명적인 상처를 입은 채 사지를 떠돌던 한 마리의 들짐승이었다. 그들은 그런 나에게 보금자리를 내주어 심신을 성성껏 치료해 주었다. 나는 그들 덕에 목숨을 구했고, 그들과 함께 공중에 생사를 가르는 외줄을 걸고, 그 외줄을 탔던 것이다.

외줄에서 추락한 가엾은 다랑…….

나는 마지막으로 차오와 타우의 손을 꼭 잡고 당부했다.

"차오, 타우! 다랑을 잘 보살펴서 꼭 살려 내야 한다."

나는 마침내 굳게 잡은 손을 놓고 자리에서 일어섰다.

"차오, 타우! 어서 떠나라."

차오와 타우 역시 못내 아쉬운 듯 어렵게 등을 돌렸다. 차츰차츰 그들의 발자국 소리도, 그들의 모습도 들리지 않고 보이지 않게 되었다.

새벽 공기 속에는 미세한 입자가 무수히 많았다. 좁은 산길은 여전히 새벽 공기에 휩싸여 보일 듯 말 듯 희미하다. 혼자서 산길을 내려가는데 자꾸자꾸 눈물이 흘러내렸다. 이별의 감정은 언제나 신파다. 탄과 다랑, 트랑의 얼굴이 떠올랐다. 조그마한 체구에 거무접접한 피부, 마른 얼굴 위에 눈빛만 이글거리던 앳된 얼굴들. 인연이란 무엇일까. 타국 만리에서 나라도, 민족도, 언어도 다른 이들과 이렇게 깊은 정을 맺을 줄 누가 알았으랴.

하지만 나는 오랫동안 슬픔을 간직할 수 없었다. 슬픔은 사람의 가슴을 녹여 무장 해제시켜 버리고 만다. 그랬다간 적에게 덜미가 잡히고 말 것이다. 또다시 죽음과 맞닥뜨릴 수도 있는 노릇이다. 나는 슬픔을 비끄러맸다. 오로지 한 가지만 생각해야 한다. 반드시 살아서 귀대할 것이다.

산 아래쪽으로 내려갈수록 사람들 흔적이 눈에 띄기 시작했다. 위험 신호가 곳곳에서 보였다. 여기저기 발자국이 보이는가 하면 먹다 버린 바나나 껍질이며 담배꽁초들이 그것이다. 정신의 날을 세우니 몸이 한결 가벼워졌다.

날 듯이 능선을 넘고 가까스로 계곡에 다다르자 베트콩들이 설치해

놓은 부비트랩이 자주 발견되었다.

'아뿔싸. 정말 산 넘어 산이군.'

커다란 바위 위를 지나고 있을 때였다. 갑자기 땅이 흔들리는 게 느껴졌다. 사람들이 이쪽으로 걸어오는 소리였다. 진동으로 봐서 서너 명은 될 성싶었다.

나는 몸을 날려 바위 뒤로 몸을 숨겼다. 잠시 후 정찰병으로 보이는 세 명의 베트콩이 나타났다. 검은 저고리를 걸치고 머리에는 농을 쓴 그들의 손에는 MAS 36 소총을 쥐어져 있었다.

놈들이 척후병이라면 본대가 따라올 게 뻔하다.

'도저히 싸움이 안 될 테니 그냥 지나가도록 두는 게 낫겠군.'

나는 더욱 몸을 움츠려 바위에 착 달라붙어 있었다. 숨조차 크게 내쉴 수가 없었다. 나는 베트콩들이 빨리 지나가기만을 고대하고 있었다. 그런데 웬걸. 이놈들은 내가 숨어 있는 바위에 몸을 기댄 채 본대를 기다리는 것이 아닌가.

상황은 점점 절박해지고 있었다. 놈들에게 발각되어 싸움이라도 벌어지게 된다면 세 놈을 어떻게 처치한다고 해도 베트콩의 사냥감이 되고 말 것이다. 그런데 지금 위치로 보면 만에 하나 저들이 조금만 바위 뒤로 움직여도 발각되고 말 것이다. 빨리 다른 데로 몸을 피하든지 그 자리에서 더 안전하게 숨을 방도를 찾아야 했다.

하지만 움직이는 것도 불가능했다. 금방 놈들의 추격을 받을 게 뻔했다. 그렇다면 방법은 하나다. 더 안전하게 숨을 방도를 찾아야 한다. 나는 가만히 주위를 둘러보았다. 다행히 바위와 땅이 맞닿는 지점에 어린아이 하나 들어갈 만한 틈이 보였다. 나는 재빨리 대검으로 조심스럽게 그곳을 후벼 팠다. 몸을 구겨 넣으니 가슴까지 들어갔다. 그러고는 두 팔을 벌려 앞에 있는 풀 무더기를 잡아당겨 몸을 가렸다.

등짝에 땀방울이 주르륵 흘러내렸다. 혹시라도 소리가 날까 봐 조심조심 해치우느라 진땀을 흘려야 했다.

몸을 숨긴 채 숨죽이고 있는데 웅성거리는 소리가 들려왔다. 본대가 도착한 모양이었다. 가만히 귀 기울여 들어 보니 지휘자의 말소리가 들려왔다. 고산족과 지내면서 베트남 어가 조금 귀에 익었다. 대충 이런 얘기 같았다.

"2, 3일 내로 한국군이 이 지역을 수색할 거라는 정보가 들어왔다. 지금부터 우리가 할 일은 이곳에 설치된 지뢰와 부비트랩을 점검하고 추가 매설하는 것이다. 사고 위험이 높으니 각별히 조심하도록. 그럼 작업 개시!"

지뢰와 부비트랩을 설치하는 목적은 두 가지였다. 물론 적들을 살상하려는 목적도 있었지만 그보다는 적의 위치를 노출시켜 작전을 용이하게 펼치기 위한 수단이었던 것이다.

베트콩들이 지뢰와 부비트랩 매설 작업을 끝내고 돌아갈 때까지 꼼짝 않고 있어야 할 판이었다. 온통 주위에는 베트콩들이 천지였다. 몇 시간을 그 좁은 곳에서 숨조차 크게 못 쉬며 견디려니 초인적인 인내심이 필요했다. 팔다리가 저리는 것은 물론 행여 숨소리라도 새 나갈까 봐 간이 오그라들 지경이었다. 팔을 베고 엎드려 있으려니 눈이 가물거리며 졸음이 몰려왔다. 깜박 잠이 든 모양이었다.

갑자기 주위가 어수선해지더니 베트콩들이 내가 숨어 있는 바위 근처를 행군 대형으로 지나고 있는 소리가 들렸다. 땅이 울리는 것으로 보아 소대 병력은 되는 것 같았다.

'휴. 작업을 끝내고 돌아가는 모양이군.'

그들이 완전히 자취를 감춘 뒤 바위 아래서 조심스레 몸을 빼냈다. 몇 시간을 같은 자세로 있느라 몸이 딱딱하게 굳어 버린 것 같았다. 나는 우선 몸을 풀어 준 다음 주위를 살피며 다시 계곡 아래로 내려가기 시작했다. 아마도 이곳은 베트콩들의 전술 작전 지역인 모양이었다. 그렇다면 베트콩들의 안방인 셈이다.

차오와 타우는 이 지역이 베트콩들의 안방이라는 사실을 알고 있었던 것 같았다. 너무 위험한 곳이라 아군 부대의 방향과 위치만 알려 주고 돌아간 모양이었다. 하지만 차오와 타우의 입장을 이해할 수 있었다. 그들은 이쯤은 내가 거뜬히 헤쳐 나갈 수 있을 거라고 믿었을 것이다. 서전트 하라면 말이다.

이제부터는 부비트랩을 발견하는 대로 제거하면서 내려갔다. 점점 아군 지역에 가까워졌고, 만일 이 부비트랩에 아군이 희생될지도 모를 일이었다. 또 여기서부터는 부비트랩이 제거되더라도 어차피 밀고당기는 지역이라 별다른 의심을 하지 않을 것이다. 차오와 타우가 부비트랩을 제거하는 것을 옆에서 보았기 때문에 어렵지 않았다. 대부분의 부비트랩은 가는 낚싯줄로 연결되어 있었다. 만일 아군 수색대가 지나다가 메고 가는 배낭이나 총구에 걸리면 그 즉시 폭발하게 돼 있었다. 폭발 소리는 바로 베트콩에게 위험을 알리는 신호였다. 베트콩들은 이 소리를 듣고 정글 속으로 숨어 버리는 것이다.

계곡을 타고 계속 아래로 내려오는데도 어찌된 일인지 정글은 깊어만 가고, 길도 점점 험해지기만 했다. 당연히 행군 속도도 더뎌졌다. 다섯 시간 정도 계곡을 타고 내려왔더니 슬슬 베트콩의 흔적이 보이지 않았다. 계곡을 중간쯤 내려온 것 같았다.

여기저기 아군이 훈련한 흔적들도 보이고 미군이 설치한 방향 표시도 나타나고 하는 것을 보니 아군 부대도 얼마 남지 않은 것 같았다. 아군이 장악한 지역 같았다.

조금씩 긴장이 풀어지는 게 느껴졌다. 마음은 다잡았는데 몸이 따라 주지 않았다. 몸 안에 쌓여 있던 피로가 한꺼번에 몰려왔다.

계곡 물이 두 갈래로 갈라지는 지점에 이르러서 보니 내가 있던 곳 반
대쪽에 큰 바위가 있었다. 바위 밑에는 큰 물 웅덩이가 있었다. 맑은 물
이 고여 있다 넘치는 소리가 요란하게 들려왔다. 나는 물도 먹고 세수
도 하며 잠깐 쉴 양으로 그쪽으로 건너갔다.

들고 있던 총을 유사시에 집을 수 있게 바로 옆 바위 위에 올려놓았
다. 그리고 물을 마시려고 허리를 구부리다 그만 가슴에 달려 있던 수
류탄이 밑으로 쏠리는 바람에 물속으로 곤두박질치고 말았다. 떡 본 김
에 제사 지낸다고 나는 몸도 식힐 겸 물속에서 얼굴도 씻고 머리도 감
으며 더위를 식혔다. 몸속의 열기와 피로가 맑은 물에 씻겨 내려가 한
층 상쾌한 기분이었다.

수심은 내 허리 정도. 나는 물속에 앉아서 머리를 물 밖으로 꺼냈다,
물속으로 담갔다 하며 오랜만에 아무 생각 없이 물놀이를 즐겼다.

"손 들어! 손 들고 물 밖으로 나와!"

세상에, 낯익은 말소리! 얼마나 그리워하던 소리였나. 나는 두 손을
들고 천천히 일어서면서 뒤를 돌아보았다.

아! 얼마나 보고 싶었던 모습인가! 백마 부대 마크가 보였고, 육군 중
위 계급장이 보였고, 햇빛에 그을린 얼굴에 빤짝빤짝 빛나는 두 눈이
내 시야에 들어왔다.

언뜻 보니 네댓 명이 둘러서 있었다.

"누구냐? 소속을 밝혀라."

한국군 중위가 영어로 말했다. 텁수룩한 수염에 제멋대로 자란 떡진
머리카락, 다 떨어져 누더기가 되어 가는 비행복, 시커먼 얼굴에 눈만
초롱한 내 몰골은 베트콩의 행색과 별반 다를 게 없었다. 그러니 내가
한국인임을 도저히 알 수 없었을 것이다.

나는 천천히 대답했다.

"미 128헬기 전투 비행대에 파견 근무 중인 하사 하림입니다."

나는 소속을 밝히고 나서 혼절해 버렸다. 부상에, 영양실조에 한발 한 발 초긴장 상태에서 사지를 뚫고 오면서 나를 지탱해 주었던 모든 것들이 아군을 만나자 일순간에 와해되어 버렸다. 아, 살았구나 하는 안도의 한숨에 모든 감각들이 무너져 버렸던 것이다.

자이란

　"서전트, 호수로 물고기 잡으러 가요."

　새처럼 호숫가로 날아간 다랑이 물속에 첨벙 뛰어들었다. 물보라가 인다. 햇살에 출렁이는 호수를 바라보며 한없이 평화로움을 느꼈다. 다른 대원들은 보이지 않는다.

　나는 호숫가에 앉아서 연거푸 죽창으로 물고기를 건져 올리는 다랑을 물끄러미 보고 앉아 있었다.

　"서전트, 시합해요. 누가 많이 잡나."

　물속에서 빠져나온 다랑은 인어처럼 아름다웠다. 까무잡잡한 살결 위에 매달려 있는 물방울이 보석처럼 빛을 발한다. 나는 다랑의 손에 이끌려 물속으로 뛰어들었다. 하지만 번번이 헛손질이다. 다랑의 웃음소리가 높다. 이렇게 밝은 얼굴을 본 적이 없다. 나는 덩달아 즐겁다.

　우리들의 웃음소리가 높았던 탓일까. 호수 건너편 갈대밭이 소란스레 흔들린다.

　흠칫 놀란다. 베트콩이다. 베트콩에게 발각되고 만 것이다.

나와 다랑은 웃음을 거두고 날렵하게 절벽 위로 달아나기 시작했다.

탕, 타탕, 탕탕!

요란한 총소리가 우리 뒤를 숨 가쁘게 쫓았다. 총에라도 맞은 것일까. 다랑이 쓰러진다. 나는 얼른 다랑을 일으켜 세운 뒤 그녀의 손을 잡고 계속 달려나갔다.

아악!

발 밑의 바위가 베트콩의 총을 맞더니 맥없이 갈라진다.

우리 둘은 속절없이 절벽 아래로 곤두박질치기 시작했다.

"안 돼. 다랑! 안 돼!"

소리조차 제대로 내질러지지 않는다.

❧

"서전트, 서전트 정신 차리세요!"

'나를 깨우는 사람은 누구지? 다랑일까? 그래, 다랑. 다랑이 살아난 거야.'

몽롱한 가운데 어렴풋이 눈을 떴다. 어른거리는 얼굴. 나는 혹시나 하고 눈을 크게 뜨고 바라보았다. 낯선 얼굴이었다.

"서전트, 꿈을 꾸었나 봐요. 악몽이었어요? 손사래를 치며 신음하더 군요."

낯선 얼굴의 아가씨는 간호복을 입고 있었다. 주위를 둘러보니 병실 인 모양이었다.

간호사는 땀에 흠뻑 젖은 내 이마를 연신 훔쳐 내며 말했다.

"이제 정신이 드시나요?"

눈은 뜨고 있었지만 여전히 의식은 아득히 먼 곳에 가 있는 듯 몽롱했다.

"담당 간호사 자이란이에요. 여기는 투이호아의 미군 야전 병원이구요. 서전트은 48시간 동안 혼수 상태에 있다가 막 깨어난 거랍니다. 무엇보다 안정을 취해야 해요."

담당 간호사는 유창한 영어를 구사하는 월남 아가씨였다. 가냘픈 몸매에 맑고 선한 인상이었다.

나는 그녀에게 짤막한 대답이라도 하려고 입을 여는데 어찌된 영문인지 도무지 말이 나오지 않았다.

"그동안의 충격 때문에 잠깐 언어 장애가 왔어요. 하지만 금세 좋아질 거예요. 이따 정보부 사람들이 서전트을 만나러 올 거예요. 저는 5시경에 다시 올게요. 푹 쉬면서 그간의 기억을 되살려 보세요. 정보 부대 사람들은 꽤 끈질긴 편이거든요."

자이란은 마지막으로 내 이마를 손으로 짚으며 말했다.

"이따 다시 올게요."

자이란이라는 간호사는 커튼을 젖히고 사라졌다. 나는 아무 말도 못한 채 그녀의 뒷모습만 바라보고 있었다. '예쁘고 상냥한 아가씨군.'

의식은 돌아왔는데 여전히 머릿속은 텅 빈 듯했다. 뇌세포들이 아직도 긴 잠에서 깨어나지 못한 것 같았다. 잠시 후 미군 대위 계급장을 단 한국인 군의관이 웃으면서 다가왔다.

"아! 하 하사. 드디어 정신을 차렸군! 고생 많았어. 야전 병원에 근무하는 이대광 대위다. 이곳에 파견 근무 중이지. 당신 정말 생명력이 대단해! 죽은 줄 알았던 하 하사가 두어 달만에 돌아오니까 한, 미, 월 전군 사이에서 귀신 같은 재주가 있는 인물이라고 화제가 대단하던데."

나는 가만히 이 대위를 쳐다보고 있었다. 고생이라고는 모를 얼굴이었다. 희고 둥근 얼굴에 순진한 어린아이 같은 사람이었다.

이 대위는 내 대답을 기다리지 않고 옆에 있는 의자를 끌어당겨 가까이 앉았다.

"수염을 보니 산 도적이 따로 없군 그래. 목욕도 하고 수염도 깎아야겠어. 담당 간호사에게 부탁을 해놓았네. 그녀는 우리 병원 최고의 미인이야. 마음씨도 곱고. 그건 그렇고 컨디션은 괜찮은가?"

나는 가만히 고개를 끄덕여 보였다.

"하 하사는 지금 쇠약할 대로 쇠약해져 있는 상태야. 극도의 영양실조에다 엉덩이 상처가 재발해서 꽤 아플 거야. 게다가 온몸의 근육이 모두 경직돼 버렸네. 근육이 다시 이완되기 전이라 제대로 몸을 움직일 수 없을 거네. 그리고 충격 때문에 언어 장애가 왔어. 말을 하기까지 좀 시간이 필요해. 무엇보다 지금은 푹 안정해야 해. 그간의 잡념을 모두 버리고 푹 쉬도록 하게."

이 대위는 혼자 멋쩍게 떠드는 게 약간 어색했는지 잠시 뜸을 들이다 이어 말했다.

"미군 정보 부대 사람들이 밖에서 기다리면서 하 하사가 회복되기를 학수고대하고 있어. 조사할 게 있다는군. 하 하사를 불사신이라고 추켜세우면서도 속으로는 은근히 시기하고 질투하고 있는 눈치야. 나중에 조사에 임할 때 한마디 한마디 조심해서 하게나. 하 하사가 돌아온 걸 보고 탐탁잖게 생각하는 측들이 있는 것 같아. 어쩌면 하 하사에게 불리하게 보고서를 작성할지도 몰라. 양코배기 놈들은 동양의 촌놈이 자기들보다 뛰어난 게 영 마음에 들지 않을 거야. 쉬면서 어떻게 대답할지 충분히 생각해 두도록 하게. 그럼 나중에 다시 봄세."

이 대위 역시 내게 아무 대답도 기대하지 않고 할 말을 하고는 나가 버렸다.

극도의 위험 상태에서 비정상적으로 활동하던 내 온몸의 세포들은 아군을 만나면서 무장 해제해 버렸다. 누적되어 온 피로와 고통을 지렛대처럼 견뎌 주던 온몸의 감각 기관들이 더 이상 버티지 못하고 무너지고만 것이다.

일장춘몽이라고 했던가. 이름 모를 산에 추락해서 여기까지 오는 동안의 숱한 일들이 한순간의 꿈처럼 아스라하다. 적진 한가운데서 눈도 못 감은 채 세상을 떠난 데이브의 얼굴이며, 라이와 고산족들, 다랑의 얼굴이 순간 순간 떠올랐다.

얼마 있으려니 스르르 눈이 감겼다. 의식이 돌아온 것 자체가 극도의 피로를 몰고 왔다. 아직도 깊은 잠에서 깨어나고 싶지 않은 신경 세포들을 들쑤셔서인지 말도 한마디 못하고, 움직이지도 않았는데 덮쳐 오는 피로감을 물리치지 못했다.

늦은 오후 무렵, 누군가가 나를 흔들어 깨웠다.

"일어나세요. 목욕을 하고 외출 준비를 해야 해요."

자이란이었다. 그녀는 내 침대 시트를 내리며 오른손으로 머리를 받치고 몸을 일으키게 도와 주었다. 순간 그녀의 젖가슴이 내 얼굴에 와 닿았다. 보드라운 감촉과 달콤한 향기. 아, 어머니의 품처럼 너무나 포근하고 따스했다. 어린 시절 열 감기를 된통 앓을 때마다 내 몸을 일으켜서 흰죽을 떠먹여 주시던 어머니 생각이 났다. 너무 호된 역경을 뚫고 온 탓일까. 나는 갑자기 그녀의 품 안에서 작은 응석받이 아기가 된 것 같았다.

겨우겨우 자이란에게 의지하여 몸을 움직여 보니 날카로운 송곳이 찌르듯 엉덩이 부위에서 시작한 통증이 다리까지 뻗어갔다. 나는 연약한 아이처럼 자이란을 바라보며 고통을 호소했다.

"미안해요. 아파도 참아야 해요. 치료도 제대로 됐고 상처를 붕대로 잘 감아 놓아서 별 문제는 없을 거예요. 많이 아프죠?"

자이란은 안타까운 표정으로 나를 바라보았다. 그러고는 산 도적처럼 제멋대로 자란 내 머리카락을 귀 뒤로 쓸어 넘겨 주었다.

"휠체어를 타는 게 좋겠어요. 이대로는 걸을 수 없을 거예요."

자이란은 침대 옆에 휠체어를 대며 말했다.

"서전트, 어서 휠체어에 오르세요. 어서요."

머릿속으로 나는 내 세포들에게 명령을 내렸다.

'어서 움직여. 어서 팔다리를 움직여서 휠체어에 오르란 말야.'

하지만 세포들은 내 말을 듣지 않았다. 나의 명령을 거부해 버렸다. 나는 망연자실한 얼굴로 자이란을 바라볼 뿐이었다.

"조금만, 조금만 움직여 보세요. 어서 움직여 봐요!"

자이란이 안타까움 가득한 얼굴로 몇 번씩이나 나를 북돋아 주었으나 여전히 내 몸은 꼼짝도 하지 않았다. 보다 못한 그녀가 이렇게 저렇게 나를 부축해 보았지만 마찬가지였다. 그녀의 힘으로 나를 움직일 수는 없는 노릇이었다.

자이란은 한참 동안 나와 씨름하더니 안 되겠다 싶었는지 내 머리를 감싸 안고 다시 나를 침대에 눕혔다. 그러고는 온 정성을 다해 팔다리를 주무르기 시작했다. 혈액 순환이 제대로 되지 않아 나무처럼 굳어 버린 내 몸의 근육을 풀어 줄 양으로 땀을 뻘뻘 흘려가며 주물렀다.

'이렇게 민망할 수가. 제발, 제발, 온몸의 세포들아. 이제 그만 자고 어서 일어나라.'

나는 자이란에게 미안했고, 한편으론 너무 고마웠다. 그녀의 정성에 힘입어 굳어 있던 신경 세포들이 조금씩 살아나기 시작했다. 투둑, 투둑 팔다리가 조금씩 움직임을 보였다. 그러자 자이란은 하던 동작을 멈추더니 이마의 땀을 훔치며 말했다.

"서전트 하. 다시 해 봐요. 이젠 움직일 수 있을 거예요."

자이란은 다시 나를 감싸 안아 일으켰다. 우리 둘이 힘겨운 전투를 벌인 끝에 나는 겨우 휠체어에 오를 수 있었다. 휠체어는 곧장 샤워실로 향했다. 자이란은 나를 환자복을 입은 채로 드럼통 욕조 속으로 밀어 넣은 뒤 미지근한 물을 갖다 부었다. 내 몸은 사실 엉망진창이었다. 땀에 엉겨 붙은 머리와 온몸에서 시궁창 썩는 냄새가 진동했다. 자이란은 머리에 비누칠을 하고 열심히 물을 뿌려 가며 감겨 준 뒤 환자복 상의를 벗겨 냈다.

"정말 고약한 냄새군요."

자이란은 냄새가 지독하다고 코를 막으면서도 얼굴에는 환한 미소가 떠나지 않았다. 상의를 벗긴 뒤 온몸을 비누칠하며 씻겨 내더니 담담하게 말했다.

"서전트, 일어날 수 있죠? 바지도 벗고 속옷도 벗으세요."

자이란의 말에 나는 눈만 멀뚱멀뚱 뜬 채 그녀를 바라보고 있었다. 혀가 굳어 있으니 말을 할 수도 없었다. 세상에, 나더러 속옷을 벗으라고? 얼굴마저 붉어졌다.

자이란은 그러거나 말거나 욕조 속에 앉아 있던 나를 뒤로 밀치더니 내 환자복 바지를 벗기는 것이었다. 물론 속옷마저도. 그녀는 빠르게 손을 놀렸다. 말도 못하고, 제대로 몸도 못 움직이는 나는 속수무책으로 그녀의 처신에 따를 뿐이었다. 후끈후끈 달아오른 얼굴에 열기가 느껴졌다.

"서전트 하! 부끄러워하지 말아요. 당신이 처음 이곳에 실려 왔을 때 전투복을 벗기고 환자복으로 갈아입힌 사람도 난 걸요. 이미 볼 건 다 봤다고요."

그녀의 말 속에는 장난기가 묻어 있었다.

"아휴, 시궁창 물이 따로 없죠? 물을 버리고 다시 채워야겠어요. 그 동안 머리도 자르고 면도도 하죠."

자이란은 가위와 면도칼을 가져와서 면도도 해 주고 머리도 잘라 주었다.

"와! 서전트 하, 미남이군요! 처음 봤을 땐 완전히 괴물 같았는데……."

자이란은 욕조물이 다시 채워지자 온몸을 구석구석 말끔히 닦아 주었다.

자이란의 맑고 초롱한 검은 눈동자가 내 눈에 들어왔다. 나는 마음이 묘하게 흔들렸다. 연민에서 비롯되었던 다랑에 대한 미묘한 연정이 이상하게 자이란에게 와서 안정되는 기분이었다. 자이란의 극진한 보살핌에 그만 내 마음이 스르르 녹고 말았다. 자이란이 그동안의 고통에서 나를 구해 준 천사 같았다.

'이게 대체 무슨 감정일까.'

그녀에 대한 알 수 없는 감정이 솟구쳐 올랐다. 내 안을 가득 메워 버린 떨림. 나는 속으로 혼자 파르르 떨고 있었다. 훈련할 때마다 긴 머리를 묶었다, 풀었다 하던 다랑의 얼굴이 겹쳐졌다.

나는 그녀의 이름을 부르고 싶었다. 그녀의 이름을 부르고, 그녀에게 고맙다는 말을 하고 싶었다. 마음속으로 몇 번씩이나 그녀의 이름을 되뇌어 보았다. 용기를 내서 입을 움직이려 했지만 도무지 말이 나오지 않았다. 일시적인 언어 장애라고 했는데, 이렇게 입을 닫고 있은 지 아주 오래 된 것 같았다. 너무나 답답해서 참기 힘들 정도였다.

그런 내 마음을 알아차렸는지 자이란이 빙그레 웃으며 말했다.

"서전트, 말할 수 있겠이요.? 자, 한번 해 봐요. 내 이름을 따라 해 보세요."

자이란은 두 손으로 내 얼굴을 감싸 쥐고 자신과 마주보게 하였다.

"자, 이, 란! 따라 해 봐요. 자, 이, 란! 자, 이, 란!"

나는 그녀의 입김에 숨이 막힐 지경이었다. 가까이에서 보니 그녀의 검은 눈은 더없이 깊고 맑았다. 나는 정신을 차리려고 애썼다. 그리고 열심히 노력했다.

"자아이…. 자아이…. 자이, 자이란!"

드디어 내 말문이 터졌다.

"세상에! 서전트 하. 정말 수고했어요. 이젠 말할 수 있군요!"

그녀의 목소리가 왠지 들떠 있었다.

"목소리도 정말 좋네요."

자이란은 명랑한 음성으로 숲속의 새처럼 종알거리기 시작했다.

그녀는 수건을 집어 들어 내 머리를 털어 주며 물었다.

"서전트가 말을 하게 되면 물어보고 싶은 게 많았는데……. 저, 다랑이 누구예요? 혼수 상태에서 계속 다랑을 찾았어요. 사랑하는 사람인가요? 베트남 아가씨죠? 어디 아가씨예요? 예뻐요? 나이는 몇 살이에요?"

자이란은 대답할 틈도 주지 않고 종알거렸다. 나는 뭐라 할 말이 없어 입을 다물고 있었다. 그녀는 일어나서 내 속옷을 들고 돌아왔다. 따뜻한 물에 오랫동안 몸을 담그고 있어서인지 몸이 풀린 것 같았다. 팔하고 다리가 제법 움직여졌다.

"속옷은 내가 입겠습니다, 이리 주세요."

나는 더 이상 쑥스러워서 그녀에게 내 몸을 맡길 수 없었다.

그녀의 눈이 장난스레 반짝였다.

"정말 입을 수 있겠어요?"

그러더니 일부러 욕조에서 조금 떨어진 곳에 내 속옷을 가져다 놓고

“가져가 보세요!” 하는 것이 아닌가.

자이란은 생글생글 웃으며 옆에서 나를 지켜보고 있었다. 나는 수건을 써서 몸을 가리고 벽에 의지해 힘들게 일어섰다. 욕조 밖으로 힘들게 다리를 옮겨 놓으려 애쓰던 나는 그만 앞으로 고꾸라지고 말았다.

자이란은 기다렸다는 듯 나서더니 조용히 웃으며 말했다.

“서전트, 아직은 무리예요. 창피하더라도 조금 참으세요.”

자이란은 옆에 있던 의자를 한 손으로 당겨 나를 앉혔다. 그러고는 능숙하게 속옷과 환자복을 갈아입힌 후 정성스레 발을 닦아 주고 슬리퍼를 신겼다.

“서전트! 이제 걸어요. 병실까지 걸어 보세요.”

나는 의자에서 일어서며 자이란에게 감사의 말을 전했다.

“자이란, 고마워요. 너무 정성껏 보살펴 줘서. 이제부터는 내 힘으로 할 수 있어요. 너무 수고하지 않아도 됩니다.”

나는 자이란의 손을 놓고 걸음을 옮기기 시작했다. 생각보다 회복이 빨랐다. 자이란의 노력 덕이라는 생각이 들었다. 병실까지 걸으면서 몇 번이나 기우뚱 넘어질 뻔했고, 그때마다 자이란이 뒤에서 나를 보호해 주었다.

“자이란, 미안해요.”

자이란은 그런 소리 하지 말라는 듯 손사래를 치며 휠체어를 가까이 끌고 왔다.

“서전트! 안 되겠어요. 너무 무리하면 상처가 재발할지도 몰라요. 여기 앉아서 가요.”

자이란은 휠체어에 나를 태워 끌어 주었다.

나는 등 뒤에 자이란이 서 있다는 게 그렇게 믿음직스러울 수가 없었다. 자이란 간호사가 다랑이라면 얼마나 좋을까? 살아 있기는 할까? 한

없이 약해진 나는 순간적으로 자이란의 직업적인 친절함과 희생에 흔들
릴 뻔했다.

　나는 고개를 가로저었다. 다랑의 존재를 잊을 수는 없다. 다랑은 생애
처음으로 내게 사랑을 일깨워 준 여인이었다. 그리고 그녀는 자신의 목
숨을 걸고 헌신적으로 나를 사랑해 주었다. 다랑은 나의 유일한 여자
다. 다랑의 생사를 알기 전까지는 다른 사람을 받아들일 수 없었다. 나
는 마음속으로 몇 번이나 다짐하였다. 다랑, 너를 배신하지 않아.

알루미늄 상자를 찾아라

자이란에 의지하여 병실 문을 열고 들어서니 두 명의 미군이 나를 기다리고 있었다.

자이란은 나를 부축하여 침대 위에 앉혀 놓고 가만히 병실을 빠져나갔다.

"서전트 하, 이렇게 무사하다니……. 무사 귀환을 환영한다!"

나의 소속 부대 행정 장교가 얼굴에 환한 미소를 지으며 반갑게 인사를 해 왔다. 그러고는 연이어 엄지손가락을 치켜들며 감탄사를 연발했다.

행정 장교 옆에 낯선 얼굴이 차가운 표정으로 서 있었다. 소령 계급장을 단, 젊은 백인이었다. 어떤 상황에서든 도무지 흔들릴 것 같지 않은 날카로운 인상의 소유자였다.

"서전트 하! 이분은 미 육군 정보국 소속 게리 소령이다. 헬기 추락 사고에 대한 조사 때문에 오셨다. 서전트 하, 움직일 수 있는가? 당장이라도 함께 정보 부대로 동행하기를 원하신다."

나는 당장 뭐라 대답해야 좋을지 몰랐다. 그런 내가 답답했는지 게리 소령이 메마른 음성으로 말했다.

"서전트 하. 시간이 없다. 내일까지는 사고 경위에 대한 보고서를 상부에 올려야 한다. 따라서 오늘 반드시 조사에 응하도록 하라."

나는 지금의 내 상황을 설명하려고 막 입을 열려는 순간, 게리 소령이 자신의 신분증을 내보이며 당장 출발 준비를 하라고 재촉하는 것이었다.

'젠장, 겨우 사지를 뚫고 나온 사람에게 왜 이리 야박하게 구는 거야. 인정머리 없는 놈들.'

방금 전까지도 수족조차 제대로 못 움직이는 상태였다. 게다가 입을 뗀 지 채 한 시간도 안 된 터라 제대로 말이나 할 수 있을지 자신이 없었다.

나는 더듬거리며 겨우 내 뜻을 피력하였다.

"죄송합니다. 아직 제대로 회복이 안 된 상태라 몸을 움직이기도 어렵고 기억도 가물가물합니다. 2, 3일 여유를 주시면 서면으로 보고서를 올리겠습니다."

하지만 게리 소령은 내 부탁 따위는 안중에도 없는 표정이었다. 그는 단호하게 말했다.

"워낙 중요한 사안이라 미룰 수 없다. 즉시 출발하도록. 지금 정보 부대에서는 부대장 이하 관계자들이 모두 서전트 하가 오기를 눈이 빠지게 기다리고 있다."

막무가내인 게리 소령의 태도에 은근히 화가 났지만 그의 명령을 거스를 수는 없는 노릇이었다. 사실 그들은 내가 이곳 투이호아 야전 병원에 후송되어 오던 날 연락을 받고 나를 만나러 부리나케 달려왔다고 한다. 하지만 나는 꼬박 이틀을 혼수 상태에 있었고, 그들은 매일매일 달려와 내가 깨어나기를 학수고대했던 모양이다.

나는 하는 수 없이 휠체어를 탄 채 헌병의 호위를 받으며 정보 부대로 향했다.

'게리 소령은 워낙 중요한 사안이라 내게 시간을 줄 수 없다고 했었지. 그들에게는 뭐가 제일 중요한 사안일까. 나를 또 적의 첩자로 오인하는 건 아니겠지.'

적진 한복판에서 알루미늄 상자를 숨기고, 죽은 데이브를 수습한 뒤 사지를 뚫고 나온 나였다. 한국군 부대였다면 우선 살아 돌아온 나를 열광적으로 환대했을 것이다.

하지만 미군 부대에 파견 근무하면서 나는 매번 내가 그들과 얼마나 다른지 뼛속 깊이 깨달아야 했다. 위험한 상황에서 겨우 목숨을 구해 부대로 귀환할 때마다 나를 기다리고 있는 것은 묘한 질투와 보이지 않는 냉소, 음험한 의구심 같은 것이었다.

그것들은 나와 그들 사이에 넘을 수 없는 벽을 만들었다.

나는 그들이 뭘 궁금해하는지 훤히 알 수 있었다. 어떻게 부대로 돌아올 수 있었는지 물을 것이고, 혈혈단신 살아온 데 대한 의구심을 지울 수 없을 것이고, 알루미늄 상자의 행방을 물을 것이다.

나는 게리 소령의 뒤를 따라 여전히 헌병들의 호위를 받으며 지하 벙커로 들어갔다. 지하 벙커 안에 부대장실 문이 열렸다. 안에는 이미 다섯 명의 사내가 휠체어를 타고 있는 나를 무표정하게 쳐다보고 있었다.

게리 소령은 부대장으로 보이는 대령에게 다가가 귓속말을 하였다.

부대장은 자리에서 일어나 손을 내밀면서 내게 가까이 다가왔다.

"서전트 하! 반갑네. 정보부 부대장 미트 대령이다."

미트 대령과 악수를 나누는 동안 또 한 명의 대령이 환하게 웃으며 다가왔다. 내 소속 비행대장 로버트 대령이었다.

"이렇게 무사해서 정말 다행이야! 역시 서전트 하답군."

로버트 대령이 내 어깨를 감싸 안으며 말했다.

"지금부터 여기 계신 분들에게 사고 경위를 자세히 설명해 주게. 자네가 타고 갔던 헬기에는 군사 기밀이 들어 있었어. 잘 생각해 보게."

나는 조용히 숨을 골랐다. 벌써 피로가 몰려왔다. 채 회복이 안 된 탓에 식은땀이 등줄기를 타고 흘러내렸다.

로버트 대령의 말이 끝나자 사복 차림의 백인 병사가 테이블에 서류를 꺼내 놓으며 말했다. 아마도 사고 경위 조사를 맡은 실무자인 모양이었다.

"정보 부대의 롤린스 대위다."

짧게 인사를 한 후 형식적인 질문을 시작했다.

"소속과 군번은?"

"계급과 이름?"

"어떤 임무를 받고 헬기를 탔는가?"

"당시 탑승자들은 누구누구였나?"

"당시 헬기에 탑재된 화물이 무엇인지 알고 있었나?"

"헬기가 추락한 승무원들은 어떻게 되었나? 화물은 보았나? 화물은 어떻게 했지?"

"구체적인 사고 경위를 말하라."

"어떻게 혼자서 살아 나올 수 있었는지 자세히 말하라."

나는 담담하게 롤린스 대위의 질문에 하나하나 대답해 나갔다. 그리고 어떻게 오늘 이 자리에 오게 되었는지 피신 경위도 빼놓지 않고 대답했다.

"이게 함께 피신하다 전사한 데이브 고문관의 유품입니다."

나는 데이브의 수첩과 유품들을 꺼내 놓았다. 형식적인 질문을 마치자 롤린스 대위는 승무원들이 어떻게 죽었는지 캐묻고는 알루미늄 상자의 행방에 대해 집중적으로 추궁하였다.

"헬기 추락 후 아군 수색대는 열두 시간만에 추락 지점에 투입, 알루미늄 상자를 찾았으나 찾을 수가 없었다. 베트콩들이 가져갔는가?"

몸을 곧추세우고 앉아 있으려니 점점 기운이 달리는 게 느껴졌다. 하지만 그들에게 약한 모습을 보이고 싶지 않았다.

"알루미늄 상자는 안전합니다. 땅속에 파묻은 뒤 위장을 해놓았기 때문에 베트콩들은 절대로 찾을 수 없었을 겁니다."

나의 대답에 모여 있던 사람들이 적이 안심이 되는 눈치였다.

정보부 대장 미트 대령이 끼어들었다.

"그 알루미늄 상자는 반드시 회수해야 한다. 우리를 그곳으로 안내하라."

미트 대령은 롤린스 대위를 가까이 오라고 부른 뒤 무언가 지시를 내렸다. 그러고는 나를 향해 말했다.

"지금부터 사흘 후 알루미늄 상자 회수 작전을 시작할 것이다. 서전트 하는 그때까지 충분히 휴식을 취한 후 출동 준비하도록. 상부의 명령이다."

이곳으로 오면서 이미 내가 생각했던 시나리오대로였다. 알루미늄 상자 회수 작전을 위해 내가 필요하다면 나도 그들에게 요구할 것이 있었다. 기다리고 있던 말이었다. 그렇다면 나도 내 요구 조건을 말하리라.

"좋습니다. 대신 부탁 드릴 게 있습니다. 내 목숨을 구해 준 고산족을 내 힘으로 구출할 수 있도록 도와 주십시오. 나는 그들에게 은혜를 갚으마 하고 약속을 하고 왔습니다."

미트 대령이 대답했다.

"간단한 문제는 아닐세. 상부에 보고한 후 지시에 따르도록 하겠네."

고산족도 고산족이지만 다랑이 살아 있다면 다랑을 구해 오고 싶었다. 나를 절대적으로 믿고, 따르고, 사랑한 다랑을 두고 온 게 가시처럼 목구멍에 걸려 나를 괴롭혔던 것이다.

필요한 조사를 마쳤다고 판단한 테일러 대령과 몇몇이 서둘러 부대장실을 빠져나갔다.

소속 비행대장 로버트 대령이 미소 지으며 내게 다가와 말했다.

"당장이라도 부대로 데려가 환영식을 열고 싶네만 알루미늄 상자를 회수할 때까지는 병원에서 몸이 회복되도록 요양시키라는 지시가 내려왔네. 오늘 수고 많았어. 병원에 가서 쉬도록 하게. 작전이 끝나는 대로 다시 만나세."

로버트 대령은 나를 향해 거수경례를 해 보이고는 먼저 부대장실을 나섰다.

진땀이 흐르다 못해 앞으로 고꾸라질 정도로 피로했다. 빨리 병원에 가서 쉬고 싶은 생각뿐이었다. 그때 아직 남아 있던 롤린스 대위가 다가와서 말했다.

"당신과 좀더 얘기를 나누고 싶은데 괜찮겠소? 당신에 대해 좀더 자세히 알아보고 싶은 게 있어서……."

롤린스 대위가 내게 시간을 내달라고 청했지만 도저히 피로감을 견딜 수 없는 지경이었다.

"지금 너무 지쳐 있는 상태입니다. 몸이 회복되면 그때 다시 만나서 이야기를 나누는 게 좋겠습니다. 미안합니다."

나는 처음 병실에 찾아왔던 게리 소령을 향해 나지막이 말했다.

"게리 소령님! 나를 병원으로 보내 주십시오. 너무 지쳐서 쓰러질 지경입니다. 나머지 사항에 대해서는 다음에 말씀 드리지요."

게리 소령이 고개를 끄덕이며 헌병을 불러들였다.

그가 헌병들에게 짧게 지시를 내렸다.

"서전트 하를 병원으로 이송하고 작전 개시일까지 24시간 감시하도록. 누구든 허락을 받고 면회를 시켜."

나는 거의 파김치가 되어 병원으로 돌아왔다. 오랜 시간 낯선 사람들 앞에서 마치 취조를 당하듯 질문을 받고 대답하느라 그나마 있던 체력이 바닥나고 만 것이다.

"서전트 하, 수고했어요. 우선 푹 자요."

병실로 돌아오자마자 자이란이 찾아왔다. 정성스런 자이란의 손길이 닿자 긴 안도의 숨을 내쉬고 이내 잠에 빠져 들었다.

나는 별도로 마련된 1인용 병실로 옮겨졌고, 병실 밖에는 두 명의 헌병이 24시간 교대로 나를 지키고 있었다. 자이란에게는 담당 간호사로서 최선을 다해 환자의 회복을 도우라는 명령이 떨어졌다.

그 사흘 동안 자이란은 나의 그림자나 다름없었다. 24시간 내 곁을 지키며 온 정성을 다해 수발을 들어주었다. 체력이 바닥을 드러내 제대로 침대에 앉아 있기조차 힘든 나를 매 끼니마다 안아 일으켜 죽을 떠먹였다.

최선을 다해 회복시키라는 명령 때문이었는지는 몰라도 자이란의 수발은 말로 표현할 수 없을 만큼 극진했다. 가냘픈 숨을 몰아쉬는 신생아 환자를 돌보듯 했다. 지키고 있다가 조금이라도 몸 상태가 안 좋아 보이면 득달같이 의사를 불러냈고, 화장실이라도 갈 양으로 일어서면 후닥닥 나타나 어깨를 곁들고 도와 주었다.

자이란은 보면 볼수록 오랫동안 보아 온 얼굴같이 낯이 익었다. 너무나 친근해서 어릴 적 함께 자란 고향 친구 같았다. 그런 생각이 들 때마다 나는 다랑의 존재를 상기하며 내 감정을 다스려 나갔다.

드디어 사흘이 지나갔다. 엉덩이 상처에는 아직 통증이 남아 있었지만 체력은 많이 나아져서 움직이는 데 큰 지장은 없었다. 환자복을 벗어 놓고 비행복으로 갈아입었다. 작전 투입을 위해 비행대로 떠나기 위해서였다.

옆에 있던 자이란이 내 모습을 보더니 긴장된 얼굴로.

"서전트 하! 몸 조심하세요. 그리고 꼭 다시 돌아와야 해요."

다 여물지 않은 몸으로 떠나는 내가 안쓰러운 모양이었다. 자이란의 커다란 눈망울에 맺힌 눈물방울이 나를 더없이 따뜻하게 해 주었다. 그 얼굴에서 차마 나를 두고 등을 돌리지 못하던 다랑의 얼굴이 겹쳐졌다. 그런 다랑을 내가 떠밀 듯 보냈었는데.

아주 퇴원을 하는 것도 아니고 작전에 가담했다 돌아와 남은 치료를 마저 해야 하는 데도 자이란간의 근심은 천 근처럼 무거웠다.

"자이란, 걱정 말아요. 무사히 돌아올 테니 내 환자복이나 깨끗이 세탁해 놔요!"

심각한 자이란에게 농담을 던지며 악수를 하고 달래 주었다.

드디어 비행대에 도착하였다. 몇 달만에 돌아온 비행대. 물론 변한 건 없었다. 몇 대의 헬기들이 줄지어 서 있고, 한쪽에서는 정비대 사람들이 분주하게 헬기를 정비하고 있었으며, 헬기장 위의 하늘도, 바람도 여전했다. 나는 혼자 아무도 모르게 긴 여행을 떠났다가 돌아온 이방인 같았다. 똑같은 환경에서 똑같은 일들 속에 파묻혀 생활했던 다른 사람들과 내가 보낸 시간은 전혀 달랐다.

살아 돌아온 나를 보고 동료들이 반갑게 맞아 주었다. 그들에게 제대로 인사할 겨를도 없이 헬기에 올랐다. U-H 1H 헬기 세 대에 전투병 1개 소대가 나누어 탔고, 코브라 헬기 세 대가 작전 지역을 사전 공격하기 위해 출동했다.

나는 1번 헬기에 올라 추락 지점으로 헬기를 인도하였다.

가는 내내 필요한 말 외에는 침묵을 지키고 있었다. 세상일이 이렇게 덧없구나 싶었다. 불과 두세 달 전이었다. 침울한 구름 속을 불길한 마음으로 낮게 비행하던 때가. 그리고 오늘……. 하지만 내 눈에는 세상이 달라 보였다. 고초를 겪으며 어떤 깨달음이 내 안에 생긴 모양이었다.

눈 아래 정글이 보였다. 그 정글 어느 구석에선가 나를 지켜 준 라이의 부족들이 힘들게 삶을 이어가고 있으리라. 모두들 잘 있을까. 이 작전을 끝내고 나면 그들을 구출해 주겠다는 약속을 구두로 하긴 했는데 과연 그들이 약속을 지키려나.

만에 하나 미군들이 도와 주지 않으면 베트콩에게 몰살을 당할지도 모를 일이었다.

나는 이번 작전의 지휘관을 흘낏 바라보았다. 젊은 소령이었다. 눈이 크고 맑은 게 선한 인상이었다. 무사히 상자를 되찾아 온다면 그들이 약속을 지켜 줄지도 모른다. 다랑은 과연 살아 있을까? 다른 대원들은?

어느새 헬기가 목적지에 닿았다. 내가 탄 헬기는 착륙을 위해 고도를 낮추있다. 순간 정글 한가운데서 베트콩들이 일제히 대공 사격을 퍼부었다. 아마도 적이 우리의 헬기가 추락한 뒤 이렇다 할 움직임이 없는 터라 추락한 현장 인근을 베트콩 1개 소대 병력 정도가 지키고 있었던 모양이었다.

적의 기습 공격을 받은 헬기는 추락은 면했지만 동체 어딘가가 파손된 모양이었다. 헬기에 앉아 있던 나는 갑작스런 통증에 머리카락이 곤두설 정도였다. 방금 있었던 기습 공격에 또 부상을 입은 것이다. 헬기 철판을 뚫고 들어온 총알이 내 엉덩이와 종아리에 박히고 말았다.

헬기는 허연 연기를 내뿜으며 순식간에 고도를 높여 급회전하면서 겨우 그곳을 빠져나왔다. 동시에 우리를 호위하던 코브라 헬기 두 대가 일제히 화력을 발사했다. 우리가 빠져나온 그 자리는 순식간에 불바다로 변했고, 절규하며 우수수 쓰러지는 베트콩들이 눈에 보였다.

헬기는 가까스로 목적지에서 그리 멀지 않은 곳에 겨우 착륙하였다.

다른 두 대의 헬기가 잇달아 착륙하여 우리를 엄호하기 위해 탑승해 있던 전투 요원들이 달려왔다.

나는 아픈 와중에도 머릿속으로 열심히 필름을 되감으며 그때의 일을 더듬어 나갔다. 추락한 헬기에서 10여 미터 떨어진 곳에 웅덩이가 있었다. 상자가 너무 무거워서 멀리 끌고 가지도 못했던 것이다. 그 웅덩이에 일단 상자 두 개를 처박아 넣은 뒤 흙을 덮어 묻어 버렸었다.

헬기가 착륙하고, 제대로 자리에서 일어나지도 못하는 나는 부축을 받으며 겨우 헬기에서 내려왔다. 곧 이어 위생병이 달려와 응급 처치를 해 주었다. 총알은 아직 채 아물지 않은 엉덩이 상처 바로 옆에 박혀 있었다. 나는 이를 앙다물었다. 내 목숨을 지켜 주는 수호신은 잠시도 한눈을 팔 수 없을 것이다. 또다시 총상을 입다니 말이다.

다행히 더 이상의 적들은 몰려오지 않았고, 내가 은폐시킨 그 자리에 두 개의 상자가 그대로 묻혀 있었다. 임무 완수! 무사히 상자를 회수한 것이다.

작전 총지휘를 맡은 젊은 소령은 나를 향해 흡족한 미소를 지어 보였다. 고맙다는 표시였다.

나는 엉덩이 총상으로 제대로 서지도 못한 채 지휘관에게 말했다.

"소령님! 내가 약속을 지킬 수 있게 도와 주시오. 나를 구해 준 고산족들을 구출해야 합니다. 부탁입니다."

일단 소령은 상부에 무전을 보냈다. 회신 내용이 흡족하지 않은지 그는 내게 와서 미안한 표정으로 말했다.

"고산족들도 그들 나름대로의 삶이 있소. 그들은 문명 세계에서 살아가기 힘들 것이오. 설사 우리 부대가 그들을 구하러 간다고 해도 오히려 그 때문에 베트콩들에게 저들의 위치가 노출되어 몰살당할 수도 있소. 그곳에서 살아 나가게 그냥 두는 게 좋겠소."

나는 고개를 떨구었다. 사나이로서 맹세한 일이었다. 몸을 회복하는 대로 그들을 돕겠다고 말이다. 회수 작전이 성공하면 나와 한 약속을 미군들이 지켜 줄 거라고 믿었는데.

젊은 소령의 목소리에는 나에 대한 미안함이 잔뜩 묻어 있었다. 실망하는 나의 모습을 보더니 안 되겠다 싶었는지 소령이 다시 한번 상부에 무전을 보내고 씩씩하게 내 앞에 와서 말했다.

"좋소. 한번 해 봅시다. 일단 서전트 하는 부상을 당했으니 빠지시오. 헬기 한 대에 1개 분대 병력을 보내서 그 월남 장교와 다랑만이라도 구해 오겠소."

회수 작전 외에는 관심이 없던 상부에서는 나와의 약속 따위에는 안중에도 없었던 모양이다. 그나마 소령의 권한으로 행해지는 작전 같았다.

"그렇다면 작전에 투입될 책임자를 불러 주시오. 위치도 알려 줘야 하고, 부탁할 것도 있습니다."

잠시 후 흑인 중사 한 명이 내 앞에 나타났다. 부상으로 몸을 일으키지 못하는 나와 보조를 맞추느라 흑인 중사는 무릎을 꿇고 앉았다.

"서전트 하. 걱정 마시오. 서전트 하 대신 그들을 무사히 구해 오겠소. 위치만 말해 주시오."

나는 흑인 중사의 말이 너무 고마워 그의 두 손을 잡고 간절히 청하였다. 그리고 조종사를 불렀다. 조종사가 가지고 있는 지도 위에 호수 마을의 위치를 찍어 주었다.

"그들을 만나면 서전트 하가 죽지 않았다고 전해 주시오. 그리고 내가 직접 구출하러 오지 않은 것은 부상 때문이라고. 서전트 하는 비겁한 사람이 아니라고 말해 주시오. 만일 다랑이 살아 있다면 다른 사람은 몰라도 다랑만이라도 꼭 구출해 주시오. 죽어가는 다랑에게 사나이로서 한 약속을 지키고 싶소."

우리를 지켜보던 젊은 소령이 바삐 말했다.

"미안하오. 회수된 상자를 가지고 즉시 철수하라는 명령을 받았소."

소령은 주위를 둘러보고 급히 명령을 내렸다.

"구조대는 즉시 출발하고 나머지 전원 본부로 철수한다!"

미군들은 신속하게 움직였다. 작전은 성공을 거두었고, 더 이상 나의 도움 같은 것은 필요없었다. 나는 철수하는 그들 속에 끼어 병원으도 돌아왔다. 돌아오는 헬기 안에서 나는 빌고 또 빌었다.

'다랑, 제발 살아 있어 다오. 비록 내가 가지는 못했지만 저들과 함께 살아서 돌아와 다오.'

헬기 프로펠러 소리가 요란하게 내 귓속을 맴돌고 있었다.

사이공으로 날아간 하얀 비둘기

다시 돌아온 투이호아 야전 병원. 피를 흘리며 사람들의 부축을 받고 들어오는 나를 자이란이 긴장하면서 맞아 주었다.

우선 응급실에서 수술실로 옮겨져 박힌 총알을 뽑아냈다. 이번에는 총알이 엉덩이 뼈를 상하게 만들어서 장기 입원을 해야 한다는 진단이 나왔다.

수술을 끝내고 병실로 돌아오자 자이란이 제일 먼저 달려왔다.

"환자복 세탁해 놓으라더니 또 부상을 당해 오면 어떡해요?"

자이란의 힐난이 너무나 고마웠다. 자이란이 금세 눈물을 글썽이며 말했다.

"서전트가 작전에 투입되어 가던 날 너무 무서운 꿈을 꾸었어요. 서전트가 타고 있던 헬기가 공중에서 폭발했지 뭐예요. 너무 놀라서 꿈에서 깨어나 한참 울었어요. 이렇게 살아와 줘서 너무 고마워요. 혹시 나쁜 일이라도 생길까 봐 얼마나 걱정했는지 몰라요."

자이란의 말 한마디 한마디가 누이 같고, 돌아가신 어머니 같았다. 멀고 먼 이국에서 이렇게 나를 위해 눈물을 흘려 주는 여인을 보니 마음이 설레었다. 그녀가 너무 고마웠다. 너무 고마워서 가슴이 벅차올랐다. 그녀의 깊은 아량에 지칠대로 지친 나는 크게 위안 받고 있었는데, 이렇게 나를 가슴 졸이며 기다려 줄 줄은 몰랐다.

나는 자이란의 두 손을 맞잡았다. 그리고 그녀의 손등에 입을 맞추었다.

다음날, 고산족들과 함께 있던 월남군 장교 듀이 중위가 병실로 찾아왔다.

"서전트 하, 정말 대단한 사람입니다. 무사히 살아남았군요."

"듀이 중위. 무사히 돌아와서 정말 다행입니다. 이렇게 다시 만나게 되다니. 정말 너무 반갑고 고맙습니다. 그건 그렇고 다랑은 어찌 되었나요? 살아서 왔나요?"

듀이 중위는 누워 있는 내 곁에 다가오더니 나를 부둥켜 안았다.

"서전트 하! 당신은 내 생명의 은인입니다. 빨리 회복하셔야지요."

"듀이 중위. 다들 어떻게 되었는지 어서 말해 주세요."

"서전트 하, 당신이 대원들과 떠난 뒤 이틀만에 나머지 대원들이 마을 사람들을 구해서 거북이 마을로 돌아왔소. 모두들 서전트에 대해 너무 고마워들 하고 있어요. 그런데 다랑은 워낙 부상이 심해서 며칠 동안 혼수 상태에 빠져 있었어요. 그러다 겨우 깨어나더니 서전트 하만을 찾더군요. 그 부상한 몸을 이끌고 다음날로 마을을 떠나 버렸소. 혹시라도 서전트 하가 잘못 되었을까 봐 구하러 나간 건지, 찾으러 나간 건지는 모르겠소. 그 몸으로 무작정 마을을 떠났으니, 마을 사람들은 십중팔구 베트콩에게 당했거나 짐승밥이 됐을 거라고 생각하고 있어요."

나는 절망에 빠졌다. 부상이 심하긴 했지만 그래도 잘 치료하면 나을 수 있을 거라는 희망을 한시도 놓지 않았었다.

듀이 중위가 잠시 뜸을 들이다 말했다.

"내가 판단해도 그 몸으로는 도저히 정글에서 살아남기 힘들었을 겁니다. 틀림없이 사망했을 거예요."

나는 듀이 중위에게 따지듯 물었다.

"왜 다랑을 말리지 않았습니까?"

"말리고 어쩌고 할 새도 없었어요. 의식이 돌아온 다음날 자취를 감춰 버렸으니까요."

불쌍한 다랑. 듀이 중위의 말을 듣고 보니, 다랑이 정글 속을 헤매다 죽었을 거라는 생각이 들었다. 나 역시 겨우 살아서 여기까지 오지 않았던가. 성치 않은 여자 몸으로는 도저히 빠져나올 수 없었을 것이다. 나도 모르게 눈물이 주르르 흘러내렸다.

미련한 사람. 성치 않은 몸으로 나를 찾아 정글을 헤매고 다녔을 다랑을 생각을 하니 가슴이 저리고 아팠다.

나는 잠시 후 마음을 추스르고 듀이 중위에게 물었다.

"다른 사람들도 같이 왔습니까?"

"마을 사람들은 숨어 살더라도 고향을 떠나고 싶지 않다고 했습니다. 그냥 그곳에서 살겠다고 해서 저 혼자 돌아왔어요. 나에게 이걸 주면서 서전트 하를 만나면 얼마나 고마워하는지 꼭 전해 달라고 하더군요."

듀이 중위는 주머니 속에서 나무 거북을 꺼내서 내 손에 쥐어 주었다. 나는 나무 거북을 꼭 움켜쥐었다. 나무 거북은 내 생명을 지켜 주는 행운의 부적이었다.

듀이 중위가 병실을 떠나고 나서 나는 한참 동안 얼굴을 감싸고 통곡하였다.

다랑을 생각하니 가슴이 찢어질 듯이 아팠다. 하지만 다랑을 위해서 내가 해 줄 수 있는 일은 아무것도 없었다. 부상당한 몸으로 정글을 헤맸다면 살아 있기 어려울 것이다.

나는 조용히 다랑의 명복을 빌었다. 나를 헌신적으로 믿고 따랐던 다랑에게 아무것도 해 준 것도 없이 매몰차기만 했던 게 너무 후회스러웠다.

다랑을 찾고 싶었고, 다랑을 찾은 뒤에는 다랑의 마음을 받아들일 작정이었으며, 인연이 허락한다면 다랑을 책임질 작정이었다. 하산할 때 평상에서 죽어가던 다랑의 모습을 잊을 수 없었다.

다랑에 대한 미련과 아쉬움, 죄책감은 나를 점점 미치게 만들었다. 입맛이 없어 제대로 무얼 먹을 수도 없었고, 먹지 못하니 그나마 회복되던 몸은 점점 상태가 안 좋아졌다. 눈만 감으면 다랑의 모습이 어른거렸다. 아니, 시간이 지날수록 다랑에 대한 그리움이 간절해져 갔다.

그런 나를 보며 자이란은 무척이나 안타까워했다.

"서전트 하, 너무 괴로워하지 마세요. 죽은 다랑도 서전트 하가 이러길 바라지 않을 거예요. 빨리 몸을 회복해서 예전의 건강한 몸으로 돌아가셔야 해요."

자이란은 진심으로 나의 쾌유를 빌었다. 직업적 의무감에서 나온 것만은 아닌 것 같았다. 자이란은 내가 건강한 군인으로 다시 태어나기를 간절히 염원하며 성심껏 나를 도와 주었다.

그렇게 한 달이라는 시간이 지나갔다. 시간은 몸의 상처뿐만 아니라 마음의 상처도 치유해 주었다. 시간이 지나면서 다랑에 대한 기억이 점점 엷어졌고, 그 빈 자리에 조금씩 다른 사람이 다가왔다. 자이란이었다.

자이란의 보살핌은 극진했다. 침대 시트도, 속옷도, 다른 누구보다 열심히 갈아 주었다. 몸이 호전되면서 3, 40명이 함께 쓰는 아래층 병실로 옮겼는데, 주위 환자들과 간호사들이 자이란은 서전트 하만 챙기고, 서전트 하는 자이란밖에 모른다고들 했다.

식당에서 야채 수프같이 내가 좋아하는 음식이 나오면 자이란은 부지런히 음식을 실어 날라다 주었다. 뿐만 아니라 K-레이션이 오면 그 안에서 김치를 찾아내 쌀과 멸치를 넣고 김치죽 같은 것도 끓여다 주었다.

나는 자이란에게 의지하는 마음이 많아졌다. 세상에 나서 이런 대우는 처음이었다. 그녀가 점점 좋아지고 있었지만 아무것도 내색하지 않았다. 자이란도 마찬가지 같았다. 우리는 아무런 약속도 없이 그저 서로를 열심히 좋아했고, 챙겼다. 그러나 마음을 내보일 수는 없었다.

우리 사이에는 다랑이란 장벽이 가로놓여 있었다. 그렇다고 그 장벽을 원망할 생각은 없었다. 그렇게 또 몇 달의 시간을 보냈다.

나는 자이란의 이성적 판단을 이해할 수 있었다. 나는 부상이 나으면 떠날 사람이고, 또 복무 기간이 끝나면 고국으로 돌아갈 사람 아니던가.

하지만 자이란의 마음만은 달랐다. 적어도 내가 느끼기에는 그랬다.

날이 맑은 일요일이면 자이란과 나는 병원 벤치에 나가 앉았다. 목발을 짚고 조금씩 움직일 때였다. 맑은 햇살이 병원 뜰을 비추고, 어여쁜 자이란이 옆에 앉아 있다. 마음은 더할 나위 없이 쾌활하고 산뜻하다. 스물두 살의 자연인 청년으로 돌아온 기분이었다.

우리 둘은 이런저런 얘기를 나누며 웃었다. 그저 함께 있다는 설레임이 작은 일도 웃게 만들었다. 자이란의 높은 웃음소리를 들으며 나까지 들뜨던 시간들이었다.

살짝 옆으로 본 자이란의 갸름한 얼굴은 너무 예뻤다. 나는 나도 모르게 그녀의 뺨을 향해 입술을 가져다 대려 하면 자이란은 방긋 웃으며 살짝 몸을 피한다. 순간 머쓱해진 내가 시선을 둘 길 없어 애꿎은 발가락만 바라보고 있다. 그러면 어느 틈에 자이란이 와서 살짝 내 뺨에 입맞춤하고는 한 마리 새처럼 포르르 달아났다.

그랬다. 우리는 사랑한다는 말도 꺼내지 못했고, 아무런 기약도 하지 못했지만 하루하루 연애하듯 병원 생활을 하고 있었다.

시간이 흐를수록 병원 생활이 지루하기만 했다. 하루빨리 완치되어 병원을 벗어나고 싶었다.

나는 별이 총총한 밤이면 가끔씩 병원 뒤뜰 벤치에 앉아 있었다. 지금쯤 저 하늘 위 어딘가에 있을 다랑 생각이 났다. 저 별빛처럼 초롱했던 다랑의 눈동자. 스산한 밤바람이 온몸을 감싸면 나는 두고 온 고향 생각, 가족 생각, 다랑 생각에 빠진다.

그때였다. 어느 틈에 나를 찾아 나온 자이란이 등 뒤에 살그머니 다가와 눈을 가린다.

"누군지 맞춰 보세요."

자이란의 장난에 나는 일부러 한국말로 "옆집 순이." 하고 대답한다.

그러면 자이란은 손을 풀고 눈을 흘기며 내 옆에 다가와 앉는다.

"서전트, 병원에 있으면서 언제 옆집 순이라는 여자를 사귀었어요?"

살짝 눈을 흘기며 트집 잡듯 농담을 건네는 자이란이 참 사랑스러웠다.

"서전트, 딱딱한 의자에 오래 앉아 있으면 안 좋아요. 조금만 있다가 병실로 들어가요!"

"그럼 병원에서 살면 되잖아요. 자이란도 오래 보고……."

자이란은 내 대답에 환하게 웃음 짓는다.

"서전트 하는 우리하고 생긴 모습이 비슷해서 외국인 같지 않아요. 그냥 이웃집 오빠 같고 친구 같아서 다른 미국인들보다 더 잘해 주고 싶고, 더 마음이 쓰여요."

자이란은 가만히 내 상처를 손으로 만져 보다 헐거워진 반창고를 다시 붙여 준다.

"서전트 하 병원 기록을 보니까 나와 나이가 같더군요. 생일이 나보다 두 달 빨라요. 나이도 동갑이고 우리 더 친하게 지내요."

나도 그녀가 나와 동갑이라는 소리에 놀랐다. 나는 속으로 그녀가 나보다 두서너 살 정도 적을 거라고 생각했었다.

"원래 나는 문학을 하고 싶었어요. 사이공의 바람은 늘 내 마음을 흔들어 놓았지요. 밤이면 별이 속삭이는 소리, 달이 속삭이는 소리를 듣고 싶었어요. 하지만 전쟁이 모든 걸 앗아가 버렸어요. 원래 사이공이 고향인데, 먹고 살기 위해 이 먼 곳까지 와서 이렇게 일을 하고 있지요. 공산주의니 민주주의니 하는 건 생각하고 싶지도 않아요. 그냥 빨리 전쟁이 끝나서 평화롭게 가족과 함께 살면서 내가 하고 싶은 일을 하면서 살면 좋겠어요."

나는 자이란의 말을 들으며 다시 한번 자이란을 바라보았다. 미군 병원의 간호사 자이란이 아니라 갓 스무 살을 넘긴 아름다운 처녀가 내 옆에 앉아 있었다.

"자이란, 전쟁은 끝날 거예요. 시작이 있으면 끝이 있는 법이잖아요. 지금 자이란은 누구보다 잘 견디고 있어요. 자이란도 그렇고 나도 그렇고, 전쟁에게 우리의 젊음을 빼앗길 수는 없어요."

나는 자이란의 손을 가만히 잡아 주었다. 웬일인지 자이란은 손을 빼지 않고 가만히 앉아 있다가 꿈을 꾸듯 조용히 읊조렸다.

"이런 생각을 해요. 구름을 타고 놀러 가보고 싶고, 요정이 돼서 사랑하는 사람의 마음속도 구경하고 싶다고요. 하지만 현실은 너무나 냉정해요. 그래서 혼자 가슴속에 멍이 드는 것 같아요. 정말 내가 사랑하는 사람에게, 그리고 나와 함께 꿈을 이루어 갈 사람에게는 내 마음을 모두 주고 싶어요."

나는 그녀의 애매한 말들 속에 숨어 있는 나에 대한 고백에 순간 멍해졌다. 뭐라고 대답해야 좋을지 몰라 당황해하고 있는 나에게 그녀는 무심한 표정으로 계속 말을 이어갔다.

"죽은 다랑은 어떤 사람이었을까요? 다랑을 사랑하는 당신의 사랑이 너무 진실해서 가끔 질투 같은 걸 느낄 때가 있어요. 다랑은 비록 죽었지만 이렇게 한 남자의 마음을 송두리째 가졌으니 참 행복한 여자라는 생각도 들고요."

입을 열 수가 없었다. 그녀에게 하고 싶은 말은 너무 많았는데 말이다. 나는 결국 아무 말도 못했다. 말을 마친 자이란은 내가 짚고 다니는 목발을 왼손에 들고 오른쪽은 나의 왼쪽 겨드랑이 밑에 넣고 나를 부축하여 병실로 돌아왔다

며칠 동안 그날 밤 내게 들려준 자이란의 말들이 나를 떠나지 않았다. 새 환자복을 들고 들어오는 자이란을 보면 예전보다 더 두근거렸다. 나를 돌봐 주기 위해 자이란의 손길이 닿으면 불에 댄 듯 뜨겁게 느껴졌다. 입 밖에 낼 수는 없었지만 더 이상 이런 상태로 있을 수 없다는 생각을 하고 있었다. 벌써 투이호아 병원에 입원한 지도 3개월 가량이 흘렀다. 허벅지 뼈도 거의 고정되었고 상처도 다 아물어 물리 치료만 받으면서 여유 있는 시간을 보내고 있었다. 어서 빨리 완쾌되어 다시 하늘을 날고 싶었다. 또 그동안 극진하게 보살펴 주었던 자이란에게도 이제 내 마음을 보여 줄 작정이었다. 열심히 움직이면 낫겠지 싶어 물리 치료 외에도 부지런히 몸을 놀렸다.

마음이 너무 앞섰던 모양이다. 무리하게 몸을 움직여 금이 간 엉덩이 고관절뼈에 다시 금이 생겼단다. 할 수 없이 재수술을 받으러 필리핀 마닐라의 수빅 만에 있는 미 해군 병원으로 실려갔다. 참, 우스운 일이지만 마닐라의 미군 병원은 너무 낯설었다. 투이호아도 이국 만리 머나먼 곳이긴 마찬가지였지만 이렇게 다를 수가. 필리핀 미군 병원에서 보낸 게 고작 일주일밖에 안 되었는데 한 달은 되는 것 같았다. 수송기를

타고 날아와 수술을 받고 꼬박 병실에 누워 있었다.

나는 속이 탔다. 자이란이 없는 병원 생활이라는 게 얼마나 고역인지 뼛속 깊이 깨달았다. 그녀가 내게 얼마나 큰 존재인지 멀리 떠나와서야 알았다. 물론 며칠 전부터 그녀에게 내 마음을 고백할 작정을 하고 있었기 때문에 더 그랬다. 이렇게 혼자 와 보니 고백의 말을 하고 올걸, 하는 후회마저 들었다. 어서 빨리 자이란이 있는 투이호아로 돌아가고 싶었다. 조바심 때문에 수술 상처가 터질 지경이었다.

나는 필리핀 미군 병원에서 굳게 결심했다. 현실을 핑계 삼아 숨지 않겠다고. 자이란에게 이렇게 말할 작정이었다. 너와 함께 꿈을 이루어가고 싶다고. 함께 우리의 꿈을 실현하자고. 그리고 사랑한다고.

드디어 치료를 끝내고 수송기에 몸을 실었다. 해안 가에 늘어서 있는 키 큰 야자수가 마치 고향의 소나무처럼 정답게 느껴졌다.

드디어 병실로 돌아왔다. 함께 쓰던 1층 병실에서 2층에 있는 4인실로 옮겨 왔다.

'함박 웃음을 지으며 환자복을 들고 자이란이 들어올 테지.'

학교를 마치고 돌아온 소학교 1학년생처럼 엄마 같고, 누이 같은 자이란을 기다렸다. 병실의 문이 열리고, 자이란의 웃음이 병실을 환하게 밝히리라. 자이란을 왈칵 안아 주며 반가워할 작정이었다. 자이란 보고 싶었어, 하고. 그리고 두 손을 맞잡고 말할 것이다. 자이란, 사랑해.

하지만 자이란은 없었다. 낯선 미국인 간호사가 들어와 자신이 나의 담당 간호사라고 밝혔다. 그리고 자이란이 내게 남긴 편지라며 전해 주었다. 가슴이 덜컥 내려앉았다. 대체 무슨 일일까. 편지를 꺼내 들고 읽는 내내 가슴이 욱신욱신 아파 왔다.

서전트 하!

돌아오는 것도 못 보고 이렇게 급히 떠나게 되어 마음이 너무 아프군요. 사이공에 계신 어머님 병환이 갑자기 악화되었다는 연락을 받았어요. 병든 어머니를 돌봐 드리기 위해 이렇게 떠납니다.

처음 서전트 하가 병원으로 실려 왔을 때가 떠오릅니다. 한 마리 상처 입은 산짐승 같았지요. 온몸에서는 고약한 냄새가 났고, 몸은 야윌 대로 야위었고, 제멋대로 자란 머리카락과 수염이 덥수룩하게 당신의 얼굴을 뒤덮고 있었지요.

혼수 상태의 서전트 하를 처음 보는 순간부터 꼭 한 가족처럼 느껴졌어요. 왜 그랬는지는 저도 잘 모르겠어요. 그러다 당신의 수염을 제 손으로 깎아 주고 목욕을 시키고 보니 당신은 아주 멋진 사람이었습니다. 나는 깜짝 놀랐습니다. 그리고 그 순간부터 이성으로서 당신을 사랑하게 되었답니다.

그동안 당신을 돌봐 오면서 멋진 당신에게 입맞추고 싶은 마음을 얼마나 애써 참았는지 모르겠습니다. 하지만 당신과 나는 엄연히 환자와 간호사 사이였지요.

서전트 하! 우리는 그동안 정말 순수한 마음으로 서로를 아껴 주었지요. 말은 하지 않았지만 당신의 마음을 느낄 수 있을 것 같습니다.

서전트 하, 당신이 완쾌될 때까지 돌봐드리지 못하는 게 무엇보다도 안타깝습니다. 하지만 그보다 더 안타까운 것은 이렇게 당신과 헤어져야 하는 일입니다.

아무쪼록 빨리 몸을 회복하셔서 스트롱 서전트 하로 다시 태어나 무사히 조국으로 돌아가기를 빌겠습니다.

자이란

'자이란도 나를 사랑하고 있었어.'

하늘이 무너진다고들 하더니. 나는 내 자신에게 무엇보다 화가 났다. 그 많은 날들 동안 왜 자이란을 꼭 잡아두지 못했을까. 내 마음을 좀더 일찍 자이란에게 전했어야 하는데. 그러려고 했는데. 아직 시간이 있다고 생각했는데. 이렇게 헤어질 거라고는 상상도 못했는데.

자이란이 한 마리 비둘기처럼 갑자기 내 곁을 떠나 멀리 날아가 버린 것이다.

자이란에 대한 감정은 다랑과는 달랐다. 다랑은 보살펴 줘야 하는 상처 입은 누이동생 같았지만 자이란은 이성으로 사랑하고 있었던 것이다. 나는 고함을 지르며 울고 싶었다. 그동안 이만큼 버텨 온 것도 다 그녀의 덕이었다. 죽은 다랑 때문에 아픈 마음도 자이란이 있음으로 해서 치유될 수 있었다.

병실에 앉아 한참을 울었다. 그로부터 악몽의 시간이 흘렀다.

사이공에서 간호 대학을 나와 병원 생활을 했던 자이란은 똑똑하고 바르게 자란 현명한 여자였다. 자이란을 보는 순간부터 아주 오랫동안 보아 온 사람처럼 낯이 익었다. 자이란도 그런 느낌이라고 했다.

자이란이 떠난 뒤 삶의 의미가 허연 재처럼 무의미했다. 병원 생활이 감옥 같았다. 새로 바뀐 담당 간호사를 제대로 쳐다보지도 않았다. 아니, 그녀를 미워했다. 자이란의 자리에 그녀가 있는 게 기분 나빴다.

끝없는 나락에 빠져 있다가 어느 날 문득 정신을 차렸다. 이대로 있다가는 영영 자이란을 되찾을 수 없을 것 같았다.

이렇게 있을 수는 없었다. 나는 갑자기 마음이 다급해졌다. 다랑에 대한 향수에만 마냥 젖어 있을 수는 없었다. 이렇게 텅 비어 있는 내 가슴속을 채워 줄 수 있는 사람은 자이란뿐이었다. 세상에 없는 다랑을 생각하면서 슬픔에 빠져 있는 내가 한편으로는 사치스럽다는 생각마저 들었다. 나는 자이란을 찾고 싶었다. 아니, 찾아야만 했다. 자이란을 만나야만 살아갈 힘이 생길 것 같았다.

다랑에게 미안했지만, 이런 나를 다랑도 이해해 줄 거라고 생각했다.

나는 당장 탈영이라도 하고 싶었지만 이 몸으로는 탈영도 할 수 없었다.

나는 주먹을 꼭 쥐며 다짐했다.

'자이란, 꼭 당신을 찾고 말겠어. 그리고 당신을 찾으면 다시는 떠나보내지 않을 거야. 당신의 빈 자리가 이렇게 클 줄은 나도 몰랐어.'

그러려면 우선 몸을 회복시켜야 했다. 나는 오로지 자이란을 되찾겠다는 일념으로 투병 생활을 버텼다. 그것만이 나를 버티게 해 주는 유일한 기둥이었다. 어서 빨리 몸을 회복시켜 나의 두 발로, 내 힘으로 자이란을 찾아내고야 말 것이다.

더 열심히 밥을 먹었고, 매일 매일 물리 치료실에서 시간을 보냈다.

자이란이 떠난 뒤 한 달쯤 될 무렵, 드디어 퇴원을 하게 되었다.

어느 날 소속 부대 행정 장교가 나를 찾아왔다.

"서전트 하, 이제 퇴원하면 어떻게 할 생각인가? 파견 근무를 끝내고 한국군에 복귀할 생각인가, 아니면 파견 근무를 연장할 생각인가?"

이 순간을 얼마나 기다려왔던가. 나는 사이공으로의 전출을 부탁할 작정이었다. 사이공으로 날아가 자이란을 찾아볼 생각이었다.

나는 행정 장교에게 단호하게 말했다.

"나는 이 전쟁을 위해 죽을 고비도 여러 번 넘겼습니다. 내가 얼마나 온몸을 바쳐 이 전쟁을 위해 싸웠는지 장교님도 잘 알 겁니다. 물론 단 한번도 그에 따른 보상이나 대가를 바란 적은 없었어요."

행정 장교가 말없이 내 말을 경청하였다. 나는 연이어 말했다.

"부탁 한 가지만 드리겠습니다. 사이공에서 근무할 수 있도록 조치를 취해 주십시오. 동양의 진주 사이공을 보고 싶습니다.”

나의 진지한 표정에 행정 장교가 의외라는 표정을 지었다.

“알겠네. 주월 사령부에 건의하여 조치를 취해 주겠네.”

그로부터 정확히 보름 만에 전출 명령이 떨어졌다. 사이공에 있는 탄손누트 공항 근무였다.

탄손누트 공항

197X년 X월, 투이호아 공항을 출발한 미 육군 수송기가 하늘을 날
았다.

수송기 안에는 여섯 명의 미군이 함께 타고 있었다. 그중에는 탄손누
트 공항을 통해 본국으로 돌아가는 경우도 있고, 나처럼 전출 명령을
받은 병사들도 있었다. 그들은 편지를 읽거나 캔 맥주를 마시며 지루함
을 달랬다. 그들에게 이 전쟁은 너무 일상적으로 보였다. 하지만 어떤
면에서 나 역시 마찬가지였다. 생과 사를 가르는 고도의 위험조차 더
이상 나를 사색으로 내몰지 않았다. 나는 그 일상 속에서 한 여자를 사
랑하게 되었고, 그녀를 찾는 것만이 유일한 희망이었다.

새 보직은 주월 미군 사령부 소속 탄손누트 공항 파견대 헬기 기장이
었다. VIP를 목적지까지 안전하게 실어 나르는 게 주 임무였다. 새 임
무는 여러 가지 측면에서 내게 자유를 주었다. 비행 일정은 일주일 전
에 잡히기 때문에 임무에 차질만 없으면 시간을 어떻게 보내든 상관없
었다. 위험한 일도 거의 없었고 개인 시간도 많았다. 자이란을 찾기 위

한 천혜의 조건이었다.

맑은 구름 속으로 수송기가 날아간다. 하늘 아래에 초록 융단을 펼쳐 놓은 듯 드넓은 평야가 끝없이 이어지고 있었다. 산악 지대가 많은 중부 월남과 사뭇 다른 모습이다.

자이란……. 전쟁의 한복판에서 사랑을 찾아 궤도를 바꾼 내 모습이 한편으로는 낯설기도 했다. 아무도 짐작할 수 없는 인생 행로다. 키를 쥐고 항해하는 나조차 모르겠다.

하지만 이미 마음속에는 한 가지 생각이 굳게 자리잡아 있었다.

사이공으로 날아간 나의 비둘기, 자이란을 찾고야 말리라. 사이공 시내에 있는 병원을 다 뒤져서라도 반드시 찾고 말겠어. 간호사니까 병원을 다 뒤지면 찾을 수 있겠지.

수송기가 한 시간 반 남짓 날아와 드디어 베트남의 관문 탄손누트 공항에 착륙하였다. 탄손누트 공항의 청사는 명성에 비해 작고 초라해 보였다. 낮은 산등성이 속에 홀로 서 있는 시골 초등학교 건물 같았고, 활주로 역시 별로 넓지 않았다.

사령부에서는 나를 맞기 위해 세이퍼 중사를 내보냈다. 나를 반갑게 맞이해 주는 세이퍼 중사를 따라 직속 상관들에게 인사를 하기 위해 먼저 사령부에 다녀왔다. 그러고는 다시 공항으로 돌아와 새 동료들과 인사를 나누었다. 파견대는 그야말로 가족적인 분위기였다. 조종사 두 명과 하사관 세 명, 사병 두 명이 다였다.

하루를 거의 다 보내고 겨우 숙소의 내 침대 위에 더플백을 던져 놓을 수 있었다. 나의 룸메이트는 흑인 하사 콜린이었다.

세이퍼 중사가 내게 콜린을 인사시켰다.

"콜린 역시 닌호아 헬기 전투 비행 중대 출신이다. 전투 공로를 인정받아서 6개월 전에 이곳으로 전입왔지."

숙소는 비행장으로 들어가는 정문에서 동쪽으로 500미터 남짓 떨어진 곳에 있었다. 숙소 주위에는 식당, NCO 클럽장교 출입이 금지된 하사관 이하 사병들 전용 클럽, PX가 있었는데 일종의 번화가 역할을 했다.

"반갑다. 나는 서전트 하다. 투이호아 중대에 있다 부상을 당해 병원 신세를 지다가 이곳으로 왔다. 잘 부탁한다."

콜린은 하얀 이를 드러내며 환하게 미소지었다. 선량한 웃음이다.

"콜린이다. 당신에 대해서 이미 많은 이야기를 들어왔다. 닌호아 중대까지 당신의 무용담이 퍼져 있다. 정말 반갑다."

두툼한 그의 양손이 내 양 어깨를 감싸 안았다. 콜린은 어느새 나에 대해 많이 알고 있는 듯했다.

"동갑이니까 서로 편하게 지내자."

"오케이! 콜린."

나는 한결 마음이 가벼웠다. 만에 하나 룸메이트와 사이가 껄끄러우면 하루하루 보내는 게 얼마나 고역인지 잘 알고 있기 때문이다. 헌데 콜린은 전형적인 호인형이다.

콜린은 친절하고 자세하게 파견대의 생리에 대해 이런저런 조언을 해주었다.

얼마 후 파견 나갔던 다른 동료들이 새 식구를 보기 위해 우리 방에 들어왔다. 떠들썩한 인사가 오갔다. 서로서로 잘 해 보자는 격려의 인사말이었다. 그리고 그날 저녁 격납고에서는 조촐한 환영 파티가 열렸다. 파견대 동료들은 이미 나에 대해 이런저런 소문을 전해 들은 모양이었다. 그들은 나와 술잔을 부딪칠 때마다 눈을 찡긋거리며 엄지손가락을 치켰다.

'적어도 나를 만만하게 보지는 않겠군.'

파티가 끝나갈 무렵 파견 대장인 켐블 소령이 나를 불러 다음날 있을,

나의 첫 임무에 대한 지시를 내렸다.

"서전트 하! 내일 아침 9시 붕타우를 다녀와야 한다. 비행 준비 철저히하고 시간 엄수하도록!"

살짝 취기에 젖어 내 방으로 돌아왔다. 침대에 눕자 발끝에서부터 심장 가까이 취기가 스물스물 올라왔다. 술기운이 나를 더욱 감상적으로 만들었다. 천장 위에 어지럽게 자이란의 부드러운 미소가 어른거렸다.

'여기 사이공에 자이란이 있어. 자이란과 같은 공기를 마시고 있는 거야. 자이란은 내가 이렇게 애타게 찾고 있는 줄 모르고 있겠지.'

나는 크게 숨을 내쉬며 미칠 듯한 심정을 다독거렸다.

'자이란을 찾을 시간을 벌려면 먼저 성실하게 근무를 해서 저들의 신임을 얻어야 해. 그리고 틈을 내서 열심히 찾아봐야지. 만일 이것저것 여의치 않으면 탈영을 하는 한이 있더라도 꼭 자이란을 찾고 말겠어.'

사이공의 첫밤은 그렇게 흘러갔다.

다음날 나는 채 여명이 밝기 전에 눈을 떴다. 첫 임무. 건성으로 일해서는 신임을 얻을 수 없었다. 나는 서둘러 현장으로 가서 헬기를 점검한 뒤 헬기 안 구석구석 더러운 곳을 일일이 쓸고 닦았다.

파견 대장 켐블 소령이 정조종사로 임무를 수행토록 되어 있었다. 켐블 소령은 반짝반짝 윤이 나는 헬기를 보고 원더풀을 연발하며 흡족해했다.

정조종사 켐블 소령, 부조종사 캔자스 중위, 우측 기장은 내가 맡았고, 좌측 기장은 콜린 하사가 맡았다. 우리는 붕타우로 갈 VIP를 모시러 가기 위해 주월 사령부 연병장으로 출발했다. 오늘 모실 VIP는 가족들과 경호 요원들을 데리고 붕타우로 휴가를 가는 것 같았다. 우리의 임무는 그들 일행을 붕타우까지 무사히 수송하면 그만이었다.

사이공을 출발한 헬기는 고도 150미터를 유지하며 드넓은 평야 지대

위를 날고 있었다. 사이공은 메콩 강의 삼각주로 가는 실핏줄 같은 물줄기가 곳곳에 뻗어 있어 끝없이 펼쳐진 평야를 비옥하게 해 주고 있었다. 햇빛을 받은 물줄기가 초록빛에 물들어 보석처럼 반짝이고 있었다. 그 안에서 사람들은 삶을 이어가고 있으리라. 농부들은 시름 속에서 소를 몰며 농사를 짓고, 어린 개구쟁이들은 실개천에서 물장난을 하며 놀 것이고, 긴 머리 소녀들은 흰 아오자이를 입고 소리 높여 웃으며 마을 길을 걷고 있을 것이다.

하지만 그들의 삶은 상처로 신음하고 있었다. 평화롭고 아름다운 이곳 평야 지대 곳곳에 포탄이 터져 볼썽사나운 시커먼 구멍을 만들었고, 키 작은 나무와 수풀이 강간당한 여인의 속옷처럼 아무렇게나 벗겨져 있었다.

무엇이 이토록 무자비하게 삶을 파괴하고, 평화를 파괴하는 것인가. 같은 동족이 서로의 가슴에 총부리를 겨누게 만드는 이념은 누굴 위한 것일까. 쓴 침이 올라왔다. 이념은 꿋꿋하게 삶을 이어가는 민초들을 위한 것이 아니었다. 권력자를 위한 것일 뿐이다.

일정한 고도로 순탄하게 날아가는 헬기 안에서 탑승객들이 노곤하게 잠에 빠져 있었다. 하지만 기류가 불안정해지면서 갑자기 저공 비행을 하게 된 헬기가 탑승객의 단잠을 깨우고야 말았다. 잠에서 깨어난 일행은 불안한 눈으로 주위를 둘러보았다.

펑! 펑펑! 펑!

사람이 살 것 같지 않은 작은 산등성이에서 갑작스럽게 기관포 공격이 시작되었다. 헬기는 본능적으로 고도를 높였고 놀란 탑승객들의 날카로운 비명 소리가 헬기 안을 울렸다.

너무 느긋했나. 참으로 오랜만에 헬기에 장착된 기관총을 장전하여 조종사와 호흡을 맞추며 지상 공격을 시작했다. 다행히 헬기는 그곳을 안전하게 벗어났다.

　우리의 임무는 적을 공격하는 것이 아니라 수송객을 안전하게 목적지까지 모시는 것이라 더 이상의 공격은 필요하지 않았다. 나는 지도 위에 우리가 공격을 받은 지점을 표시해 두었다. 돌아오는 길에 또 한 번 맞닥뜨릴 것이고, 그때는 제대로 응징을 해야 했다.

　붕타우는 휴양지답게 선선한 바람이 불었다. 내리누를 듯한 더위를 단박에 씻어 낼 미풍이었다. 게다가 죽 이어진 해변가에 백색 모래톱이 끝없이 펼쳐져 있었다.

　우리는 임무를 완수하고 귀대 길에 올랐으며, 켐블 소령의 지시로 아까 공격 받은 지점으로 되돌아가 다시는 공격을 하지 못하게 그 일대를 폭파시켜 버렸다.

　결국 내 손으로 또 한 번 전쟁의 상흔을 남긴 셈이었다.

　첫 임무를 마치고 돌아와 저녁 식사를 위해 식당에 가서 차례를 기다리고 있을 때였다.

　"세상에! 이게 누구야? 서전트 하! 서전트 하 아냐?"

　옆 테이블에서 식사 중이던 두 명의 미군이 자리에서 벌떡 일어나더니 나를 보며 반색했다.

　투이호아 시절, 함께 지냈던 텝스 하사와 테일러 중사였다. 우리는 서로를 얼싸안았다.

　텝스 하사는 죽 늘어서 있는 테이블에서 식사 중인 사람들을 전혀 개의치 않고 큰 소리로 이렇게 소리쳤다.

　"우리의 영웅, 우리의 불사신 서전트 하, 탄손누트 공항에 오다!"

　텝스 하사의 말이 끝나자마자 옆에 있던 테일러 중사가 내 오른팔을 번쩍 쳐들며, "서전트 하는 우리 친구입니다. 베트남 중부 전선의 영웅이지요!" 하고 외치더니 이것으로도 성에 안 찼는지 갑자기 의자를 밟고 올라가더니 나를 소개하기 시작했다.

"서전트 하로 말할 것 같으면 칼을 총보다 잘 쓰는 사람으로 아무도 그의 무술을 당해 낼 자가 없는 천하무적이다. 우리 모두 그를 환영하자!"

식사 중이던 병사들이 테일러 중사의 소개에 우렁찬 박수로 화답하였다.

나는 갑작스런 이들의 행동에 어찌할 바를 모르고 서 있었다.

"서전트 하! 여기 앉아 있어!"

텝스 하사가 배식 중이던 병사에게 가서 귓속말을 하자 얼른 준비되어 있던 식사를 내주었다. 우리는 함께 식사를 하면서 그동안의 안부를 물었다.

갑자기 이들과 이렇게 식당에 앉아 있으려니 투이호아 시절의 일이 떠올랐다.

투이호아로 온 지 한두 달쯤 지났을 때의 일이었다.

어느 날 아침 식당에서 배식을 받으려고 줄을 서 있는데 갑자기 흑인 상사 하나가 거만한 몸짓으로 내 앞에 끼어들면서 시비를 거는 것이었다. 그의 이름이 윌리엄이고, 부대 내 왈짜 패들의 두목 격이라는 사실은 나중에야 알았다.

나는 윌리엄의 무례한 태도를 도저히 묵과할 수 없었다. 나는 그를 날카롭게 쏘아보았다.

"뭘 봐! 쳇, 냄새 나는 동양 놈 주제에!"

윌리엄은 어깨에 힘을 잔뜩 주며 가소롭다는 듯 말했다. 나는 순간 시쳇말로 꼭지가 돌고 머리 뚜껑이 확 열리는 기분이었다.

"어때, 한판 붙어 볼래?"

윌리엄은 내 제안에 먼저 코웃음을 쳤다. 한 주먹거리도 안 돼 보이는 동양 녀석 주제에……. 그의 표정은 한껏 나를 비웃고 있었다.

윌리엄 상사는 편대장 비행기의 기총수로 영내에서 무법자로 통했다. 성질이 난폭하여 같은 미군도 되도록 그를 건드리지 않았다.

그가 기세등등하게 대답했다.

"하아아! 좋아, 좋아!" 그는 마음대로 하라는 듯 두 손을 올렸다 내렸다 하면서 그들 특유의 제스처를 썼다.

나는 윌리엄에게 밖으로 따라 나오라고 손짓을 보냈다. 윌리엄 상사는 몸집이 내 두 배는 되니 무조건 힘으로 맞붙어 싸울 수는 없는 노릇이다. 그랬다가는 내게 불리할 게 뻔했다. 나는 식당 문을 열고 나와 계단을 내려오면서 나름대로 작전을 세웠다.

'놈과 떨어져서 싸우되 기습 작전으로 주도권을 빼앗자.'

나는 이렇게 작전을 세우고는 아무 생각 없이 뒤따라 내려오는 윌리엄의 오른쪽 촛대뼈를 돌아서면서 강하게 내질렀다. 기습 작전이었다. 윌리엄은 갑작스런 일격에 앞다리를 붙들며 나뒹굴었다. 그러더니 급히 몸을 세워 한 발을 절룩거리며 나를 잡으러 뛰어왔다. 거대한 아프리카 들소가 콧김을 내며 달려오는 형국이었다. 나의 선제 공격에 윌리엄은 이미 이성을 잃은 상태였다.

무작정 맞붙어 싸우다가는 패할 게 분명했다. 나는 잠깐 기다려서 다시 그의 손아귀에 잡혀 줄 듯하다가 돌아서서 방금 공격했던 곳을 재공격했다. 그렇게 서너 번 거듭하니, 마침내 윌리엄은 주저앉아 일어나지 못했다.

나는 괴로워하고 있는 그의 뒤로 다가가 목조르기에 들어갔다. 유도로 단련된 몸이라 누구든 쉽게 벗어나지 못했다. 잠시 후 윌리엄은 땅바닥을 치면서 항복해 왔다.

윌리엄의 항복을 받았지만 마음을 놓을 수는 없었다. 나는 숨만 조금 내쉴 수 있게 살짝 풀어 준 뒤 다짐을 받았다.

"약속 지킬 수 있어?"

"다, 당, 연⋯⋯, 켁! 켁!"

윌리엄은 겨우 가는 소리로 대답하였다.

나는 다시 목을 조르며 엄포를 놓았다.

"또 한 번 나한테 덤볐다간 이놈의 모가지를 부러뜨려 놓고 말겠어!"

윌리엄은 살려 달라는 표정을 지으며 내게 애원했다.

'이만하면 됐겠지.'

나는 그를 조르던 어깨를 풀었다. 윌리엄은 잠시 그대로 누워 있더니 기다렸다는 듯 나를 다시 덮치려 했다.

'이 자식 봐라!'

나는 이미 그의 행동을 예상하고 있었다. 그의 반격에 자세를 낮추면서 앞발차기로 그의 턱을 갈겼다. 그는 그대로 뒤로 넘어져 기절해 버리고 말았다.

부대는 식당과 숙소 등의 건물이 언덕배기에 죽 늘어서 있고 경사진 언덕배기를 내려오면 너른 연병장이 있었는데, 그 넓은 연병장에서 거구의 흑인 상사와 까무잡잡하고 자그마한 동양 녀석이 맞붙어 싸웠던 것이다. 싸움이 시작되자 언덕배기에 앉아 있던 전 부대원들이 싸움 구경을 하고 있었고, 마침내 윌리엄이 정신을 잃자 구경하던 전원이 모두 내게 박수를 보내는 것이었다. 부대장 로버트 대령도 원더풀을 연발하였다.

나는 조금 어리둥절한 눈으로 그들을 바라보았다. 나중에 듣고 안 일이지만 윌리엄은 부대 내에서 사고뭉치 무법자로 통하면서 완력으로 사병들을 괴롭히고 나쁜 놈들끼리 작당하여 질서를 어지럽혀 왔다는 것이었다.

잠시 후, 나는 정신이 돌아온 윌리엄 상사에게 다가가 화해의 악수를 청했다.

진심으로 미안하다는 인사를 전하자 오히려 자기가 잘못했다며 사과를 해왔다.

그 일로 해서 나는 '스트롱 서전트 하(strong sergeant Ha)'라는 별명을 얻었다.

얼마 후 윌리엄이 장악하고 있던 왈짜 패들이 나를 찾아왔다. 그들은 나에게 자신들과 손을 잡으면 돈을 많이 벌 수 있다고 했다. 나는 물건을 훔치는 일 따위는 절대로 하지 않을 거라고 했다. 그러자 그들이 손사래를 치며 그런 일이 아니라는 것이다.

나중에 알고 보니 그들의 일이라는 게 장난스럽기도 하고, 우습기도 한 일이었다. 본토에서 위문 공연 온 여자 연예인들의 샤워실 엿보기였다. 샤워실에 손가락만 한 구멍을 내고 병사들이 엿볼 수 있게 해놓고 한 번에 30초당 1달러를 받고 구경시켜 주는 일이었다.

샤워실 엿보기는 사병에서 하사관까지 공공연한 비밀이었다. 샤워실 너머의 여자들은 정말 아름다웠다. 잡지에서나 볼 수 있는 미인들이 바로 눈앞에서 거리낌 없이 움직이니, 혈기가 펄펄 끓는 젊은 병사들은 자신들의 은밀한 욕망을 이렇게나마 해소하였던 것이다.

나는 그들과 휩쓸려 다녔다. 그들 중에서 텝스 하사와 테일러 중사와 특히 친하게 지냈다. 순박한 텝스와 호탕한 테일러는 의리 있는 미군 친구들이었다. 나는 그 일의 대가로 1500달러를 배당받았다. 이것이 부대 내 왈짜 패들의 법이라고 했다.

나는 혼자 그때의 일을 떠올리며 빙그레 웃었다.

그런 나를 보고 텝스 하사가 말했다.

"난 공항 내 PX에 있고, 테일러 중사는 항공기 부품 보급 중대에 근무 중이야. 서전트 하, 우리 그때처럼 다시 한번 뭉치자! 좋은 친구들이 많아. 만나면 서전트 하 마음에도 들 거야. 우리가 뭉치면 큰 일을 할 수 있다니까. 너의 대단한 무술 솜씨를 한번 써먹어 보는 게 어때?"

텝스가 옛날 투이호아에 있을 때처럼 일을 함께 하자고 나를 설득하기 시작했다. 나는 처음에는 그저 나를 두고 하는 농담인 줄 알았는데 가만 보니 텝스나 테일러나 표정이 진지한 게 진심인 모양이었다.

"텝스! 내가 여기 온 건 내가 꼭 해야 할 일이 있어서야. 나, 자이란이라는 여자를 찾으러 일부러 이곳에 지원한 거야. 자이란을 찾기 전에는 아무것도 할 수 없어."

나의 심상치 않은 태도에 옆에 있던 테일러가 가만히 내 손을 쥐며 말했다.

"알았어. 서전트 하. 우리가 도와 줄게. 우리가 도와 줄 테니 걱정마."

텝스가 그런 나를 보더니 빙긋 웃으며 물었다.

"그런데 자이란이 누구야? 왜 그렇게 심각해! 여기서 이러지 말고 우리가 잘 가는 클럽이 있거든. 거기서 한잔 하면서 이야기하자고, 어때?"

모두들 자리에서 벌떡 일어났다.

"좋아! NCO 클럽으로 가자."

하지만 나는 파견대장에게 아무런 보고도 하지 않고 두 사람을 따라 클럽에 가는 게 마음에 걸렸다. 마침 옆에 있던 룸메이트 콜린에게 물었다.

"콜린, 가도 괜찮은 거야?"

콜린이 내 어깨를 감싸 안으며 말했다.

"내일 임무에 늦지만 않으면 돼. 걱정 마!"

밤이 되어도 한낮의 열기가 사그라질 줄 몰랐다. 후텁지근한 열기 속에서 텝스와 테일러, 콜린과 나는 NCO 클럽의 문을 열고 들어갔다. 겨우 저녁을 넘긴 시간인데도 클럽 안은 반이나 차 있었다. 클럽 안은 다른 열기로 후끈 달아올라 있었다. 문을 열고 들어서자마자 작은 무대가 보였다. 사이키 조명 아래서 반라의 여인들이 요란한 몸짓으로 춤을 추고 있었다. 나는 정체불명의 비행체를 타고 순간 이동한 기분이 들었다. 전쟁 따위는 먼 우주의 일처럼 아득할 뿐이었다.

우리 네 사람은 서로 마주앉아 맥주를 마시기 시작했다. 모두들 각자가 수행한 임무를 돈키호테의 모험담처럼 떠벌렸다. 나는 아까 식당에서 다 못한 자이란에 대해 열심히 얘기했다. 그리고 진지하게 그들에게 도움을 청했다.

텝스 하사가 말했다.

"서전트 하, 걱정 마. 우리가 하는 일에는 당신이 꼭 필요해. 나는 하루에 한 번씩 물건을 싣고 사이공 시내에 나가거든. 그때 한번 알아볼게. 서전트 하. 만일 우리와 같이 일하면 사이공 시내를 샅샅이 뒤질 수 있다고. 우리가 거래하는 월남 애들한테 부탁하면 금세 알아낼 수 있을 거야."

그들과 맥주를 마시며 나는 차츰 기울고 있었다.

그들의 '일'이 별로 좋은 일 같지는 않지만 만일 그게 자이란을 찾는 지름길이라면 다른 길을 에둘러 갈 생각은 없었다.

그날 나는 두 사람의 근무지와 숙소가 어딘지 확인한 뒤 헤어졌다.

숙소로 돌아와 침대 위에 팔베개를 괴고 누워서 한참을 고심했다.

그들의 '일'이란 게 뭘까? 그들의 '일' 속에 검은 거래가 있는 게 아닐까?

어쩌면 그 '일'은 내 명예를 더럽힐지도 모른다. 하지만 도저히 부인

할 수 없는 게 있다. 자이란을 찾기 위해서는 그게 가장 빠른 방법 같았다. 탈영할 각오까지 한 나였다.

나는 며칠 동안 그 생각에 매달렸다. 절대로 그 일을 해서는 안 된다고 윽박지르는 내가 있다. 하지만 또 다른 내가 자꾸 나를 부추긴다.

'자이란을 찾으려면 그게 제일 좋은 방법이야. 탈영까지 할 생각이었는데 뭘 못하겠어. 자이란을 찾을 때까지만 하는 거야.'

밤에 숙소에 누우면 온갖 생각이 뒤범벅이 되어 나를 괴롭혔다.

'전적으로 가담하진 말고 옆에서 지켜보고 있다가 위험한 순간에만 가서 도와 주면 안될까? 좋은 일은 아니겠지만 사람을 무작정 해치는 나쁜 일은 아닐거야. 옛날 투이호아에서도 좋은 일은 아니었지만 사람을 해치지는 않았잖아.'

나는 침대에서 벌떡 일어나 전화기를 들었다.

"테일러, 아직 마음을 못 정했어. 생각할 수 있는 시간이 필요해. 그래도 자이란을 찾게 도와 줘야 해. 무슨 일이 있어도."

테일러가 기다렸다는 듯 대답했다.

"좋아! 내일 저녁 7시에 클럽에서 만나.. 콜린은 두고 혼자 나와. 참, 올 때 사복 차림으로 나와."

전화기를 딸깍 내려놓았다. 깊은 밤, 어둠이 모든 것을 감싸 안았다. 나는 또다시 어둠 속을 헤매게 될 것이다. 하지만 자신 있었다. 두 달여 동안 사지 한복판에서 살아 돌아온 내가 아닌가. 어둠을 밝힌 등불이 내 가슴 한복판에서 훨훨 타고 있다고 자신하며 잠자리에 들었다.

다음날 나는 테일러가 만나기로 한 꾸롱이라는 클럽에 갔다. 꾸롱은 공항 정문에서 남쪽으로 300미터 정도여서 걸어서 가면 된다. 출입문은 구리로 장식해 놓았는데, 출입문 위에는 흰 바탕에 푸른 글씨로 꾸롱이라고 베트남 어로 적어 놓았다.

162

문을 열고 들어서니 음산한 분위기가 감돌았다. 나는 습관적으로 손목에 감추어 둔 칼이 제대로 있나 확인하였다.

안으로 들어서자 제복을 입은 뚱뚱한 웨이터가 인사를 하더니 물어보지도 않고 나를 테일러가 있는 테이블로 안내했다.

기다리고 있는 텝스와 테일러가 반갑게 나를 맞아 주었다.

"서전트 하! 잘 찾아왔구나. 오늘 우리끼리 한번 실컷 마셔보자."

그들은 대뜸 꼬냑 두 병을 시켰다. 그리고 세 명의 아가씨를 불렀다. 세 아가씨는 일행 옆에 한 사람씩 앉았다.

술이 몇 순배 돌아갔다. 취기가 오른 테일러가 먼저 입을 열었다.

"서전트 하, 여자는 많아. 자이란이 누군지 몰라도 너무 빠져 든 거 아냐? 세상을 넓게 봐야지, 말야."

테일러는 무슨 말이 하고 싶은지 이렇게 변죽을 올리고 있었다.

나는 순간 기분이 상했다.

"테일러, 걱정 마. 내 일은 내가 알아서 해!"

나는 화장실을 가기 위해 자리에서 일어났다. 내 옆에 앉아 있던 메리라는 아가씨가 나를 안내해 주겠다며 따라 일어섰다.

나는 메리의 뒤를 따라 한가운데 있는 열 평 남짓 되는 홀을 지나고 있었다. 그런데 갑자기 출입구 쪽에 있는 테이블에서 큰 소리가 들려왔다.

"어이, 코리언. 여자는 두고 가시지. 왜, 화장실에서 그 짓거리 하려고? 하긴 코리언은 길바닥에서도 그 짓거리를 한다면서."

맥주를 마시던 민간인 복장의 세 남자가 나를 보며 시비를 걸었다.

물론 나는 그들의 모욕적인 언사를 참아낼 만큼 인내심이 많지 않았다. 게다가 술도 많이 마시지 않은 터라 자신 있었다. 뚜벅뚜벅 그들 테이블에 가까이 가보니 두 명은 베트남인이었고, 한 놈은 동양과 서양 혼혈아 같았다.

메리라는 아가씨가 나를 말렸다.

"그냥 무시해요. 저 사람들 이 부근에 있는 깡패들이에요. 군인들 상대로 돈을 뜯는 건달들이라고요. 그냥 모른 척하고 가세요."

하지만 나는 발길을 돌릴 수가 없었다. 비단 나 개인에 대한 모욕만이 아니었다. 우리 민족 전체를 매도하는데 어찌 그냥 지나칠 수 있겠는가.

"이봐. 코리아는 동방예의지국이야. 우리는 아무 데서나 그런 짓 안 해. 그런 짓거리는 네 놈들이 하는 거 아냐!"

내 말이 끝나기도 전에 맨 앞에서 시비를 걸던 녀석이 주먹을 뻗으며 정권으로 내 얼굴을 향해 공격을 시작했다. 나는 순식간에 메리를 옆으로 밀쳐 내면서 동시에 자세를 낮추어 나를 향해 뻗은 상대의 오른팔을 붙잡아 업어치기로 바닥에 내동댕이쳤다. 녀석이 허리를 비틀며 고통을 호소하자 일행 두 명이 동시에 이단 옆차기로 공격해 오는 것이었다.

나는 오른쪽 놈의 공격을 왼쪽 가슴으로 받아 주는 한편, 칼을 들고 달려드는 다른 녀석의 칼 잡은 손을 오른손으로 비껴 잡아 뒤로 비틀어 올렸다. 녀석이 손에 들려 있던 칼이 그 반동으로 공중으로 날아올랐다. 나는 나의 가슴을 공격하기 위해 막 자세를 잡고 있는 다른 한 놈의 어깨 쪽을 향해 공중에서 아래로 떨어지는 칼을 돌려차기로 정확하게 날렸다. 칼은 그대로 그자의 왼쪽 어깨 밑에 가서 박혔다. 나를 공격하던 두 놈 모두 비명을 지르며 바닥에 나동그라져 몸부림치고 있었다.

놀란 테일러와 텝스가 나를 향해 달려왔고, 동시에 3군 합동 헌병대 사이렌 소리가 왱왱 울렸다. 결국 나는 헌병대 조사실로 끌려갔다. 폭행 상해죄였다. 나는 굽히지 않고 정당방위였음을 주장했다. 하지만 어찌된 영문인지 헌병들은 내 말을 믿어 주지 않았다. 그들은 심하게 부상을 입은 반면에 나는 털끝 하나 다친 데가 없어서였다.

다음날 오후, 텝스가 면회를 왔다.

"서전트 하, 내 말 잘 들어. 내가 헌병대에 있는 트루먼 중위한테 너에 대해 많은 얘기를 해놓았어. 넌 그냥 그가 시키는 대로 해. 지금으로서는 다른 방법이 없어. 걱정 마. 그는 우리 친구야. 불명예스럽게 귀국하지 말고 우리랑 같이 일하는 게 낫지 않겠어. 나만 믿으란 말야."

얼마 후 나는 텝스가 말한 트루먼 중위의 사무실에서 그와 마주 앉았다.

"당신 기록을 보니까 정말 대단히 화려하더군. 전쟁 영웅이더구만. 우리 팀에서는 당신 같은 사람이 꼭 필요해. 서전트 하, 어때? 이 사건은 내가 책임지고 해결해 줄 테니까 우리랑 같이 일해 보지 않겠어. 텝스와 테일러도 다 우리와 한 팀이야. 지금은 여섯 명인데 당신이 오면 일곱 명이 돼지. 어때? 7인 팀으로 말야."

이 모든 일들은 나의 고민을 한 방에 날려 버렸다. 만일 내 고집대로 밀고 나간다면 살인 미수로 1년을 감옥살이를 해야 한다는 것이다. 자이란을 찾는 것은 당연히 물거품이 돼 버리고, 불명예스러운 귀국까지 해야 하는 상황이었다.

나는 그들의 요구에 응하기 전에 대체 어떤 일인지 트루먼 중위에게 물어보았다.

"중위님, 내 신분상의 모든 문제는 지금 당신이 쥐고 있습니다. 제가 싫다고 말할 상황이 아닌 것 같군요. 하지만 한 가지 물읍시다. 대체 같이 하자는 일이 뭡니까? 그리고 이 사건은 어떻게 처리하실 작정이십니까?"

"일단 이번 사건은 메리라는 아가씨의 진술을 바탕으로 서전트 하의 정당방위를 인정하는 것으로 할 작정이네. 물론 피해자 보상은 우리가 다 해 주지. 세 명 모두 병신이 되었어. 그리고 우리가 하는 일은 개발도상국에 무기를 공급하는 일이네. 잘 알겠지만 지금 전쟁은 소강 상태야. 전쟁 물자가 전혀 소모되지 않아서 창고에서 녹슬어가는 중이지. 이걸 후진국에 보급하여 그들의 개발을 돕는 일이야. 그러니 찜찜해할 것 없어. 개의치 말라고."

그는 잠시 책상 위에 있는 메모를 확인하더니 말했다.

"내일 NCO 클럽에서 모임이 있으니까 테일러한테서 연락이 갈 거야. 꼭 참석하게."

나는 헌병의 안내를 받으며 헌병대를 나왔다.

만 하룻만에 비행대로 돌아왔다. 그새 소문이 돌았는지 동료들은 대체 어떤 무술을 했길래 깡패들을 한꺼번에 병신으로 만들었냐며 성가시게 물었다. 나는 그저 웃음으로만 답하고 서둘러 숙소로 들어갔다.

나는 그대로 침대 위에 드러누웠다. 몸과 마음이 극심하게 피로했다. 단 하루 일이었는데, 까마득한 시간이 흐른 것 같았다.

한편으로는 사는 게 참 재미있다는 생각이 들었다. 그 하루를 경계로 또다시 새로운 시간들이 펼쳐질 것이다. 더 이상 복잡한 생각으로 나를 옭아매지 않으려고 했다.

또 다른 상황이 올 것이고, 나는 그 상황을 강하게 견뎌 낼 것이다. 나약하게 굴면 목숨마저 위태로워진다는 것을 나는 누구보다도 잘 알고 있었다.

내일은 또 내일의 태양이 뜨지 않던가.

새로운 태양이 솟아올랐고, 또다시 밤이 찾아왔다.

나는 근무를 마치고 서둘러 NCO 클럽으로 향했다. 클럽 문을 열고 들어서니 테일러와 텝스가 먼저 와서 기다리고 있었다. 그들의 옆에는 낯선 얼굴들이 보였다.

테일러의 소개로 짤막하게 인사를 나누었다. 3군 합동 헌병대의 트루먼 중위, 미 육군 CID범죄 수사대의 해럴드 소령, 롱빈 병참 기지에 있는 오닐 상사, 그리고 베트남 정보부의 티엔반 소령이었다.

나와 테일러, 텝스를 포함해서 일곱 명이었다. NCO 클럽은 장교 출입이 금지되어 있었다. 인사를 나누고 나니 오늘 사복 차림을 한 이유를 알 수 있었다.

짧은 인사를 나눈 뒤 테일러가 다른 사람들에게 내가 어떤 사람인지 장황하게 소개하기 시작했다.

"서전트 하는 무술, 사격뿐 아니라 모든 전투에 대한 감각이 최곱니다. 그야말로 일당백으로 아무도 그의 동물적 감각을 따라잡지 못하지요. 한번은 베트콩들이 투이호아의 공군 기지를 습격했을 때 혼자서 베트콩 침투조 여섯을 칼로 해치운 적이 있어요. 게다가 플레이쿠에 가다가 헬기가 추락하여 혼자 고립되었다가 두 달만에 혼자 살아 돌아온, 투이호아의 영웅이지요."

나는 테일러의 말을 들으며 좌중의 사람들에게 내 얘기가 고깝게 들릴 수도 있겠다는 생각을 하며 가만히 앉아 있었다. 아니나 다를까, 테일러의 소개가 끝나자 일순 좌중은 침묵을 지키고 있더니 롱빈 병참 기지의 오닐 상사가 차가운 표정으로 자리에서 일어나며 말했다.

"그렇게 유명한 영웅이란 말이지? 그럼, 한번 솜씨를 보자고!"

잠자코 앉아 있던 나는 오닐을 보며 순간적으로 판단했다.

처음부터 이들의 기를 꺾어 놓지 않으면 나중에 귀찮아질 것이다. 저들의 코를 우선 납작하게 해 줘야 할 것 같았다.

나는 머릿속의 판단과 동시에 몸이 반사적으로 움직였다. 옆에 권총을 차고 있던 트루먼 중위를 약간 한쪽으로 밀어붙이는 자세를 취해 시선을 다른 곳으로 분산시켰다. 그와 동시에 그의 옆구리에 있던 권총을 뽑아 들어 무대 위의 조명등을 쏜 후, 권총을 다시 제자리에 갖다 놓았다.

워낙 순식간에 일어난 일이라 트루먼 중위는 어안이 벙벙한 표정이었다. 자기 권총이 누군가의 손에 의해 번개처럼 뽑혔다 제자리로 돌아왔는지 명확하게 감을 못 잡은 상태였다.

요란한 총소리와 더불어 바닥에 떨어져 산산조각난 조명등 때문에 클럽 안은 소란스러워졌다. 클럽 안의 시선들이 일제히 우리를 향해 모아졌다.

나는 일을 끝낸 뒤 말없이 자리에 앉아 희미한 미소를 지으며 오닐 상사를 바라보았다.

오닐 상사의 눈빛이 두려운 듯 잠시 흔들렸다.

그는 얼른 사태를 수습하려는 듯 자리에서 일어나 손뼉을 치며 내 솜씨를 칭찬하였다.

"멋지군, 멋져!"

박수 소리에 이어 옆자리에 앉아 있던 트루먼 중위가 자리에서 일어나 클럽 안 사람들에게 사과의 뜻을 전했다.

"나는 합동 헌병대의 트루먼 중위입니다. 소란을 피워 죄송합니다. 대화를 나누던 중 잠시 오발 사고가 있었습니다. 곧 원상 회복시키겠습니다."

트루먼 중위는 좌중을 향해 거수경례를 하고 나서 자리에 앉더니 나에게 약간 고개를 끄덕여 보였다. 무서운 놈이군, 하는 표정이었다.

테일러 중사가 말했다.

"앞으로 서전트 하 솜씨를 볼 기회가 많을 테니 오늘은 이쯤하지요. 이제 한 식구가 될 사람이니 서로서로 양보하고 잘 지냅시다."

잠시 후 CID의 해럴드 소령이 클럽 관리 상사를 불렀다.

"내가 책임지고 변상할 테니 상부에 보고하지 말도록!"

관리 상사가 거수경례를 하고 돌아가자 그는 클럽에 있는 모든 사람들에게 캔 맥주 하나씩 돌렸다.

해럴드 소령이 자리에서 일어나 큰 소리로 선창하였다.

"아메리칸 브라보!"

사건을 무마하고 클럽 안의 분위기를 일신하려는 해럴드 소령의 처신이었다.

나는 아랫사람이 저지른 일을 소리 없이 처리하는 해럴드 소령에 대해 믿음이 갔다. 과연 그에게는 보스다운 기질이 보였다.

"죄송합니다!"

미안한 마음에 해럴드 소령에게 고개를 숙여 사과하자, 그가 나의 오른손을 잡으며 말했다.

"서전트 하! 우리는 형제다. 네 일이 내 일이다. 신경쓰지 말라."

소령은 내 잔에 맥주를 가득 따라 주며 건배를 제의했다. 좌중은 그의 말에 따라 기분 좋게 술잔을 부딪치며 우의를 다짐했다.

"나머지 오늘 일은 PX의 텝스 하사가 뒤처리를 하도록. 뒤탈 없이 잘 처리하도록 해. 그리고 내일 저녁에 다시 만나 각자 할 임무를 부여할 것이다. 그럼 그렇게 알고, 오늘은 먼저 가겠네."

해럴드 소령이 떠난 뒤 나머지 팀원들도 하나둘 숙소로 돌아갔다. 나는 텝스와 테일러를 붙들어 앉혔다. 이젠 어떤 일을 하는지 정확하게 알아야 했다.

"테일러, 우리가 하는 일이 뭔지 자세히 말해 봐."

테일러가 씩 웃으며 내 귀에 대고 낮은 소리로 대답했다.

"무기 판매. 더 이상은 묻지 마. 내일 보면 알 것 아냐."

나는 잔에 남아 있는 맥주를 시원하게 들이켰다. 후진국 어쩌고저쩌고 하더니 결국 무기 장사군.

불현듯 오늘 근무 중에 들렀던 롱빈의 전쟁 물자들이 떠올랐다. 오늘 클럽에 오기 전, 사령부에 있는 군수 참모를 모시고 롱빈에 다녀왔다. 롱빈은 전쟁에 소모되는 군수품이 집결하는 장소였다. 일단 전쟁 물자는 모두 롱빈에 쌓여 있다가 각각의 전선으로 보급되었다.

롱빈에 도착하기 직전, 헬기 위에서 내려다본 광경이 잊혀지지 않았다. 평지 위에 산더미처럼 쌓아 놓은 전쟁 물자가 군용 텐트를 뒤집어 쓴 채 괴물처럼 누워 있었다.

군수 참모는 두 시간 가량 롱빈에 머물렀고, 나는 그를 기다리며 이곳저곳을 돌아보았다. 그동안 보았던 일반적인 무기말고도 처음 보는 것들이 무척 많았다. 이 어머어마한 전쟁 물자로도 이 전쟁을 승리로 이

끌지 못하는 미국이 한심하다는 생각이 언뜻 들었다.

미국의 부를 절감케 했던 그 물자들이 한편으로는 이렇게 은밀한 거래 속에서 적의 수중으로 넘어가고 있다니.

나는 고개를 흔들었다. 내게는 더 이상 전쟁의 의미도, 전쟁의 명분도 없었다. 자이란을 찾아 무사히 고국으로 돌아가는 것. 그 외에는 아무것도 생각하고 싶지 않았다.

나는 어쨌든 본의 아니게 오늘 저들의 배에 올라탔다. 그 배는 내일이면 출항이다. 싫든 좋든 한 배에 오른 이상 저들과 운명을 같이 할 것이다. 이것이 나의 지론이다…….

이튿날은 근무가 없었다. 저녁 무렵 텝스 하사가 나를 데리러 PX 차를 몰고 숙소에 나타났다. 나는 파견대장에게 신고한 뒤 텝스의 차를 타고 동코이 거리에 있는 로즈 클럽으로 향했다. 사이공 시내 중심가에 있는 동코이 거리에는 가로수가 길게 늘어서 있었고, 거리 양편에 프랑스식 건물이 줄지어 서 있었다. 프랑스 식민지 시절의 유산이었다.

이 아름다운 동코이 거리와 레로이 거리가 만나는 지점에 유명한 럭스 호텔이 있고, 다시 럭스 호텔에서 사이공 강 쪽으로 가다 보면 프랑스식 3층 건물이 나온다. 건물 주위에는 갖가지 선물 가게와 레스토랑들이 줄지어 늘어서 있었다.

나는 전쟁과 무관한 이국의 거리에 서 있는 느낌이었다. 거리를 오가는 행인 중에서 절반 가까이가 외국인들이었다. 그들의 표정 어디에서도 전쟁의 기운을 느낄 수 없었다.

바로 그 프랑스식 3층 건물의 1층에 로즈 클럽이 있었다. 로즈 클럽은 입구에 빨간 장미 한 송이가 내걸려 있었을 뿐 다른 간판은 없었다. 다른 클럽들과 달리 절제된 세련미 같은 게 물씬 풍겼다.

외양과 달리 로즈 클럽은 매우 위험한 곳이었다. 타락한 미군 병사들이나 월남 군인들, 사이공 마피아들이 들락거리는 장소였다. 게다가 그곳에는 베트콩 첩자들이 득실거렸다.

텝스와 함께 클럽 입구를 들어가려는데, 입구를 지키고 있던 험상궂은 '어깨'가 얼굴을 붉히며 내 앞을 가로막았다.

"우린 친구야!"

텝스의 한 마디에 '어깨'는 미안한 표정을 지으며 들어가라는 손짓을 해 보였다.

클럽 안에는 조용한 블루스가 흘렀다. 홀 한복판에 있는 무대 위에서 무희 하나가 우울한 곡조에 맞춰 흐느적거리며 춤을 추고 있었다. 음부만 겨우 가린 채 도드라져 있는 그녀의 젖가슴은 움직일 때마다 함께 흐느적거렸다. 어둠에 익숙해진 눈으로 주위를 둘러보니 이미 홀 안은 거의 차 있었다. 좌석을 채운 대부분이 곱지 않은 눈빛으로 나와 텝스를 지켜보고 있었다. 기분이 묘했고, 왠지 예감이 좋지 않았다.

텝스와 나는 먼저 와 있는 일행을 향해 다가갔다. 서로 악수를 나누고 인사를 나누느라 조금 소란스러워지자 홀 안의 시선이 모두 이쪽을 향해 있었다. 특히 카키색 비행복 차림에 하얀 독수리 마크를 달고 권총을 찬, 낯선 얼굴의 이방인인 나에게 적대적이고 날카로운 눈길이 쏟아졌다.

티엔반 소령이 자리에서 일어나 좌중을 향해 허리를 굽혀 인사하며 먼저 사과의 뜻을 전했다.

"소란스럽게 해서 죄송합니다. 이 사람은 새로 온 우리 친구니 안심해도 좋습니다."

홀 한구석에 앉아 있던 몸집 좋고 키도 크고 반은 동양인이고 반은 서양인 같은, 물개처럼 미끈하게 생긴 한 사내가 티엔반의 말꼬리에 이어 시비조로 물었다.

"저 사람 따이한인가?"

테일러가 나서서 대답했다.

"따이한이지만 지금은 미군이다."

테일러의 대답에 사내가 시선을 거두었고, 홀 안의 다른 사람들도 볼 일을 다 본 양으로 눈길을 거둬 들였다. 그제서야 해럴드 소령이 술이 거나해지기 전에 먼저 할 얘기를 하는 게 좋겠다면서 지배인을 불렀다.

"조용히 이야기할 게 있으니 적당한 곳으로 안내하라."

지배인의 안내에 따라 우리는 2층 밀실로 자리를 옮겼다.

자리에 앉기 무섭게 해럴드 소령이 진지한 표정으로 말했다.

"자! 이제 서전트 하가 우리 팀에 보강됨으로써 우리 일곱 명은 한 형제나 다름없다. 먼저 우리들은 죽어도 같이 죽고 살아도 같이 살며, 절대로 배신하지 않기로 이미 맹서한 바 있다. 만일 이 맹서를 어기면 누구든 형제들의 응징을 받을 것이다. 오늘부터 우리는 7인 팀이다!"

뒤이어 소령이 나를 바라보며 말했다.

"서전트 하! 형제들에게 맹서하라!"

소령은 팀원들에게 오른손을 차례로 포개 놓으라 이른 뒤 내 오른손을 쥐더니 맨 위에 올려놓으며 나에게 맹서할 것을 주문하였다. 나는 진지하게 맹서했다.

"나는 지금부터 형제들과 목숨을 같이하며 절대 형제들을 배신하지 않겠다."

결연한 분위기였다.

"이제 각자의 임무를 부여하겠다. 우선 나는 우리 팀의 모든 것을 책임지고 보호할 것이다. 트루먼 중위는 팀의 안전을 책임지고 불상사가 일어날 경우 외부로부터 팀원을 보호할 임무를 맡는다. 다음, 오늘 상사와 텝스 하사, 테일러 중사는 물건을 조달하고 대금을 분배한다. 티엔반 소령은 거래처를 확보하고, 정보를 수집하고, 마지막으로 서전트하는 물건을 운반하고 팀의 행동대원으로 거래시 팀원들을 보호하도록 하라. 이 임무는 우리 7인 팀이 해체될 때까지 변하지 않을 것이다."

우리는 모두 소령의 한마디 한마디를 새겨 들었다. 빈틈없는 눈빛을 서로 주고받았다.

"일에 대한 대금은 전원 똑같이 분배하는 것을 원칙으로 한다. 이상이다. 할 말 있는 사람은 지금 이야기하라."

물론 소령의 말에 이의를 제기하는 사람은 아무도 없었다.

해럴드 소령은 사람들을 죽 둘러보고는 홀가분한 듯 말했다.

"그럼 좋다. 각자 할 일이 정해졌으니 이제 새 가족이 된 서전트 하의 축하 파티를 열자. 아래층으로 내려가 마음껏 마시자. 서로 연락할 게 있을 때는 전화로 하되 작전 개시 사흘 전에는 소집 내용을 통지하고 서로 모여 작전 계획을 수립한다. 이상이다!"

숙연하고 사뭇 진지한 분위기에서 풀려나 우리들은 모두 아래층으로 내려갔다. 아직 여러 가지로 낯선 나는 일행의 맨 끝을 따라 내려가고 있었다.

비로소 새로운 세계에 발을 들여놓았다는 사실이 내 안에 묘한 긴장감을 주었다. 막 아래층으로 내려서는 순간이었다. 불쑥 내 앞을 가로막고 나서는 자가 있었다. 고개를 들어 언뜻 보니 아까 홀 한구석에서 나에게 시비를 걸던 덩치 큰 사내였다.

"이봐! 새로 오신 친구, 왔으면 신고식을 해야지. 네 친구들에게도 전해. 우리 기분 건드리면 용서 없다고 말야!"

앞서 내려가던 팀원들이 순간 긴장된 얼굴로 경계 태세를 취하자 사내의 일행으로 보이는 자들 역시 당장이라도 싸울 기세로 서 있었다.

이들은 새로운 얼굴인데다 덩치도 자그마해서 내가 제일 약해 보이니까 내게 시비를 걸어온 것이다.

클럽 안은 순식간에 얼음장처럼 싸늘해졌다. 안에 있던 사람들은 혹시라도 불똥이 튈까 싶어 슬금슬금 자리를 피하거나 클럽 밖으로 빠져나가고 있었다.

베트남군 정보 소령 티엔반이 앞에 나섰다.

"블랙 이글! 어째서 우리 형제에게 시비를 거는 거지? 앞으로 우리와 거래를 끝낼 작정인가?"

블랙 이글이란 자는 사십대 정도의 월남 마피아 두목이었다.

일단 사태를 무마하려고 나섰던 티엔반이 지시를 기다리는 듯 보스인 해럴드 소령을 흘깃 바라보았다.

해럴드 소령은 아무래도 한 번은 넘게 돼 있는 고개라는 듯 나를 보고는 그들의 도전에 담대하게 처신하였다. 나를 바라보는 눈길에서 나에 대한 그의 신임을 느낄 수 있었다.

"좋아, 내 상대가 누구야?"

나는 블랙 이글을 쏘아보며 수비 자세를 취했다. 해럴드 소령은 내 마음을 읽었는지 단호하게 대처했다.

"블랙 이글! 내 형제가 얼마나 용감한지 보여 주겠다. 실력이 보고 싶다면 원대로 해 주지. 그럼 무기를 정하는 게 어때? 뭘로 할지는 너희들이 정하라."

블랙 이글 역시 자신감 넘치는 어조로 대답했다.

"나이프!"

말이 끝나기 무섭게 대치해 있던 두 진영은 모두 싸울 공간을 확보할 양으로 뒤로 주춤주춤 물러섰다. 홀 안은 정적에 휩싸였다. 파리가 날아가는 소리가 들릴 정도로 초긴장 상태였다. 클럽 종업원들이 무심한 표정으로 테이블과 의자 등 부서질 만한 물건들을 한쪽으로 치우기 시작했다. 이런 일에는 이골이 난 표정들이었다.

둥글게 판이 만들어지자 저들 중에서 몸놀림이 날카로워 보이는, 몸집 큰 한 사내가 식칼만 한 칼을 들고 앞으로 나섰다. 나 역시 한 치의 주저함 없이 앞으로 나섰다.

나는 우선 맨손을 가슴에 모으고 이쪽저쪽으로 가볍게 공격을 해 보았다. 상대가 어떤 성향인지 파악해야 적절한 공격을 구사할 수 있다. 나의 가벼운 공격에 대응하는 상대방의 공수 전환은 별로 날카롭지 않았다. 게다가 다혈질로 보이는 그는 내가 조금만 움직여도 앞뒤 생각없이 막무가내로 칼을 휘두르며 덤벼들었다.

'이런 자는 이리저리 요리를 하다가 허점이 보이는 순간 역습을 가해 일격에 보내 버리면 되겠군.'

나는 섣부른 공격 없이 우선 상대의 공격을 살짝 피하며 일부러 구석으로 몰리는 척 유인하였다. 상대는 한껏 자만에 빠져 맹공을 퍼부었다. 나는 그를 슬쩍 벽으로 유인했고, 그는 마침내 내가 놓은 덫에 걸려들었다. 벽에 기대 서 있는 나를 향해 그자가 정면 찌르기를 감행해 오는 순간, 나는 살짝 옆으로 비키면서 몸을 한 바퀴 회전하여 상대의 엉덩이를 힘껏 걷어찼다. 상대는 몸의 중심을 잃고 그대로 내가 서 있던 벽에 고개를 처박더니 그대로 엎어져 버렸다.

그자가 땅바닥에 널브러져 파르르 경련을 일으키는 걸 보더니 블랙이글 일당 다섯 명이 가슴에서 총을 빼려는 듯했다. 나는 재빨리 가슴에 차고 있던 권총 두 자루를 뽑아 들고 권총을 빼려고 엉거주춤 자세를 취하고 있던 두 명의 손을 향해 불을 뿜었다. 동시에 우리 팀 동료들도 권총을 뽑아 들었다.

내 총에 맞은 두 명의 사내가 비명을 지르며 바닥에 나뒹굴자 놀란 블랙 이글이 권총을 뽑았다. 그 순간 나는 블랙 이글을 향해 손목에 감추어 둔 칼을 꺼내 날렸다. 나의 단도는 블랙 이글의 오른팔을 스치면서 뒤에 서 있던 그의 부하 어깨에 그대로 가서 박혔다.

블랙 이글 일당 다섯 명은 모두 바닥에 쓰러져 있거나 엎어져 있었다.

"서전트 하! 그만 하게. 저들도 항복을 한 것 같군."

해럴드 소령이 나를 제지한 뒤 잔뜩 일그러진 표정으로 서 있던 블랙 이글에게 말했다.

"블랙 이글! 이만하면 항복하시지? 우선 흥분을 가라앉히고 어서 부상자를 병원으로 후송하게. 그리고 다음부터는 우리에게 함부로 싸움을 걸지 않는 게 신상에 좋을 거야. 우린 동업자나 다름없는 관계 아닌가."

해럴드 소령이 블랙 이글에게 악수를 청하자, 오른팔을 다친 블랙 이글이 왼손을 내밀었다.

"소령! 미안하게 됐소. 당신들과 좀 유리한 입장에서 거래를 하려고 시비를 건 게 잘못이었소. 우리에게도 꽤 솜씨 좋은 자가 있으니 신세는 다음번에 갚도록 하겠소."

블랙이글은 소령과 악수를 나눈 후 내게 다가와 말했다.

"놀라운 솜씨군. 하지만 우리에게도 당신 못잖은 칼 솜씨를 가진 여자 형제가 있소. 언젠가 만나게 되겠지."

블랙이글은 부하들을 이끌고 클럽을 빠져나갔다.

해럴드 소령 이하 우리 일행은 잠시 숨을 고른 후 자리에 앉았다.

소령이 나에게 말했다.

"역시 우리가 서전트 하를 잘 선택했어. 대단해. 저들은 사이공의 검은 밤을 주름잡는 마피아들이네! 시민들에게는 거머리 같은 존재지! 우리에게서 무기를 구입하려고 몇 번이나 접근을 시도했다가 오늘 이렇게 마주친 거야! 블랙 이글마저 상처를 입었으니 반드시 복수를 하려 들

거야. 하지만 서전트 하 솜씨에 놀라서 섣불리 덤비지는 못할 것 같군."
소령은 술로 목을 축인 후 이어 말했다.
"저자들은 돈이 되는 일이라면 뭐든 하는 놈들인데 사람 목숨을 파리
목숨 다루듯 하지. 우리에게 무기를 구입해서 비싼 값으로 베트콩에게
넘기려는 거야. 우리와 거래할 때 주도권을 잡으려고 오늘 싸움을 건
거고."
신고식을 무사히 치른 나는 안도의 한숨을 내쉬었다.

클럽 블루스네이크

"소령님, 저기 저분이 소령님을 찾으시는데요."

로즈클럽의 종업원 하나가 2층 베란다 위를 가리키며 티엔반 소령에게 말했다.

방금 블랙 이글 파의 섣부른 공격을 보기 좋게 격파한데다 새로 들어온 팀원인 나에 대한 환영식으로 우리 좌석은 떠들썩했다.

종업원의 말에 팀원들은 모두 입을 닫고 본능적으로 2층 베란다로 시선을 돌렸다. 그곳에는 한 젊은이가 회색 캡 모자를 깊이 눌러쓴 채 우리를 향해 희미하게 미소를 보내고 있었다. 구릿빛 얼굴의 사내는 우리를 향해 오른손을 들며 아는 체하기까지 했다.

팀원들 모두 경계의 표정으로 돌변했다.

'무슨 일이 또 일어날 모양이군.'

나 역시 속으로 이런 계산을 하고 있었다.

티엔반 소령이 해럴드 소령을 쳐다보며 아무렇지도 않은 표정으로 말했다.

"하이에나라는 내 정보원이오. 저자는 지금 홍콩의 삼합회와 내통하고 있소. 제가 가서 만나보고 오겠소."

티엔반 소령이 자리에서 일어나자 테일러가 그를 보호할 양으로 따라 일어났다.

"걱정할 것 없다! 저들과는 초면이 아니야. 도움이 필요하면 그때 청하지!"

티엔반 소령은 권총 한 발을 장전하고는 2층으로 혼자 올라갔다. 우리들은 혹시라도 무슨 일이 벌어질까 싶어 잔뜩 긴장하고 소령이 내려오기만을 기다리고 있었다. 술잔을 들고 있지만 온통 신경은 2층으로 가 있었다

다행히 아무 일은 일어나지 않았고, 소령은 20여 분 만에 돌아왔다.

티엔반 소령이 자리에 앉은 후 우리 모두를 바라보며 나직한 음성으로 말했다.

"중국 공작원으로 보이는 자가 터보제트 엔진 두 개를 사겠다고 한다. 가격은 부르는 대로 주겠다고 하는데 구할 수 있나?"

티엔반 소령은 물건 조달을 맡은 테일러 중사의 눈치를 살폈다.

테일러가 잠시 뜸을 들이더니 대답했다.

"구할 수 있습니다. 작전 지역에서 사고로 반품되어 본국으로 보낼 터보제트 엔진 다섯 대가 있습니다. 모두 부속만 교환하면 쓸 만한 것들이지요. 중고니까 가격을 적당히 받으면 될 것 같습니다."

팀원들의 대화를 신중하게 듣고 있던 해럴드 소령이 상황을 정리하였다.

"그럼 티엔반 소령은 다시 가서 물건 교환 일자와 장소를 정해 두시오. 날짜와 장소가 사이공 마피아에게 흘러들지 않도록 조심하시오. 그들이 알게 되면 틀림없이 방해 공작을 펼 거요. 그럼 두 쪽 다 큰 손해

를 입게 될 것이오."

'발을 내딛기 무섭게 일을 시작하는군.'

티엔반 소령이 나에게 눈짓을 보냈다. 따라오라는 얘기였다. 나는 저들과 흥정을 하기 위해 티엔반 소령과 함께 2층으로 올라갔다. 구릿빛 얼굴의 사내 옆에는 중국인 한 명을 포함, 두서너 명이 함께 있었다. 흥정은 일사천리로 진행되었다. 영어와 중국어, 베트남 어를 섞어가며 티엔반은 유창하게 흥정을 해 나갔다.

가격은 중고 엔진 대당 9만 달러, 시간은 모레 저녁 7시. 사이공 시내의 짠홍다오 거리에 있는 촐롱 지역 중국집 양자강 뒷골목에 4분의 1톤 스리쿼터 속에서 물건을 건네주기로 했다. 대금은 물건을 확인하는 즉시 한꺼번에 받기로 했고, 번거로움을 피하기 위해 인원은 양쪽에서 각각 세 명씩 나오기로 했다.

계약을 끝내고 나자 중국인 사내가 내게 다가오더니 정확한 영어로 말을 건넸다.

"홍콩 삼합회의 구진경이오. 구경 잘했소! 날렵하고 힘 있는 솜씨에 탄복했소. 전쟁터에서 썩히기는 아까운 솜씨더군. 다시 보기를 기대하겠소."

그자가 내게 악수를 청하였다. 내민 손을 잡으니 내 힘을 시험해 볼 양으로 거세게 쥐었다. 나 역시 그에 질세라 상대의 손에 힘을 주었다. 그러자 중국인 사내의 얼굴이 벌게지더니 스르르 힘을 뺐다.

홍콩 마피아들이 클럽을 빠져나간 뒤 우리 팀은 모여 앉아 일에 대한 계획을 수립하였다. 복잡할 게 없는 일이었다.

해럴드 소령이 각자 해야 할 일을 맡겼다.

"우선 내일 저녁 7시까지 테일러는 물건을 구해 서전트 하의 헬기장으로 운반하도록. 그럼 거기서 서전트 하는 시험 비행을 구실로 물건을 헬기에 싣고 공항을 빠져나와 사이공 강변 벤쭈옹주옹 거리에 있는 헬기 착륙장까지 운반한다. 그럼 트루먼 중위와 텝스 하사는 거기서 기다리고 있다가 물건을 스리쿼터에 싣고 헌병대 비밀 창고에 보관해 두어야 한다. 그리고 다음날 저녁 다들 모여 거래 장소로 갈 세부 계획을 세워 행동에 옮기도록 하라.”

사이공의 하늘이 검게 물들었다. 우리 일행은 밤이 깊어서야 클럽을 빠져나왔다.

양끝을 잡고 길게 늘여 잡은 고무줄처럼 길고 긴 하루였다. 롱빈을 다녀오고, 일전을 치르고, 환영식과 함께 첫 일을 시작했다. 시간은 주관적으로 흐르는 법이다. 숙소로 돌아온 나는 갑자기 몰려온 피로 때문에 침대에 눕자마자 깊은 잠에 취하였다. 내일은 또 내일의 해가 뜰 것이다.

❧

다음날. 착착 맞물려 돌아가는 톱니바퀴처럼 한 치의 오차도 없이 계획대로 일이 진행되었다. 물건은 데탐 거리에 있는 헌병대 비밀 창고에서 잠자고 있었다. 드디어 작전 개시일. 나는 원래 파견대 비행 임무가 있는 날이었는데 해럴드 소령이 파견대장에게 손을 쓴 덕에 임무가 취소되었다.

저녁 6시 무렵, 팀원 전원은 비밀 창고에 속속 모여들었다. 텝스와 테일러, 그리고 내가 직접 거래에 나서기로 했다. 나머지 팀원들은 만일을 대비해 골목길에서 대기하기로 하였다.

텝스가 우리를 보고 나지막히 말했다.

“내가 운전을 할 테니 테일러 자네가 물건을 주고 돈을 받게. 그리고 서전트 하는 저들을 감시하는 게 좋겠어.”

사이공 시내 짠홍다오 거리에 있는 중국집 양자강 뒷골목길은 두 대의 차가 겨우 지나다니는 좁은 골목이었다. 골목은 500미터 남짓 되는 길이였고, 골목 어귀에는 희미한 가로등 하나가 희미하게 서 있었다.

텝스가 차를 뒤로 몰고 서서히 골목길에 들어서자 저들의 스리쿼터는 반대쪽에서 우리 차 뒤꽁무니를 향해 서서히 다가오고 있었다. 두 대의 스리쿼터 화물칸에는 덮개가 드리워져 있었다. 덕분에 안에서 무슨 일이 일어나는지 밖에서는 전혀 알 수가 없었다. 나와 테일러는 경계를 늦추지 않고 반대쪽 차 안을 주시하고 있었다. 상대도 마찬가지였다. 두 사람이 우리를 향해 날카롭게 쏘아보고 있었다. 그중 한 사람은 M-16을 들고 있었고, 나머지 한 사람은 모자를 깊게 눌러쓴 채 가방을 들고 앞으로 나서며 먼저 인사말을 건넸다.

“안녕하시오? 홍콩의 울프요. 그쪽 행동만 조심하면 먼저 말썽을 부리는 따위의 일은 없을 거요.”

“테일러요. 만나서 반갑소. 거래를 빨리 끝내도록 합시다. 이쪽으로 와서 물건을 먼저 살펴보시지요?”

테일러가 울프의 인사에 대꾸하며 이쪽 트럭으로 건너오라고 손짓했다. 울프는 들고 있던 가방을 바닥에 내려놓은 뒤 자신의 동료를 흘깃 바라보았다. 울프가 막 발걸음을 떼려는 순간 테일러가 말했다.

“아! 주머니 안의 무기는 두고 오시지요.”

울프는 별다른 표정 없이 주머니에서 권총을 꺼내 동료에게 맡긴 후 우리 트럭으로 건너왔다. 잔뜩 긴장된 표정으로 서 있던 나를 슬쩍 보더니 한마디 던졌다.

“솜씨 좋은 양반, 이렇게 또 보게 되어 영광이오!”

울프는 눈길을 거두고 재빨리 물건을 샅샅이 살펴보더니, 눈짓으로 자신의 패거리를 불렀다. 그러자 한 사람이 가방을 들고 우리 트럭으로 건너왔다.

울프가 가방을 내주며 말했다.

"오케이! 좋소! 물건을 넘겨주시오. 대금은 정확히 18만 달러요. 확인해 보시오."

테일러는 돈 가방을 열어서 혹시 가짜 달러라도 들었는지 가방 위아래 쪽을 자세히 살펴보았다.

"이상 없군! 물건을 가져가도 좋소."

테일러가 저들을 경계하느라 막고 있던 자리에서 옆으로 물러서며 말했다. 나는 긴장을 늦추지 않고 거래를 지켜보고 있었다. 대금을 받은 테일러는 물건을 상대 트럭에 밀어 넣어 주었다. 그러자 울프가 빠른 어조로 말했다.

"우리가 먼저 떠나겠소. 다음에 또 만나도록 하지요."

테일러가 응답했다.

"다음에는 서로 믿음으로 거래합시다. 그럼 잘 가시오! 행운을 빕니다."

처음 일을 꾸밀 때처럼 일을 마무리하는 것 역시 잡티 하나 없이 말끔했다. 7인 팀은 거래를 마친 후 로즈클럽 밀실에 모였고, 돈을 균등하게 분배했으며, 일의 성사를 자축했다. 나에게는 첫 거래였고, 단숨에 2만 달러를 손에 쥐었다.

휘황한 사이공 밤거리를 걸었다. 씁쓸한 기분이었다. 길가에 서 있는 가로수도, 스쳐 지나가는 낯선 행인들도 나를 보고 손가락질하는 것만 같았다. '무기 밀매나 하는 풋내기 놈!' 하고.

자이란이 그리웠다. 자이란이 옆에 있었다면 아무에게도 털어놓을 수 없는 이 답답한 상황에 대해서 허심탄회하게 털어놓고 의논할 수 있을 것 같았다.

'자이란, 어디 있는 거야. 나는 지금 어디로 가고 있는 거지. 자이란 이 샛별처럼 나타나 내 길을 열어 주면 좋으련만. 이제 시작인데 이런 외줄타기를 언제까지 하게 될까.'

숙소로 돌아온 나는 돈을 보관할 곳이 마땅치 않아 침대 시트 밑 철제 상자에 숨겨 두었다. 자이란을 만나면 그녀를 위해 쓰리라 생각하니 마음이 한결 가벼워졌다. 그때부터 나와 팀원들은 탄손누트 공항 PX 물건과 전쟁 물자를 곶감 알 빼먹듯 빼돌렸고, 일이 계속될수록 내 더플백 속에는 감당하기 힘들 만큼 현금이 쌓여 갔다.

❧

사이공에 온 지도 벌써 한 달이 다 되어 가고 있었다. 낯설던 모든 것들이 점점 눈에 익고, 사람도 꽤 사귀어 발도 넓어졌다. 나는 비로소 자이란을 찾는 데 몰두할 수 있었다. 지금까지는 새 근무처에 적응하랴, 7인 팀 문제로 고민하랴 짬이 나지 않았었다.

나는 우선 병원에서 찍은 단체 사진에서 자이란 얼굴을 확대하여 증명 사진을 만들었다. 그런 다음 시청에 가서 사이공 시내에 개업 중인 서른여섯 개 병원의 상호와 주소를 파악했다.

비행 임무가 없는 날이나 7인 팀의 일이 없는 날이면 꼬박꼬박 시내 병원들을 찾아다녔다. 한번 나서면 한 군데나 두 군데를 찾아갔다. 그렇게 꼬박 한 달 동안 병원이란 병원을 샅샅이 뒤졌다. 하지만 자이란 사진을 내놓고 물었지만 모두 모른다는 대답뿐이었다.

그러던 어느날이었다. 리뚜쩡 거리에 있는 조그만한 병원에서였다.

"한 달 전에 이 아가씨가 일자리를 알아보러 온 적이 있었어요. 맞아요, 바로 이 아가씨예요."

그 병원 의사는 자이란 사진을 보며 그 아가씨가 틀림없다고 확언했다.

물론 자이란이 있는 곳을 알아내지는 못했지만 같은 사이공 하늘 아래 있다는 사실을 확인하고 나니 고생한 보람은 있다는 생각이 들었다.

병원에서 일할 자리를 찾지 못했다면 뭘로 아픈 어머니를 돌보는 거지? 혹시 살기 어려워서 술집에 나가는 건 아닐까?

그럴 수도 있었다. 오랜 부패와 전쟁 때문에 베트남의 경제 상황은 최악이었다. 일자리를 찾는 게 쉽지 않을 것이다.

나는 갑자기 마음이 바빠졌다. 천사같이 맑고, 풋풋한 자이란이 그렇게 망가지면 안 된다. 나의 자이란이 그렇게 돼서는 안 돼.

다급해진 나는 로즈클럽 지배인을 찾아갔다. 클럽 지배인은 나와 비슷한 또래였다. 이십대 초반이었는데 내 싸움 솜씨에 반해 나를 존경하고 우러러 본다고까지 했었다.

나는 그에게 전후 사정을 자세히 이야기했다. 리뚜정 거리에 있는 병원을 찾아왔었다는 얘기까지 빼놓지 않고 말했다. 그리고 혹시라도 술집에 있을지도 모르니 한번 알아봐 달라고 간청했다.

"서전트, 알았어요. 사흘만 시간을 줘요. 내가 친구들을 풀어서 알아봐 줄게요."

정확히 사흘 후 그에게 전화가 걸려 왔다. 나는 임무를 마치고 숙소로 돌아와 부리나케 옷을 갈아입고 로즈클럽으로 향했다.

"리뚜쩡 거리에 있는 친구 녀석이 알아낸 사실인데, 술집에서 일하지는 않으니 우선 마음을 놓아요. 리뚜쩡 거리에 찌란이란 술집이 있는데, 그 집 주방에서 일하는 아주머니가 자이란을 알고 있대요."

나는 너무 기쁜 나머지 그의 말을 끝까지 들을 수가 없었다. 자이란을 찾았다. 자이란을.

"어디, 지금 어디 있대요?"

"자이란이 시장에서 과일 행상을 한대요. 그 아주머니가 자이란 단골이래요."

나는 그에게 대략적인 위치를 알아낸 다음날 근무를 마치자마자 찌란이라는 술집을 찾아갔다. 전날 자이란 만날 생각에 거의 뜬눈으로 밤을 보냈지만 하나도 피곤하지 않았다. 나는 술집 주방 아주머니를 모시고 벤탄 시장으로 향했다.

가는 내내 가슴이 쿵덕거려 숨쉬기가 힘들 정도였다.

하지만 자이란이 일하던 자리에 자이란은 없었다. 근처에 있는 다른 행상들에게 물어보니 일주일 전부터 나오지 않는다고 했다. 몸이 아픈 건지 이사를 간 건지 말을 안 해서 모른다고 했다. 어디 사는지 아느냐고 묻자 하나같이 고개를 가로저었다.

희망으로 부풀었던 가슴이 절망으로 오그라들고 말았다. 온몸의 기운이 쪽 빠져나갔다. 처음부터 다시 시작해야 했다.

나는 틈만 나면 벤탄 시장으로 쫓아갔다. 미친놈처럼 시장 구석구석을 훑고 다녔다. 자이란과 비슷한 여자만 보면 쫓아가 아는 체하다 뺨을 얻어맞은 적도 있었다.

'자이란, 대체 어디 있는 거야?'

불쑥불쑥 내 안에 바람이 숭숭 들어왔다. 밥을 먹고 잠시 쉬고 있을 때도 그랬고, 임무를 나가 맑은 하늘 위를 날 때도 그랬다. 그렇게 조금씩 불던 바람은 늦은 밤 숙소로 돌아오면 광풍이 되어 나를 휘저어 놓았다. 자이란을 찾을 수가 없었다. 벌써 사이공에 온 지 한 달이 지났는데도 말이다.

보다 못한 팁스와 테일러가 어느 날 이렇게 말했다.

"만일 자이란이 병원에서 일하고 있는 게 아니라면 이렇게 해서는 찾을 수 없을 거야. 아무래도 티엔반 소령에게 부탁하는 게 낫겠어."

나는 그들의 말에 고개를 끄덕였다. 그리고 며칠 후 티엔반에게 전화를 걸었다.

"소령님, 자이란 일로 한번 뵙고 싶습니다. 오늘 저녁 7시 로즈클럽, 어떠세요?"

"그 일이라면 로즈클럽에는 도움을 받을 만한 사람이 없다. 그러니 벤탄 시장 옆 리뚜쩡 거리에 있는 블루스네이크로 오라. 헌데 꼭 명심해야 할 게 있다. 절대로 비행복이나 군복을 입고 오면 안 된다. 사복 차림으로 와야 한다. 거긴 군인들을 싫어하는 치들이 득실거리지. 내가 거기서 사설 탐정 한 명을 소개하겠다."

그날 저녁, 나는 칼과 총을 챙겨 출발하기에 앞서 테일러와 텝스에게 전화를 걸었다. 하지만 두 사람 다 자리를 비우고 없었다. 나는 그들에게 서전트 하가 리뚜쩡 거리에 있는 블루스네이크에서 저녁 7시에 티엔반 소령을 만나기로 했다는 메모를 전해 달라고 부탁을 해놓았다. 그러고는 며칠 전 80달러를 주고 복무를 마치고 귀국하는 룸메이트 콜린에게 인계 받은 군용 지프를 타고 탄손누트 공항을 빠져나갔다.

리뚜쩡 거리는 전형적인 '뒷골목'이었다. 2층짜리 낮은 건물이 죽 늘어서 있는데 대부분이 클럽이었다. 이곳이 음지라면 음지에 기생하는 독버섯이 있는 법이다.

블루스네이크에는 화려한 네온사인도, 장식도 없었다. 그저 흰 바탕에 푸른 줄무늬의 뱀 한 마리가 또아리를 튼 채 혀를 내밀며 누구든 닥치는 대로 집어삼킬 것만 같은 괴괴한 분위기였다. 출입문을 열고 들어서니 담배 연기가 자욱한 탓에 안이 제대로 보이지 않았다. 게다가 더운 지방 특유의 습기와 땀내가 화학 반응을 일으켜 코를 자극했다. 음악 소리는 중국 전통 음악 같았다. 겨우겨우 안을 둘러보니 서양인은 거의 없고 대부분 동양 사람 같았다. 소박하게, 그들의 취향에 맞게 꾸며진 작은 주점이었다.

"여기가 어디라고 미군이 들어와! 몸이 근질근질한 모양이지!"

별안간 큰 소리가 터져 나오더니 곱지 않은 시선이 일제히 나를 향했다. 그러더니 시비조로 떠들던 그 사람은 테이블을 주먹으로 쾅쾅 내리치며 나에게 고함을 질렀다.

"당장, 나가! 나가지 못해!"

나는 영문을 모른 채 멍하게 서 있었다. 사태가 험악해졌다. 그러자 사복을 입고 온 티엔반 소령이 구석 자리에서 나를 향해 튀어나왔다.

"소령님! 아니, 대체 왜 이러는 거죠?"

황당하다는 표정으로 묻자, 그가 다급하게 말했다.

"서전트 하! 어서 도망가라. 이 사람들은 미군을 싫어해, 왜 군복을 입고 나타났나. 내가 그래서 사복을 입고 오라고 하지 않았나. 여긴 미군들이 출입을 전혀 안 하는 곳이다! 뒷문이 저쪽이니 어서 달아나자!"

티엔반 소령이 앞서서 뒷문 쪽을 향해 달려갔으나 이미 늦어 버렸다. 사람들이 우리를 막고 나섰다. 나는 티엔반 소령의 말을 듣고서야 아차 싶었다. 사복이 마땅한 게 없어서 오는 길에 한 벌 사 입어야지 했는데 옷가게도 안 보이고, 또 초행길이라 길을 찾느라 깜박 잊어버렸다.

미국 군인에 대한 월남인의 적대감을 미처 헤아리지 못한 것이었다. 월남이라고는 해도 곳곳에 베트콩 첩자들이 점처럼 박혀 있는 곳 아니던가.

"서전트! 여긴 신분을 알 수 없는 패거리가 많아. 누굴 위해 일하는지 도무지 알 수 없다. 물론 베트콩 첩자들이 많지. 게다가 사이공 마피아가 장악한 곳이야! 그들은 모두 무기를 갖고 있어! 즉시 이곳을 빠져나가지 못하면 목숨이 위험해! 악랄한 살인자들이야!"

티엔반 소령은 2층으로 올라가려고 몸을 돌렸다. 하지만 우리는 이미 험악한 패거리에 둘러싸여 있었다. 아오자이를 변형한 듯한 검은 상의를 걸쳐 입은 월남 사내들 10여 명이 병풍처럼 우리를 에워쌌다. 나는 위기가 왔음을 직감했다. 적진 한가운데 홀로 서 있는 것 같았다. 그러나 혼자라고 만만하게 당할 수는 없었다. 나는 항상 혼자 싸우지 않았던가. 아니, 오히려 혼자 싸우는 게 편했다. 살아나면 자이란이 있고, 죽으면 다랑이 있지 않은가? 나는 살아도 죽어도 아무 상관이 없었다. 그렇게 생각하니 두려움이 사라져 버렸다.

패거리 중에서 대장으로 보이는 사내가 나를 손가락으로 가리키며 "바로 저자가 로즈클럽에서 우리 형제들을 해친 자란 말이지?" 하고 말하더니 내 앞으로 가까이 다가왔다.

"난 부두목 블랙로즈를 모시는 바이롱이다. 각오하는 게 좋을걸. 로즈에서 당한 걸 오늘 내가 다 갚아 주마."

일전에 로즈클럽에서 맞붙어 싸웠던 블랙 이글 파였다.

바이롱은 손짓으로 부하들을 뒤로 물러서게 하였다. 홀 안의 분위기는 험악했다. 여기저기 모여 있는 구경꾼들도 절대 내게 호의적일 리 없고, 적은 많은데 아군은 턱없이 적다. 결과가 좋기 어려운 조건이었다.

구경꾼들이 모여 분위기를 돋우었다.

"총은 안 돼! 총을 쏘는 놈은 우리가 용서하지 않을 거다. 사내답게 죽을 때까지 칼로 싸워라. 총은 빨리 끝나서 안 좋아."

짙은 안개처럼 어두운 홀 안에 있던 사람들이 싸움을 구경할 양으로 우르르 몰려서 있었다.

'아무래도 살아남으려면 피를 보게 생겼군. 헌데 이들 모두랑 싸우라는 건 아니겠지.'

나는 우선 티엔반 소령에게 나지막하게 말했다.

"티엔반 소령님! 내가 움직이기 시작하면 바닥에 엎드리세요. 절대 고개를 들면 안 됩니다."

나는 티엔반에게 이르고, 양 손목의 지퍼를 풀었다. 손목 속에 감추어 둔 칼을 쓰기 위해서였다. 처음에는 바이롱이라는 자가 나서길래 1대 1로 싸우는 줄 알았는데 움직이는 폼이 그건 아닌가 보다. 바이롱의 말 한마디에 모두들 공격 준비를 하더니 행동을 개시했다. 먼저 한 녀석이 이단 옆차기로 내 가슴패기를 차고 들어왔다. 나는 공격을 서두르지 않고 단전에 힘을 모아 가슴을 한껏 벌렸다. 가슴을 차고 들어오던 녀석이 제풀에 나동그라져 버렸다.

그 녀석의 공격을 시작으로 나머지 놈들이 칼을 빼 들고 한꺼번에 덤빌 작정으로 내 주위를 빙빙 돌며 기회를 엿보고 있었다. 맨손으로는 어려울 듯해서 양 손목에 감추어 두었던 두 자루의 단도를 그들 모르게 뽑아 칼 끝을 뒤로 향하게 하여 소매 밑에 감추었다.

최악의 상황이었다. 정신을 집중하여 감각을 되살리긴 했는데 움직이는 모양을 보니 꽤 솜씨 있는 자들 같았다. 이렇게 혼자서 여러 명을 상대로 싸워 보기는 나 역시 처음이었다.

배수의 진. 어쩌면 절망감이 버틸 힘을 줄지도 모른다. 어차피 이렇게 해도 죽고, 저렇게 해도 죽을 판이라면 죽기 살기로 싸우다 죽는 게 백 배 낫겠다고 생각했다. 여기서 개죽음을 당할 수는 없었다. 질기게 버텨 온 목숨이니 저승사자도 쉽게 데려가지는 않겠지.

"소령님, 내가 공격을 시작하면 틈이 생길 겁니다. 그때 빠져나가 구조를 요청하세요. 그래야 나도 살 수 있어요."

나는 출입문 쪽을 향해 공격을 해 나갔다. 맞붙어 오는 놈을 고꾸라뜨리고 나면 더 많은 놈들이 조여 왔다. 벽을 타 넘으며 몸을 날리고, 양

팔을 휘두르며 몸을 돌렸다. 나의 움직임에 나가떨어졌던 놈들이 몸을 추스르고 다시 재공격했다.

바이롱 패거리는 제대로 공격이 먹혀들지 않자 한꺼번에 칼을 들고 찌르기 동작으로 나왔다. 위험이 코앞에 닥쳤다. 오래 견디기도 만만치 않아 보였다.

위험을 직감한 나는 몇 놈의 피를 봐야 끝이 날 것 같아서 그들의 칼에 칼로 맞서기로 하였다. 아직 소매 밑에 잠자고 있는 두 자루의 단도를 저들은 눈치 채지 못하였다. 마침내 의례적인 공격 동작을 취하던 나는 번개처럼 단도를 뽑아 앞에서 공격 중이던 세 명의 목을 차례로 그었다. 비릿한 냄새와 함께 끈적한 피가 공중에 흩뿌려졌다. 세 녀석 모두 분수처럼 피를 뿜으며 그대로 바닥에 고꾸라지고 말았다.

갑자기 구경꾼들이 술렁거리기 시작했다.

나는 그 틈에 다급하게 말했다.

"소령님! 지금입니다. 어서 나가세요."

티엔반 소령은 내 말이 끝나기도 전에 바닥을 두 번 구르더니 출입문 쪽에 서 있던 자를 일어서는 동시에 머리로 박아 쓰러뜨리고는 그곳을 빠져나갔다. 소령의 기습 공격에 쓰러졌던 녀석이 몸을 일으키면서 총을 빼 들었다. 나는 또다시 몸을 날려 녀석의 목을 칼로 그어 버렸다.

티엔반은 무사히 빠져나갔고, 홀 안에는 비릿한 피 냄새가 퍼져 나갔다. 블랙 이글 파는 동료를 네 명이나 잃은 상황이라 극도의 흥분 상태에 빠져 있었다. 피를 보자 저들의 살기가 몸 밖으로까지 뻗어 나가는 게 보였다. 분위기는 점점 험악해지고 나는 포위당한 상태였다.

칼을 쓰는 내 솜씨에 놀란 그들은 이제 섣불리 공격하지 않는 대신 결정적인 순간을 얻기 위해 나를 에워싼 채 기회만 노리고 있었다. 그러더니 갑자기 뒤에서 쉬익, 하는 소리와 함께 나를 향해 세 명의 사내가 세 곳에서 몸을 날렸다. 너무 동작이 빨라 몸을 빼기 어려웠다. 게다가 양 옆과 앞쪽 세 군데서 칼을 들고 다가오니 운신하기 어려웠다.

양쪽에서 치고 들어오는 놈들은 겨우 양팔로 막아냈지만 정면 공격은 피할 수 없었다. 나는 왼쪽 종아리에 칼을 맞고 넘어지면서 바닥에 굴렀다. 놈들은 이때를 놓치지 않고 동시에 덤벼들었다. 나는 바닥을 구르면서 맨발로 공격해 오는 두 녀석의 아킬레스건을 잘라 버렸다. 내게 당한 두 녀석은 다리를 끌며 안전지대로 물러갔다. 나도 그 사이에 몸을 일으켰으나 왼쪽 무릎과 다리를 움직일 수가 없었다. 일부러 적들이 눈치 챌까 봐 태연한 체했지만 부상당한 다리에서 피가 흘러 벌써 바닥을 붉게 물들이고 있었다.

'사면초가군.'

긴장을 늦추지는 않았지만 상황은 최악이었다. 마음 한구석으로 절망감 비슷한 감정이 설핏 지나가고 있었다.

블랙 로즈의 정체

절대절명의 순간이었다. 한발만 잘못 내디디면 천길 낭떠러지다. 하지만 놈들은 어느새 절벽 앞에 서 있는 나를 향해 다가오고 있었다. 놈들은 내가 부상을 당한 걸 눈치 채고 희미한 미소를 지으며 한발 한발 다가서고 있었다.

그때였다. 날카로운 여자의 음성이 귓전을 울렸다.

"바이롱! 잠깐 기다려!"

곧 이어 목소리의 주인공이 2층 난간을 뛰어 긴 머리카락을 휘날리면서 두 바퀴 공중제비를 하더니 새처럼 가볍게 내 앞으로 내려왔다.

"다들 물러나! 너희들 실력으론 안 돼. 내가 상대한다."

그녀는 길고 검은 머리카락 사이로 매섭게 나를 노려보았다. 가만히 서 있는 나와 눈이 마주쳤다. 그러더니 무슨 일인지 움찔 놀라며 뒤로 물러섰다. 바이롱이란 자가 그녀의 옆에 다가오더니 말했다.

"블랙로즈, 저자는 지금 부상을 입었습니다. 이제는 우리 공격을 피할 수 없을 겁니다. 우리 손으로 복수하게 해 주십시오."

바이롱은 그녀의 대답도 기다리지 않고 부하들에게 공격하라는 수신
호를 보냈다. 그때 블랙로즈라는 여자가 큰 소리로 말했다.

"안 돼! 기다려!"

그녀는 짧게 소리치더니 미간을 찌푸리며 순식간에 옆에 서 있던 바
이롱의 앞가슴을 발로 걸어찼다.

"모두 움직이지 마!"

그녀는 양팔을 벌려 부하들의 움직임을 저지시켰다. 그러고는 그녀의
입에서 도저히 믿을 수 없는 소리가 새어 나왔다.

"서전트 하! 당신이 정말 서전트 하 맞습니까?"

블랙로즈는 얼굴을 가렸던 머리카락을 쓸어 올려 얼굴을 보이더니
바닥에 무릎을 꿇는 게 아닌가. 나는 너무 놀라 숨통이 콱 막힌 것만
같았다. 누구지? 낯익으면서도 낯선 이 기묘한 음성은 누구의 것이지?

"서전트 하! 다랑입니다. 제가 늦게 와서 이런 불상사가 생겼습니다."

고개를 숙인 그녀의 어깨가 가늘게 들썩이고 있었다. 그러더니 잠시
후 마음을 다잡으며 바이롱에게 말했다.

"저분은 나의 주인이시다. 내게 사랑과, 용기와, 힘을 주신 나의 스승
이시다. 나의 스승님께 모두들 인사 드려라. 거역하는 자는 죽는다."

다랑의 부하들은 영문을 몰라 어리둥절한 표정으로 무릎을 꿇었고, 나
역시 너무 놀라 기가 막혔다. 죽은 줄 알았던 다랑을 이런 상황에서, 그
것도 적의 보스로 만나다니! 저 여자가 사경을 헤매던 그 다랑이란 말인
가! 그리고 또 이렇게 나타나 내 목숨을 구해 주다니…….

세상에, 이 무슨 인연이란 말인가.

나는 너무 기쁜 나머지 부상당한 다리를 끌며 그녀에게 다가가 엎드
려 울고 있는 그녀를 와락 끌어안았다.

"다랑! 네가 정말 죽은 다랑이니?"

나는 양손으로 그녀의 얼굴을 안아 들었다. 나는 차마 보기 어려울 정도로 흉터로 일그러진 그녀의 얼굴을 매만지고 내 볼을 그녀 얼굴에 부벼 대며 안타까움에 어쩔 줄 몰라했다.

"다랑! 죽지 않고 살았구나! 난 네가 죽은 줄만 알았다. 미안하다, 다랑. 미안해!"

내 눈에서 뜨거운 눈물이 비오듯 쏟아져 나왔다. 두 사람의 얼굴에서 흐르던 눈물이 하나가 되었다.

다랑의 부하들과 구경꾼들은 갑자기 일어난 상황에 영문을 몰라 어리둥절해했다.

그때 갑자기 밖에서 헌병대 사이렌 소리가 요란하게 울렸다.

한쪽에 있던 바이롱이 다급하게 말했다.

"블랙로즈! 시간이 없어요. 빨리 피해야 합니다."

바이롱은 다랑의 지시를 기다리지 않고 상황을 수습하기 시작했다. 부하들에게 쓰러져 있는 시체와 부상자를 수습하고 빨리 이곳을 빠져나가라는 지시를 내렸다. 그러고는 다랑의 눈치를 살피며 지시를 기다리고 있었다.

"서전트 하 ! 오늘은 이만! 이유는 나중에 말할게요."

다랑은 강렬한 눈빛으로 나를 보더니 눈물을 주르륵 흘렸다. 그녀는 재빨리 부하들을 따라 홀 안에 있는 비밀 문을 통해 사라져 버렸다.

잠시 후 3군 합동 헌병대에 있는 트루먼 중위가 헌병들을 이끌고 홀 안으로 들어왔다. 완전 무장한 헌병 1개 소대가 홀 안에 남아 있는 사람들을 검문하기 시작했다.

격정에 휘말려 아직도 마음을 진정시키지 못하고 있는 나에게 지배인으로 보이는 사람이 몰래 다가와 아무도 모르게 쪽지 한 장을 내 손에 쥐어 주었다.

쪽지를 몰래 펼쳐 보았다.

　다음달 15일, 저녁 7시, 레주안 거리에 있는 아리랑 식당에서.

　다랑의 메시지였다.
　지배인이 내 곁에 서서 작은 소리로 애원하다시피 말했다.
　"서전트! 제발 헌병들을 철수시켜 주십시오. 부탁입니다. 나중에 제가 도울 일이 많을 겁니다. 블랙로즈는 우리들의 우상입니다. 사이공 거리의 밤의 꽃이지요. 우리 모두 그녀를 좋아합니다. 그녀를 보호해야 합니다."
　지배인은 재빨리 말하고는 역시 모습을 감추었다.
　이들과 다랑이 특별한 관계에 있다는 것을 알 수 있었다. 우선 다랑을 보호하기 위해서라도 그들의 청을 들어주어야 했다.
　"서전트 하, 다친 데는 괜찮아?"
　현장을 수습하던 트루먼 중위가 내게 달려와 빨리 병원으로 옮겨야겠다고 서둘렀다. 뒤이어 티엔반 소령이 나타나 무사해서 다행이라며 가슴을 쓸어 내렸다.
　더 이상 문제가 확대되면 다랑이 위험했다.
　티엔반에게 부탁했다.
　"소령님! 약간 부상을 입긴 했지만 괜찮습니다. 트루먼 중위에게 어서 여기서 헌병대를 철수시키라고 해 주십시오. 부탁입니다. 이유는 나중에 말씀 드리지요."
　티엔반 소령은 트루먼 중위와 무언가 이야기를 나누었다. 그리고 얼마 안 있어 헌병대들은 블루스네이크에서 철수하였다.
　왼쪽 종아리 상처 때문에 서둘러 병원으로 옮긴 나는 그곳에서 꼬박 일주일을 보냈다. 20센티미터는 족히 되는 상처가 아플 법도 한데 다랑을 만난 충격 때문에 아픈 줄을 몰랐다. 블랙스네이크에서 벌어진 일은 해럴드 소령과 트루먼 중위가 나서서 수습을 해 주었다. 다행히 마피아들의 선제 공격에 대한 정당방위로 처리되어 사건이 조용히 마무리되었다.

　다음달 15일, 저녁 7시, 레주안 거리 아리랑 식당에서.

　헬기를 타고 날고 있을 때도, 식사를 할 때도, 숙소에 돌아와 잠자리에 누워 있을 때도 온통 머릿속에는 다랑이 남기고 간 메모 내용만 가득 들어차 있었다. 다랑은 일순간에 자이란의 자리를 밀쳐 냈다. 자이란을 찾는 일과 자이란에 대한 그리움은 다랑과 재회하기 전의 상태에서 그대로 멈춰 버리고 만 것이다.

해 갈

"사이공 레주안 거리, 아리랑 식당에서."

한 달이라는 시간이 흘렀다. 다랑과 다시 만날 날을 기다리던 한 달이라는 시간은 그저 초침과 시침의 규칙적인 운동일 뿐 내게 아무 의미도 없이 지나가 버렸다.

그렇게 학수고대했던 오늘, 드디어 다랑과 만나기로 한 날이 왔다.

나는 다랑과의 만남을 앞두고 티엔반 소령과 마주앉아 있었다.

"소령님, 사이공 경찰에서는 다랑에 대해 뭐라고 합디까?"

다랑을 만나기에 앞서 다랑이 어떤 처지에 놓여 있는지 알고 싶어서 진작부터 티엔반 소령에게 다랑에 대한 정보를 부탁해 놓은 상태였다.

티엔반 소령이 낮은 음성으로 입을 열기 시작했다.

"다랑, 아니 블랙로즈는 사이공 마피아인 블랙 이글 파의 중간 보스라고 하더군. 지금 살인 강도로 수배 중인 인물이야. 그녀가 사이공에 나타난 건 대략 5개월 전이래. 처음에는 의지할 데도 없는데다가 얼굴에 난 흉측한 상처 때문에 아무도 상대해 주지 않아서 그저 그런 술집에서 힘들고 하찮은 일을 하면서 지냈다는군. 그런데 어떻게 하다가 칼 쓰는 솜씨며 싸움 솜씨가 블랙 이글의 눈에 띈 모양이야. 그렇게 시작해서 지금 조직의 중간 보스까지 오른 거지. 블랙 이글은 자기 이름을 따서 블랙로즈라고 직접 지어 주었다네."

티엔반 소령은 목을 축일 양으로 맥주를 들이켰다.

"그런데 그 흉터는 언제 생긴 거랍니까?"

"글쎄, 그건 잘 모르겠어. 워낙 흉터가 보기 흉해서 남자들이 옆에 가기를 꺼렸고, 그런 소외감 때문인지 남자들과 싸울 때 더 독하게 싸운다고 하네. 특히 싸우는 솜씨도 탁월하지만 조직의 동료와 부하들을 제압하는 정신력도 놀랍다고 해. 워낙 흑표범처럼 날렵한데다 어찌나 칼솜씨가 빠르고 정확한지 총으로도 감당을 못한대. 조직의 중간 보스들이 모두 다랑에게 당한 뒤 자리에서 물러났는데, 아무튼 독사같이 독한 면이 있는 모양이야. 만에 하나 부하들이 여자라고 얕보거나 명령을 어기면 가차 없이 응징하는데 심할 때는 손가락도 잘라 낸다는군. 그래서 갱들 사이에서는 저승사자라고 불린대."

티엔반 소령의 말을 듣고 있으니 가슴이 저며 왔다. 물론 몸놀림이 민첩하고 싸움에 능한 다랑이었지만, 그게 다가 아니었다. 한편으로는 다랑 역시 여자다운 여자였다. 산속에서 세심하게 나를 돌봐 주던 다랑이 어떤 고초를 겪었길래 그리 변한 것일까.

소령이 이어 말했다.

"블랙로즈는 절대로 자기 신상에 대한 얘기를 꺼내는 법이 없다더군. 그리고 누군지는 모르지만 아주 열심히 사람을 찾고 있었다는군."

다랑이 찾고 있는 사람이 바로 나일 거라는 생각이 들자 가슴이 찢어질 것처럼 아파왔다.

채 회복되지 않은 몸으로 나를 찾아 베트콩들이 득실거리는 곳을 혼자 몸으로 헤치고 나와 오늘에 이른 그녀를 떠올리자 나도 모르게 눈물이 흘러나왔다.

그렇게 순박하던 어린 촌 아가씨가 무서운 마피아들을 호령하며 살아가고 있다니. 게다가 얼굴은 언제 어쩌다 그리 된 것일까.

다랑의 삶이 엉켜 버린 게 모두 나의 잘못 같았다. 칼 쓰는 법을 가르친 것도 나였고, 험한 사이공의 마피아 세계로 들어온 것도 결국은 나 때문이었다.

"서전트 하! 헌데 왜 그래. 블랙로즈와는 대체 어떤 사이야?"

다랑에 대한 연민과 자책감으로 눈물을 흘리고 있는 나에게 티엔반 소령이 재촉하듯 물었다. 나는 다랑과의 일이며, 자이란과의 관계까지 흉금을 털어놓았다. 마음에 홀로 품기 벅차다는 듯이.

말없이 고개를 끄덕이며 듣고 있던 티엔반이 내 어깨를 두드리며 말했다.

"서전트 하! 다랑을 만나거든 아무쪼록 여자의 길로 이끌어 주게. 이게 모두 이 전쟁을 치르고 있는 우리 약소 민족의 비극 아닌가."

티엔반이 조용한 음성으로 나를 달래듯 위로해 주고 자리를 뜬 뒤, 나 역시 감정의 소용돌이에서 빠져나와 조용히 다랑을 맞이할 준비를 하였다. 우선 만일을 대비해 다랑이 달아나기 좋게 창문이 많이 난 2층 구석방을 예약하였다. 그런 다음 방 안에 가부좌를 한 채 앉아서 그녀를 기다리고 있었다.

시계가 정확히 7시를 가리켰다. 그때 소리 없이 미닫이 문이 열렸다. 친숙한 내음이다. 오랜만에 내 코가 다랑의 존재를 감지하고 있었다. 나는 눈을 뜰까 말까 망설이다 살며시 눈을 떴다. 다랑은 벌써 방 안으로 들어와 있었다.

흰 아오자이에 농을 깊숙이 눌러쓴 다랑은 내가 눈을 뜨자 문 쪽에 앉아 있다가 무릎을 방바닥에 댄 채 고개를 숙이고 나를 향해 기어 오다시피했다. 그러더니 양손을 내 무릎 위에 올려놓고 행여 소리가 새어 나갈까 봐 경계하며 어깨를 들썩인 채 흐느끼고 있었다.

얼마나 기다리던 순간이었던가. 죽음을 불사하며 나를 찾았다는데.

그런 그녀가 지금 내 앞에서 아무런 원망도 없이 그리움을 못 이겨 흐느끼고 있었다. 나는 내 무릎 위에서 들썩이는 그녀의 좁은 어깨를 안아 들었다. 눈물에 젖은 다랑의 눈과 내 눈이 마주치자마자 서로 와락 껴안으며 목 놓아 울었다.

"서전트 하, 보고 싶었어요. 이렇게 오늘 서전트 하를 만나기 위해 위험한 일을 수없이 겪었어요. 이렇게 만나기 위해서요!"

다랑은 울부짖으며 더욱 격렬하게 내 가슴속으로 파고들었다.

다랑과 나는 슬픔과 안타까움과 사랑과 연민으로 오열하듯 몸부림쳤다. 서로의 눈에서 흘러내리는 눈물이 두 사람의 얼굴 위에 뒤범벅이 된 채.

하지만 그동안 못다 한 이야기를 하기에는 장소가 적당치 않았다.

"다랑, 조용한 곳으로 자리를 옮기자. 여기는 별로 좋지 않은 것 같다."

그러자 다랑이 매무시를 바로잡더니 밖에다 대고 큰 소리로 "바이롱! 장소를 옮긴다. 준비해라!" 하고 지시를 내리더니 고개를 돌려 나를 보며 말했다.

"서전트 하. 오늘은 제게 맡겨 주세요. 제가 사는 집으로 모시겠습니다. 다른 곳은 제가 가기에 모두 위험해요."

내가 머뭇거리며 뭔가 말하려 하자 다랑이 가는 손가락으로 내 입을 막았다.

바이롱의 목소리가 들려왔다.

"보스, 출발 준비 끝났습니다."

다랑이 앞장서서 방을 나오자 언제 왔는지 다랑의 부하들이 식당 아래층을 점거하고 있었다. 우리 두 사람을 보더니 부하들이 일제히 허리를 굽혀 인사했다. 식당 밖에는 비둘기 색 피아트 승용차가 대기 중이었다. 다랑이 차 문을 열어 나를 태우더니 바이롱에게 귓속말로 지시를 내렸다.

잠시 후 내 옆자리에 오른 다랑이 운전수에게 말했다.

"내 숙소로 간다. 가장 안전하고 빠른 길로 가라. 미행 조심하고. 실수하면 책임을 묻겠다."

나는 그런 다랑을 쳐다보며 말했다.

"다랑, 사이공의 갱들을 움직이다니!"

나는 다랑이 대견스러우면서도 한편으로는 걱정이 앞섰다.

레주안 거리에서 사이공 강변을 한참 달리다 마제스틱 호텔에서 오른쪽으로 차를 돌렸다. 자동차는 힘응이 거리를 빠르게 지나 벤탄 시상 로터리를 돌아 다시 레로이 거리로 가더니 다시 남끼꼬이응아이 거리로, 보티사우 거리로 접어들었다. 혹시 있을지도 모를 미행을 막기 위해서였다. 이렇게 사이공 시내를 배회하던 차는 어느 골목길에서 갑자기 방향을 바꾸어 창고 같은 건물 안으로 진입했다가, 곧바로 건물 뒤쪽으로 빠져나와 골목을 다시 돌다가 모퉁이를 돈 지점에서 갑자기 아담한 주택 안으로 쑥 들어갔다.

"서전트, 여기가 제 숙소예요."

차에서 내리기 전에 다랑이 운전수에게 말했다.

"내일 아침까지 누구도 이 집에 들이지 마. 보스의 허락을 받았다. 그리고 바이롱에게 각별히 경비를 강화하라고 전해라."

다랑이 살고 있는 집은 아담한 프랑스식 2층집이었다. 붉은 벽돌에 붉은 기와를 얹은 이 집은 자그마한 정원이 아름답게 가꾸어져 있었다.

정원에는 이름 모를 열대 식물과 커다란 야자수 한 그루가 서 있었다.

다랑과 내가 현관문 앞에 도착하자 안에서 중년의 여인이 황급히 달려나와 우리를 맞이해 주었다.

"맘! 이분이 내가 찾던 그분이에요. 인사하세요."

중년 여인은 인상이 좋을 뿐 아니라 기품이 있었다. 여인은 다랑의 말에 놀라워하며 인사를 하였다.

"처음 뵙겠습니다. 만나서 반갑습니다. 우리 아가씨에게 그동안 이야기를 많이 들어서 잘 알고 있습니다."

품위 있는 영어를 유창하게 구사하는 여인은 그저 집안일을 돌보는 가정부 같지는 않았다.

"제 이름은 타이팡입니다. 아가씨의 가정교사지요. 아가씨를 보살피는 일을 하고 있습니다. 불편하지 않게 모시라는 보스의 명령을 받았습니다."

다랑은 어색한 표정으로 서 있는 나의 팔을 잡으며 방긋 웃고 있었다.

타이팡은 전형적인 월남 여인이 아니었다. 늘씬한 키에 이목구비가 또렷한 미인으로 프랑스 인과 혼혈 같았다.

여인이 다랑에게 말했다.

"2층 아가씨 방을 깨끗하게 청소해 두었습니다. 위로 올라가시지요."

타이팡의 안내를 받으며 다랑과 나는 뒤따라 2층으로 올라갔다. 문을 열고 들어서니 크지도 작지도 않은 아담한 방이 한눈에 보였다.

"냉장고에 마실 것과 과일을 준비해 두었습니다."

타이팡은 이렇게 말하더니 허리 굽혀 인사하고는 아래층으로 내려가 버렸다.

다랑의 방에 들어섰다. 빈 방의 정적이 두 사람을 감싸 안고 있었다. 순간 마주 보던 나와 다랑은 누가 먼저랄 것도 없이 서로를 힘차게 끌어안았다. 깊은 정적. 두 사람 사이의 절박한 인연들은 어느새 우리들을 한 마리 짐승처럼 엉겨 붙게 만들었다. 가늘게 떨리던 다랑의 숨이 점점 거칠어져 갔다. 우리 두 사람은 침상으로 쓰러졌다. 조심스럽던 다랑이 한층 더 격렬하게 내 품속으로 파고들었다.

나는 숨을 고르며 정성껏 다랑의 옷을 벗겨 냈다. 껍질을 벗은 다랑은 한 마리 물고기처럼 매끈했다. 나는 다랑의 온몸을 샅샅이 애무해 주었다. 그간의 노고와 그간의 사랑과 그간의 고통을 남김없이 치유해 주고 싶었다. 매끈한 몸 안에 문득문득 보이는 다랑의 흉측한 상처는 나를 향한 다랑의 간절한 사랑이 잉태한 장미꽃이었다. 나는 그 장미꽃을 애무하였다.

머리부터 발끝까지 이어지는 나의 뜨거운 애무에 다랑은 격정에 겨운 신음 소리를 토해 냈다. 다랑의 눈에서 또다시 눈물이 흘렀다. 나는 그녀의 눈물을 받아 마셨다. 다랑은 사랑의 환희와 그리움의 해갈로 사지를 비틀며 나를 가슴 가득 끌어안았다. 세상 무엇으로도 떼어 내지 못하게 하겠다는 듯 다랑의 몸짓은 열정적이었다.

내가 지치면 다랑이, 다랑이 지치면 내가 서로를 탐닉하였다. 두 마리의 뱀처럼 서로의 몸에 엉켜 떨어질 줄을 몰랐다. 우리 두 사람은 격렬한 몸짓으로 그동안의 애끓는 사랑을 한꺼번에 연소시키려는 것처럼 듯 사랑을 불태우고 있었다. 밤이 이슥할 때까지 우리는 온몸으로 서로에게 그간의 아픔을 호소하고 있었다. 몇 차례의 절정으로 가슴이 폭발할 지경이었다.

그리고 한참 후, 온몸이 땀에 젖은 채 우리 두 사람은 침상 위에 누워 있었다. 나는 다랑의 헝클어진 머리카락을 가지런히 쓰다듬어 주었다.

"다랑! 어떻게 사이공까지 온 거야? 나는 다랑이 죽은 줄로만 알았어."

다랑은 내 허리를 두 팔로 꼭 껴안은 채 말없이 눈물을 흘리더니 나직한 음성으로 이야기하기 시작했다.

"혼수 상태에서 깨어나 보니 서전트 하가 보이지 않았어요. 라이에게 묻자 당신은 이미 하산했다고 하더군요. 하늘이 무너지는 것 같았어요. 나는 무작정 일어나 미친 듯이 마을을 뛰쳐나가 서전트 하가 간 길을 따라 산을 내려가기 시작했어요. 하지만 얼마 못 가 베트콩 수색대에 붙잡히고 말았지요."

"아니 그 몸으로 어쩌자고 산을 내려왔어? 다음에 기회를 보지 그랬어. 부대에 귀환하여 병원에 지내면서 거북이 마을로 사람들을 보냈었는데. 다랑을 찾아 달라고 말야. 듀이 중위만 돌아왔더군. 듀이 중위가 그러더군. 다랑이 사라졌다고. 나는 그 몸으로 산속에 들어갔으니 죽었다고 생각했어. 다랑이 죽었다고 생각했다고. 모두들 다랑이 죽었다고 했어."

"그냥 기다리고 있을 수 없었어요. 서전트 없이 하루도 살 자신이 없었어요."

나는 다랑의 고집스런 사랑이 너무 고마워 그녀를 힘주어 끌어안았다. 다랑의 얘기는 계속되었다.

"베트콩 본부에 끌려가 여자로서는 도저히 겪을 수 없는, 상상도 못할 고문을 당했어요. 저들은 서전트 하가 어디 있는지, 마을 사람들이 어디 숨어 있는지 대라고 집요하게 물었어요. 나는 죽는 한이 있어도 말할 수 없었어요. 바싹 약이 오른 놈들이 어떻게 해도 입을 열지 않자 불에 달군 쇠 막대기로 내 양 볼을 지졌어요. 악마 같은 놈들. 하지만 결국 그들은 나를 포기했지요. 세탁 일과 부엌일을 시키더군요. 그 지옥 같은 곳에서 몇 달을 지내다가 어느 날 기회를 잡아서 보초 두 명을 해치우고 탈출에 성공했지요. 탈출하자마자 우선 서전트 하가 입원해 있던 야전 병원을 물어서 찾아갔어요. 하지만 서전트 하가 사이공으로 떠난 후였어요. 병원 사람들이 그러더군요. 자이란이라는 간호사가 있는데 둘은 서로 사랑하는 사이라고. 자이란을 찾아 사이공으로 떠난 거라고. 또 한 번 하늘이 무너지는 것 같았어요. 그런데 도저히 서전트 하를 포기할 수가 없었어요. 당신은 내 희망이었고, 당신을 만나리라는 희망 하나로 버티고 살아가고 있었으니까요. 어떻든 당신을 만나 보고 싶었어요. 그래서 사이공으로 갈 결심을 했지요.”

다랑과의 일은 어째서 이렇게 어긋나기만 했던 걸까. 다랑이 그냥 거북이 마을에 있었으면 훨씬 더 일찍 만났을 거고, 자이란에게 마음이 빼앗기지도 않았을 거고, 사이공으로 날아오지도 않았을 것이다.

다랑의 이야기를 듣고 있으니 운명이라는 놈에게 저주를 퍼부어 주고 싶었다.

나는 다랑에게 미안했다.

'다랑, 네가 살아 있는 줄 알았으면 너를 기다리고 있었을 거야.'

다랑은 몸을 바로 누이며 나의 한 손은 자신의 가슴에 올려놓고, 다른 한 손을 잡아 끌어 입맞춤한 뒤, 말을 이어갔다.

“얼굴의 흉터 때문에 제대로 차를 타고 갈 수도 없어서 지나가는 트럭을 얻어 타고 거지 행세를 해서 사이공까지 오게 되었어요. 거지 신세였어요. 돈 한 푼 없는데다 얼굴은 이 꼴이니 거지 중에 상거지였지요. 그렇게 사이공 거리를 배회하다 한 술집에서 허드렛일을 하게 됐어요. 그러다 어느 날 술집에서 싸움이 벌어졌는데 우연히 그 싸움에 끼어들게 되었어요. 서전트 하한테 배운 솜씨를 발휘해서 사내 셋을 간단히 해치웠지요. 거기가 블루스네이크였어요. 그래서 블랙 이글에게 스카우트되어 여기까지 오게 된 거지요.”

다랑의 영어는 몰라보게 유창했으며, 어투 역시 예전에 비해 훨씬 품위가 있었다. 가정교사를 집 안에 두고 배우면서 흙 속의 진주가 빛을

발하듯 전혀 다른 다랑으로 변한 것이다. 시골 처녀 같던 순박함이 한결 성숙해져 있었다.

나는 묵묵히 다랑의 이야기를 듣고 있었다.

"내 힘의 원동력은 사실 서전트 하였어요. 마피아들을 상대로 싸울 때도 서전트 하를 만나기 전에는 절대로 죽을 수 없다는 각오로 싸웠어요. 그러면 이상하게 힘이 저절로 생기고 몸이 가벼워졌어요. 조직원들의 기대 이상으로 전과를 올리자 보스의 신임을 독차지하게 되었지요. 그래서 사이공 시내의 다른 마피아를 제압하고 블랙 이글 파가 사이공 거리를 접수할 수 있게 된 거예요."

조용히 그간의 일을 얘기하는 다랑의 얼굴을 내려다보았다. 고왔던 얼굴 위에 지울 수 없는 상처가 남아 있었다. 그 상처를 보니 화가 치밀어올랐다.

"나쁜 놈들, 여자 얼굴을 이렇게 망쳐 놓다니!"

나는 다랑의 이마에 가볍게 키스해 주었다. 다랑은 잠시 숨을 돌린 뒤 냉장고에서 캔 맥주 두 개를 꺼내 손에 들고 돌아왔다. 나는 캔 맥주를 받아 들고 시원하게 들이켰다.

한 손에는 맥주를 들고, 다른 한 손으로는 다랑의 벌거벗은 몸을 매만지며 말했다.

"블랙스네이크에서 다랑을 보고 너무 놀라서 말이 안 나오더군. 하늘이 무심하지는 않는 모양이야. 어떻게 그렇게 만날 수가 있을까."

다랑이 방긋 웃으며 말했다.

"전에 로즈클럽에서 서전트 하가 싸운 날, 난 집에서 쉬고 있었어요. 그날 우리 형제 셋이 불구자가 되었지요. 보스는 그때부터 나를 통해 서전트 하에게 복수를 할 생각을 하고 있었어요. 그런데 또 블랙스네이크에서 싸움이 일어난 거예요. 서전트 하가 싸운 상대가 바로 제 직계 부하들이었지요. 부하들이 싸우고 있다는 연락을 받고 부리나케 현장으로 달려갔어요. 가서 보니 이미 부하들이 서전트에게 당하고 있더군요. 저번 일도 있는데다 눈앞에서 부하들이 당한 걸 보니 피가 거꾸로 솟구쳐 오르더군요. 단단히 복수를 할 생각으로 상대 앞에 섰는데, 그 상대가 서전트라니 정말 뭐라 표현할 수가 없었어요. 모든 걸 바쳐 찾던 사람이 적이 되어 앞에 서 있었으니. 충격을 받은 건 저뿐만 아니었어요. 제 부하들 역시 어쩔 줄 몰라 우왕좌왕했지요. 죽은 형제들을 위해 복수를 해야 하는데 저 때문에 복수도 못하고. 블랙스네이크에서 철수한 후 사실 저는 조직으로부터 처벌을 받기로 돼 있었는데, 제 이야기를 듣고 보스가 기회를 주었지요. 서전트 하를 만나 우리 조직을 돕고, 죽은 형제들의 가족에게 그 대가를 지불하겠다고 했죠. 협상만 잘 되면 저와 서전트 하를 용서해 주겠다고 하더군요."

나는 조금 마음이 무거워지기 시작했다. 다랑과 나 사이에 얽혀 있는 일들이 간단치 않아 보였다. 다랑과 내가 함께 갈 수 있는 길이 있기는 한 걸까. 현실은 무섭고 복잡했다.

잠시 후 다랑이 몸을 일으켰다. 실오라기 하나 걸치지 않은 몸으로 다랑이 옷장 서랍을 뒤지더니 비닐 봉지에 싸인 가죽 주머니를 꺼내 왔다. 다랑은 가죽 주머니를 들고 내 옆에 와서 그 안에 들어 있는 종이 조각을 내밀었다.

"서전트! 이거 제가 더 가지고 있어야 하나요?"

혼수 상태에 있던 다랑을 두고 산에서 내려올 때 다랑에게 전해 달라고 탄에게 주었던 종이 쪽지였다. 흰 종이 쪽지에는 내 이름과 고향 주소가 적혀 있었다. 나는 가슴이 뭉클했다. 이렇게 지니고 있었구나. 다랑의 말속에 언뜻 슬픈 기운이 지나갔다. 자이란을 생각했던 모양이다. 내가 당신의 여자여도 되냐는 물음 같았다.

　종이 쪽지를 건네받은 내 손이 가늘게 떨렸다. 나는 종이 쪽지를 다시 다랑의 손에 쥐어 주었다. 그리고 다랑을 품에 안았다. 용감하고 냉정한 투사 같은 다랑이었지만 내 품 안에 있는 다랑은 그저 작은 여인이었다. 나는 다랑의 사랑이 가슴 아팠다. 그 종이 쪽지를 부적처럼 지니고 살아온 다랑의 모진 시간들이 더 가슴을 아프게 했다.

　나는 그녀의 흉터가 사랑스러웠다. 그리고 그 험난한 세월 속에서 나에 대한 사랑 하나로 여기까지 온 다랑이 너무나 대견스러웠다. 나는 다랑을 다시 안았다. 다랑의 애절한 눈빛이 또다시 격정의 불씨에 불을 지폈다. 우리는 얼굴을 비비며 떨어질 줄 몰랐다. 격정은 해일이 되어 우리 두 사람을 덮쳤다.

　남아 있는 힘을 모두 토해 내고 나서야 다랑과 나는 허공을 바라볼 수 있었다.

　시간이 지날수록 자꾸 우리 앞을 가로막는 현실의 무게를 느낄 수 있었다.

　다랑과 이렇게 행복한 시간을 오래도록 보낼 수 있으려나. 다랑의 조직도 나와 다랑을 받아들일 수 없겠지. 다랑을 또다시 궁지에 몰아넣을 수는 없다. 내가 할 수 있는 한 다랑을 도와야 한다.

　나는 한 손으로 다랑의 두 손을 모아 쥐고, 품에 꼭 안으며 말했다.

　"다랑, 걱정 마. 보스에게 전해라. 죽은 부하들에 대해 대가를 지불하겠다고. 그리고 앞으로 우리가 취급하는 물건은 모두 보스의 조직을 통해 거래하겠다고 말야."

　다랑은 덤덤하게 별다른 기색 없이 내 말을 듣고 있었다.

　"서전트, 나는 당신만 무사하면 돼요!"

　다랑은 이렇게 말하고 내 가슴속으로 파고들었다.

　다랑과 나는 밤새도록 이야기를 나누다가 사랑을 나누고, 또다시 그간의 일들을 이야기하였다. 이런 시간이 다시 올 것 같지 않다는 조바심이 둘의 사랑을 더욱 뜨겁게 달구었다.

새벽 어스름한 빛이 방 안에 찾아왔다. 다랑이 먼저 일어나 샤워를 마친 뒤 옷을 곱게 갈아입고 내 속옷을 챙겨 들었다. 샤워실로 나를 밀어 넣더니 문 앞에서 내 속옷을 들고 서 있었다.

막 샤워를 하고 나오자 다랑이 환하게 웃으며 내게 속옷을 건네주었다.

"서전트 하! 단 한 번이겠지만 처음이자 마지막으로 당신의 아내처럼 하고 싶었어요. 만나면 드리려고 준비해 두었던 속옷이에요. 입고 가세요."

다랑이 건네준 하얀 러닝셔츠와 팬티를 받아 들었다. 가슴이 뭉클했다.

"다랑! 너무 고맙다. 타지에서 그동안 정에 굶주린 내게 이렇게 따뜻한 사랑을 베풀다니. 싸움만 잘하는 여자인 줄 알았는데 참 따뜻한 아가씨구나."

그녀는 흰 아오자이보다 더 환한 웃음을 내게 보여 주었다. 다랑이 이렇게 눈부시게 환하게 웃는 모습은 처음 보았다.

"밖에서 제 부하들이 기다리고 있을 거예요. 그리고 이건 제 전화번호예요. 타이팡에게 연락하면 언제든지 저와 연결될 수 있을 거예요."

다랑이 말을 맺으며 내 품에 달려들었다. 가슴에 얼굴을 묻고 어린아이처럼 말했다.

"서전트, 정말, 정말 헤어지기 싫어요. 헤어지고 싶지 않아요."

내 품에서 헤어지고 싶지 않다고 절규하는 다랑은 마피아를 상대로 싸우는 중간 보스도, 냉혹한 여전사도 아니었다. 그저 아름다운 한 여자였다.

나는 깊은 한숨을 토해 냈다. 그리고 다랑의 어깨를 부여잡고 말했다.

"무슨 수가 있을 거야. 걱정 마. 헤어지긴 왜 헤어져. 또 보면 되지."

잠시 후 밖에서 타이팡의 목소리가 들려왔다.

"아가씨! 떠날 채비가 다 되었습니다."

다랑은 그제야 내 품 안에서 빠져나와 매무시를 만지며 대답했다.

"알았어요, 맘! 지금 나가요."

아래층으로 내려오는 두 사람의 발걸음은 무쇠처럼 무거웠다. 삶은 매정하다. 삶은 아련한 꿈을 좀체로 허락하지 않는다. 꿈결 같은 시간을 보내고 우리는 무겁게 현실에 발을 내디뎌야 하는 것이다.

다랑과 함께 현관 문을 나서니 바이룽을 비롯해서 다랑의 부하들이 허리를 구부린 채 우리를 기다리고 있었다. 나는 타이팡과 다랑의 배웅을 받으며 집을 나서서 바이룽이 탄 차에 몸을 실었다. 차는 조용히 다랑의 집을 빠져나와 탄손누트 공항으로 향하였다.

오늘도 사람들은 바쁘게 생활을 영위하고 있었다. 전쟁이 벌어지고 있었지만 사람들은 생과 사가 혼재한 이 어지러운 땅에서도 목숨을 이어가고 있었다. 키 큰 야자수가 늘어서 있는 거리를 사람들이 바쁘게 오가고 있었다.

다랑은 혹여 눈가에 맺히는 이슬을 부하들이 볼까 봐 입술을 지그시 깨물고 있었다. 공항으로 달리는 차 안에서 나는 다랑의 그 모습이 가슴 아파 나도 모르게 눈물이 터져 나오려는 것을 억지로 참고 있었다.

사라진 다랑

　며칠 후 NCO 클럽에서 팀원들을 만났다. 블랙스네이크에서의 일과 다랑에 대해 궁금해하는 그들에게 숨김없이 모든 것을 털어놓았다. 다랑과 약속한 내용도 그들에게 알려야 했다.

　"사망자의 몸값과 부상자에 대한 치료비는 제가 지불하기로 했어요. 그리고 팀원 모두에게 미안하지만 다랑에게 블랙 이글과 거래를 확대하겠다고 약속했습니다. 정말 미안합니다. 조직의 일을 이렇게 개인적으로 결정해서."

　나는 다랑과 약속한 내용을 상세하게 이야기한 뒤에 팀원들에게 사과하고 용서를 빌었다. 그리고 그럴 수밖에 없는 사정에 대해서도 털어놓았다.

　다행히 티엔반 소령이 나를 거들어 주었다. 블랙스네이크에서 벌어졌던 위기 상황을 내가 어떻게 돌파했는지 자세히 설명해 주었다. 일곱 명의 팀원들이 나와 티엔반 소령의 이야기를 들으며 고개를 끄덕였다.

　"어차피 우리야 물건 주고 돈 받으면 되는 일이잖아. 블랙 이글이 제대로 신용만 지켜 준다면 위험하게 새 거래처를 만들 필요 없지, 뭐."

팀원들의 생각이 모아지자 우두머리 격인 해럴드 소령이 말했다.

"그럼 블랙 이글과는 무기 거래는 하지 말고, 전자 제품이나 생필품 거래만 하도록. 만일 무기를 거래해서 마피아들이 군용 무기로 무장하게 되면 사이공 치안에 큰 문제가 발생될 거다."

모두들 같은 생각이었다. 일주일 후 비행 임무를 마치고 돌아온 나는 어제 팀원들과 결정한 내용을 다랑에게 전하기 위해 수화기를 들었다.

타이팡이 다급한 목소리로 말했다.

"서전트 하! 그렇잖아도 얼마나 전화를 기다렸는지 모릅니다. 큰일났어요. 다랑 아가씨가 어제 저녁 찌란에서 다른 조직들과 싸우다 어깨에 총을 맞고 병원에 입원해 있다가 사라져 버렸어요. 조직원들이 모두 찾고 있는데 도무지 찾을 수가 없습니다. 모두 서전트 하를 의심하고 있어요."

청천벽력 같은 소리였다.

'다랑이 없어지다니, 어디로, 왜?'

"타이팡, 무슨 소리예요? 천천히, 천천히 설명해 봐요."

수화기 너머의 타이팡은 울먹이고 있었다.

"다랑 아가씨가 집에다 서전트 하에게 편지를 남겼기 때문이에요. 그 편지는 보스께 전해졌습니다. 보스께서 서전트 하에게 연락이 오면 로즈에서 기다리고 있다고 전하라고 했어요."

갑자기 서 있다 누군가의 쇠망치에 뒤통수를 얻어맞은 느낌이었다.

목숨을 걸고 찾던 사람을 이제야 만났는데 병원에서 총 맞은 몸으로 사라지다니. 그리고 편지라니. 대체 이게 무슨 소리지.

수화기를 내려놓고 나서 나는 충격으로 한동안 멍하게 있었다. 그러고는 당장이라도 다랑의 편지를 보고 싶었다. 블랙 이글이 로즈클럽에서 기다리고 있다고 했다. 아무리 위험해도 가보고 싶었다.

혼자 움직이면 위험할 것 같아서 우선 해럴드 소령에게 나의 위급한 상황을 알렸다. 그리고 협조를 구해 팀원 모두와 연락이 되어 함께 로즈클럽으로 찾아갔다. 트루먼 중위는 만일의 경우에 대비하여 합동 헌병대에 비상 출동 태세를 취해 놓았다.

로즈클럽의 밀실에 블랙 이글 파와 7인 팀이 탁자를 마주하고 앉아 있었다. 클럽 안은 온통 블랙 이글의 부하들이 진을 치고 있었다. 팽팽한 긴장감이 감돌았다.

"헤럴드 소령! 이렇게 다시 만나서 반갑소."

"블랙 이글! 오래간만이오. 헌데 부하들은 왜 다 끌고 나온 거요? 또 한번 붙어 보자는 거요?"

블랙 이글이 정색을 하고 손사래를 치며 말했다.

"아, 아니오. 사라진 형제를 찾고 있소. 서전트 하가 우리 형제의 행방을 알고 있을 것 같아서 알아보려는 것뿐이오. 싸울 생각은 전혀 없소. 오해 마시오."

블랙 이글이 손짓을 하자 뒤에 서 있던 부하들이 물러났다. 그제야 블랙 이글이 나를 쳐다보며 말했다.

"서전트 하! 블랙로즈의 행방을 알려 주시오. 그 형제는 우리 가족의 귀중한 보배요. 만일 당신이 거짓말을 한다면 여기 있는 우리 형제들이 당신을 가만두지 않을 것이오. 우리 조직은 지금 블랙로즈의 부재로 다른 신생 조직들로부터 위협을 받고 있소"

블랙 이글은 시가에 불을 붙여 입에 물고 길게 한숨 들이키더니 연기를 공중에 내뿜었다.

나는 블랙 이글에게 정중하게 인사했다.

"블랙 이글 보스! 지난번 블랙로즈와 불편 없이 만나게 배려해 주어 뭐라 감사해야 할지 모르겠습니다. 나는 누구보다 그녀를 내 목숨처럼 아끼고 사랑하고 있습니다. 나는 절대 그녀를 숨기지 않았습니다. 오해하지는 말아 주십시오."

나는 말로는 내 속의 심정을 제대로 전달되지 않는 것 같아 가슴을 열어 보라는 듯 두 주먹으로 가슴을 두드렸다.

"보스! 다랑이 내게 남긴 편지를 보스께서 가지고 있다고 들었습니다. 다랑의 편지 내용을 여기서 공개하면 서로에 대한 오해를 풀릴 거라고 생각됩니다."

나는 자신 있게 말했다. 나는 조용히 블랙 이글의 반응을 살피며 기다리고 있었다. 블랙 이글이 바이롱에게 말했다.

"바이롱, 블랙로즈의 편지를 가져와라!"

바이롱은 블랙 이글에게 다가와 그의 귀에 대고 무언가 한참 동안 이야기를 했다. 아마 바이롱이 먼저 편지를 읽어 본 뒤 그 내용을 전하는 것 같았다.

바이롱의 말을 듣는 블랙 이글의 표정이 굳어지더니 험악하게 변했다.

"나쁜 놈들! 지금 이야기하면 대체 어떻게 하라는 거야! 그리고 누가 남의 편지를 함부로 보랬어!"

블랙 이글은 바이롱의 머리를 사정없이 주먹으로 내리쳤다. 그러고 나서는 나를 쳐다보더니 미안한 표정으로 말했다.

"서전트 하! 블랙로즈와의 문제는 우리가 간섭할 게 아닌 것 같소. 두 사람 사이의 문제요. 당신 편지를 미리 뜯어보아 정말 미안하오. 사과하겠소."

나는 블랙 이글에게 다랑의 편지를 넘겨받은 뒤 물었다.

"이제 오해가 풀리셨습니까?"

"블랙로즈가 내게도 편지를 남겼군요. 오해는 다 풀렸소."

블랙 이글은 내게서 시선을 거두어 해럴드 소령을 쳐다보며 말했다.

"이제 거래에 관한 얘기로 넘어갑시다! 소령께서는 서전트 하가 블랙

로즈에게 한 약속을 지킬 수 있겠습니까? 블랙로즈의 편지를 보니 서전트 하가 블랙로즈에게 약속을 했다고 하던데."

이미 내용을 알고 있는 해럴드 소령이 대답했다.

"그렇잖아도 서전트 하에게 이야기를 다 들었소. 우리는 서전트 하의 생각을 받아들이기로 했소. 하지만 무기 거래만은 신중할 생각이오."

몇 가지 이야기를 주고받은 뒤 해럴드 소령과 블랙 이글이 의미심장하게 악수를 나누었다. 블랙 이글은 잠시 후 로즈클럽의 지배인을 불러 지시를 내렸다.

"소령! 오늘은 우리가 우리의 우정을 위해, 또 사과하는 뜻에서 술을 한잔 대접하겠소."

해럴드 소령이 팀원들을 바라보며 흔쾌히 대답했다.

"오케이! 한번 기대해 보리다."

두 조식 간에 흐르던 팽팽한 긴장이 봄날 눈 녹듯 사라졌다. 서로 손뼉을 치며 큰 소리로 웃으며 함께 밀실을 나와 자리를 옮겼다. 걱정하던 일이 무사히 끝나자 피로감이 엄습했다. 이미 다랑이 떠났다는 사실에 충격을 받은 나는 떠들썩한 자리에 남아 있을 수가 없었다. 나는 일행에게 몸이 좋지 않아서 돌아가야겠다는 핑계를 대고 혼자 로즈클럽을 빠져나왔다.

숙소로 돌아오는 차 안에서 나는 혼란에 빠졌다. 갑자기 자취를 감춰 버린 다랑을 도무지 이해할 수 없었다.

'어떻게 만났는데, 우리가 다시 어떻게 만났는데……'

물론 다랑과 내가 해결해야 할 문제들은 쉽지 않았다. 하지만 해결하려고 한다면 틀림없이 방법이 있을 것이라고 생각했다. 그런데 이렇게 갑자기 떠나 버리다니.

숙소로 돌아온 나는 다랑의 편지를 다시 펼쳐 보았다.

사랑하는 서전트 하!

이 편지를 보시고 놀라지 마세요. 이 다랑은 오래전부터 계획해 오던 것을 실천에 옮기는 것입니다. 그동안 타이팡에게 배운 쓰기 실력을 100퍼센트 발휘하여 제 감정을 서전트 하에게 전하기 위해 노력하고 있습니다만 잘 전달될지 두렵습니다. 이해가 안 되는 부분이 있으면 타이팡에게 물어보시면 해결될 것입니다.

당신이 처음 우리 호수 마을에 나타났을 때부터 저는 당신에게 이미 내 마음을 모두 주었습니다. 그래서 구출 작전에 동원될 팀원을 뽑을 때 자원한 것이고, 훈련을 받을 때도 열심히 임했습니다. 칼 쓰는 법과 총 다루는 법을 배울 때에는 어떻게 해서든 서전트 하의 관심을 끌기 위해 죽기를 맹서하고 따라했습니다. 그 덕분에 이곳 사이공에서 블랙로즈란 별명을 얻을 정도로 독한 여자가 되었지요.

너무 힘들거나 위기에 부닥칠 때마다 저는 당신을 만나야 한다는 일념 하나로 버텨 냈습니다. 베트콩들한테 잡혀가서 수많은 놈들에게 강간을 당하고 심지어 윤간을 당하고, 그것도 모자란지 저들은 제 얼굴에 불 고문을 가했습니다. 그들이 아무리 혹독하게 내 몸을 유린할 때에도 나는 당신이 주고 간 종이 쪽지를 쥐고 견뎌 냈습니다. 그게 제 마음의 유일한 위안이었습니다.

다시 한번 부모님이 주신 저의 옛 모습으로 돌아가 당신과 함께 이 세상 어디에서든 함께 살 수 있으면 얼마나 좋을까요? 당신을 처음 만났을 때의 제 모습이 그립습니다. 타이팡이 그러더군요. 그게 바로 여자의 본능이라고요. 하지만 세월은 거슬러 흐를 수 없는 법. 옛날로 돌아갈 수 없는 내 처지가 너무 안타까워 당신 곁을 떠납니다. 살인자로, 폭력을 일삼는 마피아로 경찰의 수배를 받는 제가 당신 곁에 머물러 있으면 당신에게 부담이 될 것 같아 떠나기로 하였습니다. 당신이 제게 남겨 준 소중

한 씨앗을 안고 인적 없는 곳을 찾아가 부처님께 의지하며 살아갈 작정입니다. 조직에 계속 남아 있으면 당신의 소중한 씨앗을 가꿀 수가 없을 것 같아서 조직을 떠납니다. 조직을 배신하는 것은 아닙니다. 저는 저의 조직을 사랑합니다.

사랑하는 서전트 하!

이제 헤어져야 할 시간입니다. 마지막으로 우리 조직과의 거래에 대해 당신이 제게 한 약속은 나의 보스에게 전달했습니다. 그리고 당신에게 당한 부하들에 대해서는 가족들에게 충분히 대가를 지불하고 위로해 주었습니다. 이 부분은 서전트 하가 신경 쓰지 않아도 됩니다.

아무쪼록 자이란을 만나 행복하게 살길 빌겠습니다. 당신에게는 그녀가 더 잘 어울립니다. 당신이 그녀를 사랑하고 있는 것도, 그리고 그녀를 찾고 있다는 것도 압니다. 그렇다고 당신을 원망하거나 하는 마음은 조금도 없습니다. 이 말조차 하지 않으려 했지만 조금이라도 당신 마음을 편안하게 해 주고 싶은 마음뿐입니다.

당신이 주신 고향의 주소는 꼭 간직하겠습니다.

다랑

편지를 읽고 나자 온몸의 피가 쑥 빠져나가 빈 몸뚱아리가 된 것만 같았다. 허탈했다. 사지의 어느 한쪽이 떨어져 나간 기분이 들었다.

나는 침대 위에 맥없이 늘어져 있었다. 사라진 다랑을 찾을 자신이 없었다. 야무지고 단호한 다랑의 성격으로 봐서 이렇게까지 하고 떠났다면 다시는 나타나지 않을 것이다. 강인한 의지에 고집 센 다랑은 혹여 내게 짐이 될까 봐 작정을 하고 몸을 감춘 것이다.

'바보 같은 사람. 사랑하기 때문에 떠난다니 정말 지독한 신파로군!'

　다랑이 떠난 뒤, 나는 내가 쥐고 있던 원칙이라는 끈을 그냥 놔 버렸다. 줄이 풀린 두레박처럼 나는 깊은 우물 속으로 맥없이 곤두박칠쳤다. 나를 끌고 갈 동인을 잃어버렸다. 어디로 가야 하는지, 내 길이 어디인지도 생각나질 않았다. 다랑을 만나기 전에는 자이란을 찾겠다는 일념으로 살았는데, 다랑을 만난 뒤에는 그것마저 아무 의미가 없는 것 같았다.

　내 삶은 헛바퀴 돌 듯 그저 맥없이 팽팽 돌아가고 있었다. 별로 위험하지 않은 임무가 내 일상을 지탱해 주었고, 임무를 마친 뒤에는 매일 밤 클럽을 찾아다녔다.

　꼭 해야 할 임무 외에는 어느 것도 나를 강제하지 못했다. 자이란을 찾아다니는 일도 포기해 버렸다. 그렇다고 맨 정신으로 숙소로 돌아가 그 텅빈 공간과 시간을 맞닥뜨릴 자신이 없었다. 술집 문을 열고 들어가면 떠들썩한 음악소리가 있었고, 함께 술을 마실 친구들이 있었고, 현란한 조명 아래서 헛바퀴 도는 내 삶처럼 거의 알몸으로 무대에서 흐느적거리는 무희가 있었다. 나는 그것들에 의탁했다. 내 비어 있는 몸과 마음을 알코올과 담배 연기와 음악과 여자가 가득 채워 주었다.

　그리고 우리 일에 악착같이 매달렸다. 돈에 목숨 건 사람처럼 일을 하고, 돈을 챙겼다. 침대 밑 내 더플백에는 내 검은 돈을 꾸역꾸역 담아 두었다. 그런 나의 모습에 팀원들은 의아해했다. 원칙 있고, 절도 있고, 성실했던 내가 점점 마피아의 조직원처럼 변해 가는 모습에 불안해했다.

　하지만 아무도 나를 제어하지 못했다. 시간도 나의 행보를 중단시키지 못한 채 시간이 흘렀다.

사이공 보티사우 거리 89번지

어느 날, 한 통의 전화가 걸려 왔다. 블루스네이크의 지배인이었다.

"서전트 하, 블랙로즈에 관한 일이에요. 오늘 밤 이곳으로 오실 수 있겠습니까?"

지배인의 말에 가슴이 방망이질을 했다.

'무슨 일일까. 블랙로즈가 어디 있는지 찾은 걸까. 그렇다면 이번에는 내가 찾아가리라.'

나는 비행 임무를 끝마치자마자 지프를 몰고 블루스네이크로 향했다. 클럽 입구에 차를 세운뒤 급히 클럽 문을 열고 들어가니 지배인이 기다리고 있었다는 듯 나를 맞이해 주었다.

지배인은 나를 카운터 옆자리로 안내하더니 내 앞에 앉았다.

"여기 빨리 맥주 좀 가져와라." 하더니 나를 보며 "서전트, 우선 시원한 맥주부터 한잔하십시오." 하고 말했다.

하지만 나는 숨 돌릴 여유도 필요도 없었다. 마음이 급한 내가 다그쳐 물었다.

"지배인, 무슨 일이오? 다랑, 아니 블랙로즈에게 무슨 소식이 있는 겁니까?"

잠시 후, 웨이터가 맥주를 놓고 돌아서자 지배인은 앞가슴 주머니 속에서 하얀 종이 쪽지를 꺼내 내 앞에 내놓았다.

나는 다랑에게 무슨 일이 생겼나 궁금하여 얼른 종이 쪽지를 펴보았다. 종이 위에는 월남어로 주소 하나가 적혀 있었다.

사이공 보티사우 거리 89번지.

'이건 뭐람. 혹시 다랑이 은신해 있는 주소 아닐까?'

내가 어리둥절한 표정으로 지배인을 쳐다보자, 그는 내 잔에 맥주를 따라 주며 어찌 된 일인지 사정을 이야기하였다.

"오늘 오후에 어떤 스님이 나를 찾아와서 서전트 하에게 전해 주라며 이 종이 쪽지를 내놓더군요. 그러고는 서전트 하더러 꼭 그 주소를 찾아가 보라고 몇 번이나 당부했습니다. 자기 절에서 불공을 드리고 있는 신도의 간곡한 부탁이라면서요. 처음에는 누가 보낸 메모인지 모르고 얼떨결에 그냥 받아들었는데 가만 생각해 보니 블랙로즈가 보낸 거라는 생각이 들어 후닥닥 스님을 잡으려고 나가 보니 벌써 떠나고 없더군요. 서전트, 블랙로즈가 보낸 게 틀림없어요. 아, 스님을 놓치지 않았으면 블랙로즈도 찾을 수 있었는데……."

나는 그 주소에 다랑이 은신해 살고 있으리라 생각했다.

나는 숨가쁘게 방망이질하는 가슴을 애써 누르며 깊은 숨을 토해 냈다. 그리고 손에 있는 종이 쪽지를 물끄러미 바라보았다. 지금 당장이라도 이 주소를 들고 다랑을 찾아나서고 싶었다. 하지만 이미 날이 어두웠고 섣부르게 행동하다가 다랑이 위험에 빠지게 되는 게 아닐까 걱정스러웠다.

나는 얼마 있다 자리에서 일어났다. 그리고 지배인에게 당부하였다.

"지배인, 당분간 이 일을 비밀로 해 주세요. 부탁합니다."

지배인은 염려 말라는 듯 빙그레 웃어 주었다.

나는 늦은 밤 지프를 몰고 숙소로 돌아와 침대에 누웠다. 몸과 마음은 한없이 지쳐 있는데 쉽게 잠을 이룰 수가 없었다.

다음날 날이 밝자 나는 파견대장을 찾아갔다. 몸이 불편해서 아무래도 병원을 다녀와야겠다고 핑계를 대고 공항을 빠져나왔다.

나의 지프는 보티사우 거리 89번지를 향하고 있었다.

보티사우 거리는 전형적인 서민 주택가였다. 어느덧 쪽지에 적힌 주소지 앞에 차를 멈춰 세웠다. 오는 내내 긴장을 늦추지 않았다. 혹시 미행하는 차가 없는지 눈여겨보았고, 차에서 내리기 무섭게 사방을 둘러보았다. 다행히 미행은 없는 것 같았다.

주소지의 집은 허름한 붉은 벽돌집이었다. 100평 남짓한 집 주위에는 큰 나무가 몇 그루 서 있고, 그 사이사이에 키 작은 정원수가 심어져 있었다. 마침 대문이 열려 있어 마당에 발을 들여놓았다. 좁은 정원에는 이름 모를 열대화가 소담스레 피어 있었다.

얼마나 두근거리는지 가슴 뛰는 소리가 귀에 울렸고, 숨을 고르게 쉬기가 힘이 들었다.

나는 겨우 숨을 고르며 조용히 집 현관 문을 두드렸다. 짧은 순간이었는데도 오만 가지 생각이 머릿속에 오갔다.

잠시 후 문이 열렸다. 안에서 검은 아오자이 차림의 아주머니가 옆에 바구니를 들고 나오셨다. 나는 우선 허리를 굽혀 정중하게 인사를 드렸다.

"실례합니다. 여기 혹시 다랑이라는 사람이 살고 있나요?"

영어로 묻자, 아주머니는 고개를 가로저으며 유창한 영어로 대답했다.

"아니에요. 집을 잘못 찾아온 것 같군요."

아주머니는 무슨 일인가 싶어 의아해하며 나를 이리저리 살피고 있었다. 나는 주소를 잘못 찾았나 하고 다시 한번 더 확인했다.

"여기가 보티사우 거리 89번지가 아닌가요?"

"주소는 맞는데 다랑이라는 사람은 없어요."

중년의 아주머니는 아주 친절한 사람이었다. 그런데 웬일인지 그 얼굴이 낯설지 않았다.

그때 대문 밖에서 자전거 소리가 들려왔다. 곧 이어 대문이 열리면서 한 아가씨가 마당으로 자전거를 밀며 들어섰다.

"어머니, 다녀왔어요. 그런데 밖에 웬 차가 와 있어요."

나는 양손으로 자전거 손잡이를 쥐고 마당에 들어서는 그녀를 보고 깜짝 놀라 입이 벌어지지 않았다. 자이란이었다. 세상에, 다랑이 아니고 자이란이라니! 자이란 역시 나를 보더니 깜짝 놀라 쥐고 있던 자전거 손잡이를 놓쳐 버렸다. 그리고 두 손을 입에 대고 큰 눈을 더 크게 뜨면서 온몸을 바르르 떠는 것 같았다. 그 바람에 자전거는 흙마당에 나동그라지고 말았다.

"서전트 하!"

그녀는 놀란 나머지 입을 다물지 못하고 있었다.

"자이란!"

나 역시 너무 놀라 그 자리에서 한 발짝도 움직이지 못하고 있었다.

세상에. 이런 일도 있단 말인가? 사라진 다랑이 나를 위해 자이란의 주소를 알아내 전해 준 것이었다! 내 머릿속의 생각들이 온통 한데 뒤엉켜 정신이 없었다. 하지만 이렇게 불시에 자이란을 만나고 보니 반가운 마음이 앞섰다. 잠시 후 나는 자이란을 향해 두 팔을 활짝 벌렸다. 군복을 벗고 평상복을 입은 내가 어색한지 자이란은 나를 한참 바라보다가 나를 향해 달려와 내 가슴에 와락 안겼다. 그러더니 뭐가 그리 서러웠는지 어깨를 들썩이며 우는 것이었다.

그녀의 울음 속에는 왜 이렇게 늦었냐는 원망이 담겨 있는 것만 같았다. 나는 울고 있는 자이란의 등을 조용조용 쓰다듬어 주며 그녀를 달랬다. 나 역시 이렇게 그녀를 만나고 보니 그간의 일들이 갑자기 서러움처럼 밀려와 목 놓아 울고 싶은 심정이었다. 하지만 자이란의 어머니가 바라보고 계신 터라 목까지 치솟는 울음을 꾹꾹 누르고 있었다.

한참 울고 있던 자이란이 숨을 고르고 어머니의 손목을 잡아끌더니 "어머니! 투이호아 야전 병원에 있을 때 내가 치료해 주었던 따이한 서전트 하예요!"하고 나를 소개시킨 뒤 나에게 말했다.

"제 어머니예요. 인사하세요."

나는 흐트러진 옷매무시를 매만진 뒤 허리를 굽혀 인사를 드렸다.

"안녕하십니까? 처음 뵙겠습니다. 서전트 하입니다."

"안녕하세요."

자이란의 어머니는 인자한 웃음을 가득 머금었다.

자이란이 어머니를 닮아서 친절하고 상냥했군.

자이란이 쾌활한 목소리로 물었다.

"서전트, 몸은 어떠세요? 부상당한 곳은 다 나았어요?"

자이란이 내가 부상당했던 엉덩이를 만지며 금세 생글거리며 웃자, 어머니가 그런 자이란에게 핀잔을 주었다.

"자이란, 예의를 지켜야지. 손님에게 그게 무슨 무례한 짓이니?"

어머니의 핀잔에 자이란이 무안한 듯 살짝 웃고는 마당 한구석, 큰 나무 아래 놓여 있는 나무 의자로 나를 안내하였다.

"얘야. 내가 차를 내오마."

어머니는 옆에 끼고 있던 바구니를 들고 그대로 집 안으로 들어가셨다.

자이란은 내 옆에 앉아 있었다. 오랫동안 사용하지 않은 의자 같았다. 내가 자리에 앉자 끼익 하는 소리가 들려왔다.

"헌데 여길 어떻게 찾았어요?"

나는 쉽게 말문을 열 수가 없었다. 자이란을 찾으러 사이공에 왔다는 얘기, 위기의 순간에 다랑을 만났던 얘기, 그리고 다시 다랑이 사라진 얘기를 다 하려니 무슨 얘기부터 꺼내야 할지 몰랐다.

혼란에 빠진 내가 쉽게 입을 열지 못하자 자이란이 다시 채근하였다.

"서전트 하, 여길 어떻게 알고 찾아온 거예요?"

나는 천천히 입을 열었다.

"음……. 당신이 사이공으로 떠난 뒤 아주 오랫동안 힘들었어요. 필리핀 수빅 만에 있는 해군 병원에서 수술을 받고 왔을 때 당신이 떠날 줄은 꿈에도 생각 못하고 얼마나 보고 싶어 했는데요. 당신 편지를 보고 당신의 마음을 알았어요. 왜 더 일찍 내 마음을 보이지 못했나 너무나 후회했습니다. 그래서 이를 악물고 남은 치료를 받았어요. 어서 빨리 나아서 당신을 찾을 생각으로요. 부상이 치료되고 퇴원할 무렵 당신을 찾기 위해 사이공 근무를 지원했고, 그래서 이곳 탄손누트 공항 파견대로 왔지요. 벌써 사이공에서 생활한 지가 6개월이 지났군요. 그동안 당신을 찾느라 사이공 병원들을 다 찾아다녔어요."

내 말을 듣는 자이란의 눈에 눈물이 맺혔다. 내가 잠시 말을 끊자 자이란이 내 두 손을 꼭 잡으며 말했다.

"저는 서전트 하가 귀국한 줄 알았어요. 그렇게 부상당한 몸으로 계속 여기 남아 있으리라고는 생각도 못했어요."

자이란은 잠시 손수건을 꺼내 눈물을 닦았다.

"아버지가 돌아가시고 투이호아 병원에서 나온 뒤 전 이 집에서 어머니와 단둘이 살고 있어요. 어머니는 교사신데 몸이 안 좋으셔서 집에서 쉬고 계세요. 그래서 제가 집안을 이끌고 있답니다. 그동안 벤탄 시장에서 과일도 팔고, 옷도 팔고 하면서 생활했어요. 여기서 다시 간호사로 일하고 싶었지만 전쟁 중이라 일자리를 구할 수가 없었어요."

집 안에서 자이란의 어머니가 차를 내오셨다.

"이야기 나누는 데 방해해서 미안해요. 차 한잔하면서 천천히 얘기 나누세요."

어머니는 조용히 웃으며 찻잔을 내려놓고 다시 집 안으로 들어가셨다.

나는 궁금한 나머지 이것부터 물었다.

"자이란! 다랑이라는 이름 기억해요?"

나는 혹시 다랑과 자이란이 서로 연락을 하고 알고 지내는지 궁금해서 이렇게 물어보았다.

"예! 알고 있어요. 당신이 혼수 상태에서 부르던 이름이지요. 그런데 왜 그러세요?"

자이란이 의아한 눈빛으로 나를 바라보았다.

'자이란은 다랑을 모르는 것 같군.'

"다랑이 이곳 사이공에 와 있어요. 다랑이 죽지 않고 살아 있어요. 오늘 이렇게 당신을 만난 것도 사실은 다랑이 당신 주소를 내게 알려 주었기 때문이에요."

자이란은 놀라서 눈이 커다래졌다.

"다랑은 그때 죽지 않았군요! 정말 다행이에요."

나는 자이란의 두 눈을 똑바로 쳐다보며 물었다.

"혹시 누군가 잘 모르는 사람이 자이란에게 와서 도와 주거나 하지는 않았어요?"

나의 뜻밖의 질문에 자이란이 놀란 시늉을 하며 되물었다.

"서전트 하, 지금 다랑이 어떤 모습인지 잘 아세요?"

"다랑은 머리카락을 길게 길러서 항상 얼굴을 감추고 다녀요. 얼굴에 흉터가 있기 때문이지요. 그리고 세 명의 남자가 항상 그녀 주위를 경호했을 겁니다. 자이란, 생각나는 사람 없어요?"

그제야 자이란은 고개를 끄덕이며 말했다.

"생각나요. 생각나는 사람이 있어요. 벤탄 시장 골목 어귀에서 과일 행상을 한 적이 있는데 그때 머리카락으로 얼굴을 가린 여자가 와서 자주 과일을 사 가면서 내게 야전 병원에서 일한 적 없는지, 이름이 뭔지 물은 적이 있어요. 그러고는 친절하게도 장사하는 데 불편한 점은 없는지 묻곤 하면서 그때마다 과일 값을 후하게 주고 가고는 했어요."

자이란의 눈이 커지면서 목소리도 덩달아 높아졌다.

"설마! 그 여자가 다랑!"

"맞아요! 그 여자가 다랑이에요. 다랑이 내 앞에 나타났다가 갑자기 사라져 버렸어요. 그러더니 엊그제 사람을 시켜 당신 주소를 내게 알려 줬답니다. 사실 여기 와서도 그 주소가 당신 주소인 줄 몰랐어요. 다랑이 사는 덴 줄 알았어요."

나는 자이란에게 조용히 그간의 일들을 이야기해 주었다. 극적으로 다랑을 만나게 된 일이며, 다랑과 하룻밤을 보낸 이야기 등을 솔직하게 자이란에게 털어놓았다. 그리고 다랑이 남기고 간 편지도 자이란에게 보여 주었다.

자이란의 표정은 조금 복잡해 보였다. 다랑이 살아 있다는 사실이 기쁘고, 이렇게 사라져 버린 것을 더없이 안타까워했다. 하지만 언뜻언뜻 쓸쓸함 같은 게 지나갔다.

"아, 그랬군요. 그런데 서전트, 왜 다랑을 잡지 못했어요? 혼수 상태에서 그렇게 애타게 부르던 다랑을요?"

자이란이 나를 원망하는 듯한 어조로 말했다.

"그토록 사랑한 사람을 만나자마자 떠나야 했던 다랑은 얼마나 괴롭고 아팠을까?"

자이란은 마치 자신의 일인 양 가슴 아파하더니 어깨를 들먹이며 울고 있었다.

착하고 순진한 자이란을 나는 두 손으로 감싸 안았다.

"자이란! 여기서 이럴 게 아니라 자리를 옮겨서 더 얘기해요."

나는 자이란을 데리고 쫑민장 거리에 있는 서울 식당으로 향했다. 오랜만에 자이란과 둘이서 한국 음식을 먹고 싶었다. 이상하게 자이란을 보면 돌아가신 어머니 생각이 난다.

"서전트, 한국 음식 먹으니까 K-레이션에서 김치를 골라 죽 끓였던 생각이 나요. 서전트, 그때 맛있었어요?"

"그럼요. 아주 맛있었어요. 자이란……, 내가 다시 미군 병원에서 일할 수 있게 도와 줄게요. 그리고 내일 우리 기념 파티 해요. 내 친구들이 자이란을 찾는 일에 아주 열심히 도와 주었거든요. 친구들에게 말할 거예요. 찾았다고요. 그 친구들이랑 내일 만나서 파티를 해야겠어요. 자이란, 내가 데리러 갈게요."

자이란을 보니 반갑고 기뻤다. 그러나 다랑의 희생적인 사랑을 떠올리니 자이란을 너무 가까이하면 안 되겠다는 생각이 들었다. 잘 처신하지 못하면 다랑에게도, 자이란에게도 상처를 줄 수 있으리라.

그간 못한 이야기들을 나누고 싶었지만 저녁에 일이 있는 터라 아쉽게 헤어졌다.

나는 숙소로 돌아와 바삐 옷을 갈아입었다. 오늘은 무기 거래가 있었다. 약속된 장소로 가 보니 팀원들이 모두 모여 있었다.

"서전트, 무슨 좋은 일이 있나 봐. 아주 좋아 보이는데."

몇 달 동안 잔뜩 그림자를 드리웠던 내 얼굴이 한결 밝아진 모양이었다.

"오늘 자이란을 만났습니다. 모두 여러분들이 도와 준 덕분이지요. 그래서 내일 기념 파티를 하려고 합니다. 레로이 거리에 있는 렉스 호텔에서 하려고 하는데, 모두 참석해 주실 수 있습니까?"

내 이야기를 듣고 일곱 명의 팀원들은 모두 자기 일처럼 기뻐했다. 이 사람 저 사람 축하 인사를 해 주었다.

나는 해럴드 소령에게 말했다.

"소령님, 저 부탁이 하나 있습니다. 마지막으로 드리는 부탁입니다. 소령님의 대답 여하에 따라 제가 사이공에 계속 머물 수 있는 상황인지 판단하는 중요한 일입니다. 들어주실 수 있습니까?"

내가 워낙 강한 어조로 말을 꺼내자, 소령은 어서 이야기해 보라고 채근하였다.

"자이란은 간호사입니다. 아군 야전 병원에서 군인들을 돌봐 온 백의의 천사지요. 제 담당 간호사였습니다. 그러다 집안일이 생겨 간호사 일을 그만두고 사이공에 왔는데 일자리가 없어서 고생이 이만저만 아닙니다. 병원에 자리를 하나 만들어 주실 수 있으십니까?"

내 말에 테일러와 텝스가 거들고 나섰다.

"소령님 정도면 그렇게 어려운 일은 아닐 것 같습니다. 서전트 하가 마음 놓고 우리와 일할 수 있도록 도와 주십시오!"

해럴드 소령이 흔쾌히 대답했다.

"좋아! 우리는 형제다. 형제의 어려움은 우리 모두의 어려움이다. 자리를 만들어 볼 테니 서전트 하는 내일 그녀의 서류를 내게 제출하도록, 알겠나?"

"소령님, 중요한 일을 앞두고 사적인 부탁을 드려서 정말 죄송합니다. 절대 의리를 저버리는 일은 없을 겁니다!"

나는 팀원들에게 두 주먹을 불끈 쥐고 흔들었다.

팀원들은 자기 앞에 놓인 맥주 잔을 흥겹게 비웠다. 그런 다음 오늘 밤에 있을 거래 때문에 작전 회의에 들어갔다.

거래 장소는 사이공 항구에서 남쪽으로 10킬로미터 정도 떨어진 메콩 강 수로. 거래 상대는 홍콩의 신흥 마피아인 중국인들이었다. 그들은 이제 막 사이공 진출을 노리고 있는데, 블랙 이글 파와는 대립 관계에 있는 자들이었다.

거래 물품은 기관총, 권총, 수류탄, 실탄 등 한 트럭 분량의 무기였다. 거래 장소가 넓고 외진 터라 경계해야 할 범위가 넓었다. 게다가 첫 거래라 저들의 진면목을 제대로 파악하지 못한 상태여서 위험한 거래였다.

해럴드와 티엔반 소령이 번갈아가며 오늘 거래의 주의 사항을 연거푸 강조하였다.

티엔반 소령이 말했다.

"해럴드 소령과 트루먼 중위가 만일을 대비해서 뒤에 남고, 나머지 다섯 명은 전원 다 완전 무장해야 한다. 어떤 일이 있을지 장담할 수 없다. 아무튼 오늘은 꽤 위험한 거래니까 알아서 자기 자신을 방어하도록."

그러자 오닐 상사가 두 사람에게 불만족스런 어조로 물었다.

"놈들이 아니라도 거래할 데가 많은데 뭐하러 이렇게까지 위험을 감수하려는 겁니까?"

티엔반 소령이 짧게 말했다.

"거래 금액이 두 배라서다. 우리가 두려울 게 뭐가 있겠나?"

그제야 다른 팀원들도 고개를 끄덕였다.

해럴드 소령이 물었다.

"오닐, 물건은 준비됐나?"

"민간인 트럭에 준비해서 트루먼 중위에게 인계해 두었습니다."

티엔반이 서둘러 말했다.

"한 시간 후에 거래를 해야 하니 지금 움직여야 한다. 각자 무기를 챙기도록."

모두들 민첩하게 움직였다.

트럭은 테일러가 몰고, 나는 조수석에 앉았다. 다른 대원들은 모두 기동성이 좋은 지프 차를 타고 우리 뒤를 따라왔다. 사이공 강변을 따라 응우엔땃탄 거리를 30여 분 달리니 모래와 마른 진흙이 섞인 시골 길을 나타났다. 그 시골 길을 지나자 어느덧 메콩 강 유역이었다. 비릿한 강물 냄새가 코에 닿았다. 거래 장소는 일대가 드넓은 평지였고 인적이 없었다. 멀리 강물 위에 물건을 싣고 갈 20톤 가량의 엔진을 장착한 어선이 우리를 기다리고 있었다.

트럭 안에서 나는 주위의 지형 지물을 우선 살펴보았다. 근처에는 야자수와 갈대로 얼기설기 엮은 민가 서너 채가 보였고, 일대는 풀조차 변변히 자라지 않은, 시야가 뻥 뚫린 평지였다. 몸을 숨기고 상대를 공격하려면 민가에 숨어 있거나 땅을 파고 숨어드는 방법밖에는 없었다.

첫 거래라 저들을 무조건 믿을 수 없는 터라 나는 우선 매복을 의심했다. 거래 장소 주위의 50미터 근방을 꼼꼼히 살펴보았다.

어둠 속에서 집요하게 살펴보니 어선에서 20미터 가량 떨어진 곳에 심상찮은 흔적이 보였다. 다섯 군데 정도에 땅을 판 흔적이 있었고, 그 주위를 표토와 다른 느낌의 흙이 덮여 있었다. 그리고 그 위로 가느다란 막대기가 하나씩 솟아 나와 있었다. 갈대 구멍이 틀림없었다.

"테일러, 어서 차를 빼!"

분명 매복이었다. 땅을 파고 들어앉아 갈대 구멍으로 숨을 쉬고 있는 게 틀림없었다. 물건만 챙기고 돈을 넘겨주지 않으려는 속셈일 것이다.

나는 트럭 뒤에 지프 차에 타고 있는 티엔반 소령에게 황급히 달려가 알렸다.

"소령님, 매복입니다."

모두들 깜짝 놀라며 차를 뒤로 빼는 한편, 무기를 쥐고 경계 태세에 들어갔다.

신중하게 저들의 움직임을 살피고 있으니 어선 안에서 총과 칼로 무장한 세 명의 중국인이 나와서 티엔반 소령을 찾았다.

티엔반 소령이 나를 흘낏 보며 말했다.

"서전트 하! 가자."

나는 소령을 따라나섰다.

"소령님, 사정 거리 안에는 들어가면 안 됩니다. 총알 비는 피하는 게 좋습니다."

티엔반이 나를 보고 웃으며 말했다.

"오케이!"

그러고는 옆구리에 찬 권총을 오른손으로 두드렸다. 만반의 준비가 되었다는 신호였다. 소령과 나는 적당한 거리까지 와서 저들을 향해 이

쪽으로 오라고 손짓했다. 그러자 저들도 자기들 쪽으로 다가오라는 신호를 보냈다.

"젠장, 죽일 놈들! 함정을 파놓고 사람을 불러!"

마음 같아서야 당장 달려가 단숨에 없애 버리고 싶었지만 혹여 다른 팀원들이 다칠까 봐 겨우 참고 있었다.

내 눈치를 보고 티엔반 소령이 말렸다.

"서전트 하! 서두르지 마라. 급한 놈들은 저들이다. 땅속에 숨은 놈들이 지열 때문에 못견디고 나올 거다. 그때까지 기다렸다가 공격하자!"

"소령님, 우리도 소총으로 무장하는 게 좋겠습니다!"

팀원들이 있는 곳으로 돌아온 나는 차 안에 준비해 두었던 M-16 소총과 수류탄을 꺼내서 팀원들에게 나누어 주었다. 나는 팀원들에게 적들이 매복해 있는 장소를 일일이 알려준 뒤 놈들이 땅속에서 튀어나올 때 공격을 개시하라고 했다.

나와 티엔반 소령은 저들이 기다리는 곳으로부터 20미터 가까이 다가갔다. 25미터 이내에서의 권총 사격은 백발백중이기 때문이다.

저들은 우리의 움직임을 보고 자신들의 작전이 노출된 것을 깨닫고는 당황해하는 것 같았다.

"내가 티엔반이오. 무기 거래를 할 거요, 말 거요?"

티엔반 소령이 유창한 중국어로 재촉하자 저들의 보스인 듯한 제법 덩치 큰 자가 "배 안에 돈이 있으니 배까지 갑시다." 하며 유인책을 쓰려고 했다. 더 이상 이야기할 필요가 없었다.

"소령님, 저들에게 왜 매복을 두었는지 물어보십시오."

나는 경계를 강화했다. 저들과는 불과 20미터 남짓이었고, 그 사이에 매복이 있었다.

티엔반 소령이 한 곳을 지목하며 물었다.

"저것 매복 아니오?"

덩치 큰 놈이 아니라고 손사래를 쳤으나, 이미 그자 뒤에 서 있던 두 놈들의 총구가 나와 티엔반을 향해 조금씩 소리 없이 움직이고 있었다.

나는 재빨리 이를 간파하고 권총을 뽑아 소총을 들고 있던 두 놈의 팔을 쏘아 꼼짝 못하게 한 후, 앞에 서 있던 덩치의 양쪽 허벅지를 쏘아 쓰러뜨렸다. 그러자 총소리를 듣고 매복해 있던 자들이 동시에 튀어나왔다. 제대로 방향도 잡지 못하고 이리저리 총을 난사하던 매복조는 이미 준비하고 있던 테일러와 텝스, 트루먼의 총에 맞고 맥없이 쓰러지고 말았다.

그러자 대기 중이던 어선에서 요란하게 엔진 시동 소리가 울렸다. 동시에 어선에 있던 놈 셋이 우리를 향해 기관총을 쏘며 도망칠 차비를 하였다.

"소령님! 상대를 무시하고 신용이 없는 저런 쓰레기 같은 놈들을 모두 소탕해 버립시다!"

나는 티엔반 소령에게 이렇게 말하고는 곧장 어선까지 30미터쯤 되는 거리를 몸을 굴러 접근, 수류탄 두 개를 배 안에 던져 넣었다.

어선에 접근하느라 몸에 가속이 붙은 터라 방향을 바꾸지 못한 나는 어선 난간을 잡고 반대쪽 물속으로 깊숙이 잠수해 들어갔다. 어선이 폭발할 테니 더 깊이 잠수해야 했다.

요란한 폭발음을 듣고 수면 위로 올라와 보니 어두운 강물 위에서 어선이 환하게 불타고 있었다. 나는 물속에서 나왔다.

홍콩 마피아 열한 명 중에서 저들의 대장 한 놈만이 유일하게 살아남은 모양이었다. 테일러가 그를 무장 해제시키고 있었다.

상황은 일단락되었고, 팀원들은 저마다 안도의 한숨을 내쉬었다.

"고마워, 서전트 하."

팀원들 모두 나를 보고 웃으며 한마디씩 인사를 하였다.

방금 폭발된 어선은 강물 속으로 서서히 가라앉고 있었다.

티엔반 소령이 홍콩 마피아 대장을 앞에 두고 중국어로 열심히 심문을 하고 있었다. 나는 땅바닥에 나동그라져 있는 저들의 시체를 보며 혼자 중얼거렸다.

"내가 아니라 다랑에게 걸렸어도 똑같이 당했겠지."

홍콩 마피아와 사이가 좋지 않았던 블랙 이글 파의 행동대장이었던 다랑이 나 대신 이 자리에 있었더라도 나처럼 일을 잘 처리했을 거란 의미였다.

나는 심문 중인 티엔반 소령에게 말했다.

"소령님, 그놈을 살려서 보내고 우린 철수하는 게 어떻겠습니까. 저 놈들도 우리 실력을 알았으니 앞으로 함부로 복수한다고 덤비지는 못할 겁니다."

사태 수습이 끝나자 테일러가 우리 모두를 바라보며 말했다.

"이 물건은 블랙 이글에게 넘기는 게 좋겠어요. 우리의 안전을 위해서는 그 방법이 최상인 것 같습니다."

티엔반이 허벅지에 총을 맞고 넘어져서 죽을상을 짓고 있는 놈에게 한마디 하고는 발로 내지른 뒤 차에 올랐다.

"보스에게 가서 이 상황을 남김없이 전하라. 우리 7인 팀은 누구도 당해 내지 못할 거라고. 그리고 앞으로 네 놈들과는 절대로 무기 거래를 하지 않겠다. 이 쓰레기 같은 중국놈들!"

그러고는 우리를 향해 외쳤다.

"전원 철수! 로즈클럽으로 갑시다!"

티엔반은 담배를 꺼내 물고 내 어깨를 두드리며 말했다.

"서전트, 고마워. 네 덕에 우리 목숨을 구했어."

다시 돌아온 로즈클럽. 술자리에 모여 앉은 우리들은 오늘 일에 대해, 그리고 약속을 저버린 중국인 마피아들에게 감정이 상해 이런 저런 이야기를 나누었다. 얼마 후 해럴드 소령이 팀원들을 향해 말했다.

"저들의 배신으로 오늘 우리는 하마터면 죽을 뻔했다. 앞으로 다시는 중국놈들과 직접 무기 거래는 하지 않겠다."

일을 꾸민 티엔반 소령이 못내 미안한 기색을 보이자, 그를 위로해 주었다.

"티엔반 소령! 미안해할 것 없소. 소령 잘못도 아니고, 누구의 잘못도 아니오. 굳이 잘잘못을 따지자면 상황 판단을 제대로 못한 내 잘못이오."

해럴드 소령은 맥주를 병째 들이키더니 기세 좋게 테이블에 쾅 하고 내려놓으며 안도의 한숨을 내쉬었다.

"우리 중에 한 사람이라도 무슨 일을 당했으면 어쩔 뻔했을까. 생각만 해도 아찔하군. 서전트 하, 잘했다. 당신은 정말 우리의 보물이다!"

잠시 후 블랙 이글이 다섯 명의 부하를 거느리고 우리 앞에 나타났다. 테일러의 말대로 오늘 거래하기로 했던 물건을 블랙 이글에게 넘기기로 한 것이었다.

블랙 이글은 해럴드 소령과 티엔반 소령과 악수를 나눈 후 나를 보더니 환하게 웃으며 반갑게 인사를 건넸다.

"서전트 하, 오랜만이오. 밥맛 없는 중국놈들을 제거해 줘서 정말 고맙소."

"내가 하지 않았다면 다랑이 했을 겁니다. 다랑 대신 내가 한 거지요. 그리고 부하들을 상하게 한 대가이기도 하고요."

"하하 그런 거요? 서전트 하, 종종 도와 주시오."

블랙 이글은 부하들과 더불어 옆 테이블에 자리를 잡고 앉기 전에 나머지 다른 우리 팀원들에게 모자를 들고 일일이 예의를 표했다.

"2층에 조용한 방을 준비해 두었습니다. 옮기시지요?"

낯익은 웨이터가 다가와 말했다. 우리 팀과 블랙 이글 파는 서로 경계하지 않고 조용히 자리에서 일어나 2층으로 올라갔다.

2층의 방은 조용하고 깨끗하게 정리되어 있었다. 직사각형 테이블이 길게 늘어선 방 안에 블랙 이글과 우리 팀이 한쪽씩을 차지하고 나란히 마주 앉아 있었다. 분위기는 시종일관 화기애애했다. 그간의 일들에 대해 이런저런 이야기를 나눈 뒤 앞으로 해왔듯이 무기 거래에 관해서도 상호 신뢰 아래 행동하고, 서로의 이익을 위해 함께 싸우자는 이야기들이 오갔다. 해럴드 소령과 블랙 이글은 서로 굳게 손을 맞잡았다.

그리고 즐겁게 술과 음식을 즐기기 시작했다. 양쪽 모두 서로에 대해 신뢰하고 마음의 문을 연 뒤여서 상대 팀원들에게 술잔을 건네며 기분 좋게 술을 즐겼다.

얼마쯤 시간이 흘렀다. 떠들썩한 와중에 갑자기 블랙 이글이 큰 소리로 건배를 청했다.

"자, 우리 모두 서전트 하를 위해 건배합시다!"

좌중의 사람들은 흔쾌하게 술잔을 들었다.

"서전트 하와 블랙로즈를 위하여."

그러자 그의 부하들이 "축하합니다!" 하면서 일제히 합창을 하는 것이었다.

나의 아픈 마음를 눈치 챈 해럴드 소령이 나섰다.

"블랙 이글, 사랑은 두 사람이 알아서 할 일이고, 우리는 기분 좋게 술이나 마십시다!"

이렇게 분위기를 무마한 해럴드 소령이 이번에는 블랙 이글에게 대놓고 물었다.

"그런데 블랙로즈에 대해 보스께서는 행방을 알아보셨소?"

내가 가장 궁금해하는 문제이기도 했다.

"소령, 부하들을 풀어 사이공 시내를 다 뒤져 보았으나 찾을 수가 없었소. 지금도 계속 찾고 있는 중이오. 서전트 하도 협조해 주시오."

블랙 이글의 말은 진심인 것 같았다. 분위기가 이상하게 흐를 것 같아 내가 나서서 이 문제에 대한 이야기를 끝맺어야 할 것 같았다.

"블랙 이글 보스! 난 블랙로즈를 잊을 수 없습니다. 내가 어떻게 그녀를 잊겠습니까. 하지만 내 문제는 내가 판단합니다. 나에게는 시간이 필요해요. 그리고 보스께 부탁 드릴 게 있습니다. 블랙로즈가 살고 싶은 대로 살게 그냥 두십시오. 그녀도 그러길 바랄 겁니다. 나와 블랙로즈, 우리 두 사람의 인연은 질기게 얽혀 있습니다. 하지만 우리들의 문제는 아무 간섭 안 받고 우리들이 해결하고 싶습니다. 보스, 무례했다면 용서해 주십시오."

나는 말을 마치고 블랙 이글에게 정중히 허리 굽혀 인사했다.

그러자 블랙 이글이 호탕하게 웃으며 대답했다.

"좋소. 그럽시다!"

샅바 싸움을 하듯 팽팽하게 긴장해 있던 7인 팀과 블랙 이글 파는 비로소 마음의 벽을 허물고 서로의 우의를 확인하며 기분 좋게 즐기다 기분 좋게 헤어졌다.

이제 블랙 이글 파와 우리는 정글 속 늪지에 사는 악어와 악어새 같은 관계였다.

짙은 안개는 한 치 앞도 못 보게 시야를 막아 버린다. 나는 다랑이 떠난 뒤 자포자기하듯 그 짙은 안개 속에 숨어 허우적거렸다. 다랑을 찾을 엄두도 못 냈고, 애초에 사이공에 온 목적을 잃고 자이란을 찾을 생각도 못하였다. 아무것도 쥘 수가 없었다. 너무나 공허하고 우울해서 그저 되는 대로 생활했었다.

그러다 다랑이 전해 준 자이란의 주소를 찾아가 자이란을 만나면서부터 조금씩 안개가 걷히기 시작했다. 자이란이라는 햇빛이 안개를 밀어내고 있었다. 쾌활하고 밝은 자이란을 만나니 살 것 같았다. 그 싱싱한 활력이 내 기(氣)를 북돋워 주는 것 같았다.

7인 팀의 일은 마치 비행 임무처럼 일상화되었고, 해럴드 소령의 주선으로 자이란은 며칠 후부터 탄손누트 공항 내 미군 병원에서 간호사로 다시 일하게 되었다. 자이란과 자이란의 어머니는 취업 소식에 기쁨을 감추지 못하였다. 모든 일들이 제자리를 찾아 돌아가고 있었는데, 마음 한구석에 남아 있는 다랑에 대한 미련과 죄의식은 쉽게 지워지지 않았다.

하지만 현실의 나는 자이란에게 이끌리고 있었다.

"자이란, 시내 구경 좀 시켜 주지 않겠어?"

근무가 없는 나는 차를 몰고 자이란을 찾아갔다. 자이란은 흔쾌히 나를 따라나섰다.

"서전트, 사이공 시내에서 제일 오래 된 절이 있는데, 오늘 거기 가 봐요."

레다이한 거리에 있는 작람사에는 제법 사람들이 붐볐다. 작람사 정문 앞에는 노랑, 빨강, 녹색으로 채색된 7층 불탑이 있었다. 사람들이 그 불상 앞에서 두 손을 모아 연신 절을 올리고 있었다.

"서전트, 저 불탑은 각 층마다 불상이 안치돼 있어요. 저 불상 앞에서 소원을 빌면 소원이 이루어진다고 해서 절에 들어가기 전에 저렇게 사람들이 소원을 빌고 있는 거예요."

내 팔짱을 끼고 걷던 자이란이 포르르 불상 앞으로 달려가더니 한참 동안 소곤소곤 소원을 빌고 있었다.

사찰 안으로 들어서자 과연 모든 것들이 오랜 역사를 보여 주고 있었다. 불상과 집기들이 곳곳에 장식되어 있는가 하면 역대 승려들의 초상화가 죽 걸려 있었다. 그중에서 가장 눈에 띄는 것은 400년 전에 만들어졌다는 대리석 의자 옆에 있는 관음상이었다. 관음상은 열여덟 개에 달하는 손을 길게 늘어뜨린 채 부드러운 미소를 짓고 있었다.

"서전트, 여기 잠깐 앉아 있어요."

나는 자이란의 명령대로 400년 된 대리석 의자에 앉아서 자비로운 관음상을 쳐다보고 있었다. 자이란은 무슨 일인지 종종걸음으로 다니면서 열심히 승려들에게 무언가를 묻고 다녔다. 얼마 후 자이란이 내가 앉아 있는 곳으로 오더니 옆에 앉았다.

"자이란, 뭐하고 다닌 거야?"

"누구 좀 찾으려고요."

"누군데? 가족 중에서 행방불명인 사람이라도 있는 거야?"

"그냥, 좀 찾아볼 사람이 있어서……."

자이란은 나의 질문을 얼버무려 놓고는 다른 이야기를 꺼냈다.

"저 학교 다닐 때 여기 오면 보살님께 늘 좋은 사람 만나게 해 달라고 빌었어요."

자이란은 이렇게 말하고는 두 손 모아 관음상에게 공손히 절을 올렸다. 나는 그녀에게 무슨 말이 나올까 기대하고 앉아 있었는데, 그녀는 나의 궁금증 따위는 아랑곳 않고 "우리 다른 데 가 봐요!" 하며 내 팔을 잡아끌었다.

나는 자이란에게 이끌려 가면서 다시 물었다.

"아까 스님들에게 뭘 물어본 거냐니까?"

자이란은 걸음을 멈추더니 통나무 의자에 가서 앉았다.

"그게 그렇게도 궁금해요?"

나는 고개를 끄덕이며 자이란을 바라보았다.

자이란이 담담한 어조로 말했다.

"다랑 소식을 물었어요. 다랑이 절에 있다고 하기에 혹시나 하고요."

나는 그녀의 대답에 깜짝 놀랐다. 자이란이 내 눈치를 살피며 덧붙여 말했다.

"오늘, 여기서 한 시간 거리에 있는 작비엔사도 갈 거예요. 옛 절인데 거기에는 불우한 처지의 사람들이 많이 찾는다고 하더라고요. 다랑이 거기 있을지도 몰라요."

'자이란은 정말 심성이 고운 사람이야.'

나는 이 상황에서 다랑을 찾으려고 하는 자이란의 마음에 감동했다.

자이란은 너무나 순수하고 착한 여자였다. 나는 자이란의 두 손을 꼭 쥐고 내 얼굴에 대었다.

"자이란! 고마워! 내가 아직도 다랑 때문에 가슴 아파한다는 것을 알고 있었구나. 자이란에게 너무 죄스러워 조심했는데 다 들켜 버렸군. 자이란, 정말 미안하고 고마워."

"서전트 하! 가슴 아파하지 마세요. 다랑을 찾아볼게요. 다랑의 헌신적인 사랑은 정말 무엇과도 바꿀 수 없을 거예요. 그런 사랑을 할 수 있는 다랑이 부러워요."

자이란의 차분한 말 속에는 쓸쓸함 같은 게 묻어 있었다.

자이란은 내게서 두 손을 살며시 빼더니 마치 환자에게 하듯 내 어깨를 부드럽게 감싸며 말했다.

"하지만 나도 사랑하는 사람이 내게 마음을 주면 그런 사랑을 할 수 있을 것 같아요. 여자라면 누구나 그럴 거예요."

나는 순간 아무 말도 할 수 없었다. 나와 자이란 사이에 다랑이라는 장벽이 가로놓여 있었다. 다랑의 존재를 지우지 않고는 자이란과는 더 이상 가까워질 수 없고, 사랑의 감정으로 키울 수 없다는 사실을 직감했다. 다랑은 이미 내 곁을 떠나갔지만 아직도 내 마음속에는 다랑의 잔상이 많이 남아 있었던 것이다.

자이란의 행동은 나를 책망하는 것만 같았다. '서전트, 다랑과 나 둘 중에 누굴 사랑하시나요? 누굴 사랑할 거죠?' 하고.

하지만 시간이 필요했다. 자이란과 나에게는 시간이, 또 생각할 여유가 필요했던 것이다. 다랑이 내 곁에 없지만 자이란은 다랑의 존재를 확인하고 싶었던 것이다. 그래서 나와 자이란 사이에는 사랑의 평행선이 길게 놓여 있는 것 같았다. 그 평행선이 하나가 되기 위해선 시간과 노력이 필요할 것만 같았다.

"서전트 하, 이제 그만 일어나요. 지금 출발해야 작비엔사에 갔다올 수 있어요."

자이란이 채근하였다.

자이란과 작람사를 나와 택시를 잡으러 거리를 걸을 때였다. 자이란은 자신도 모르게 보석 가게 앞에 내놓은 유리 진열대 안을 물끄러미 보고 있었다. 진열대 안에는 목걸이며, 브로치, 머리핀 등이 햇빛을 받아 더욱 아름다운 금빛으로 빛나고 있었다. 나는 자이란의 손을 잡고 진열대 앞으로 향했다.

"자이란, 몇 개 골라 봐."

"서전트, 시간 없어요. 우리 그냥 가요!"

하지만 나는 자이란에게 작은 선물이라도 해 주고 싶었다. 선뜻 다가오지도 못하고 머뭇거리게 만든 내 죄를 조금이라도 씻고 싶은 마음이 있었다. 자이란은 그런 내 마음을 알았는지 수줍어하며 선물을 골랐다. 나비 모양의 브로치와 별 모양의 머리핀을 놓고 어떤 게 좋을지 망설이고 있었다.

진열대 앞에 서 있는 점원에게 내가 말했다.

"두 개 다 포장해 주세요."

자이란의 얼굴이 더 환해졌다. 우리는 선물을 사고 서둘러 작비엔사로 향했다. 덤쎈 공원 서쪽에 있는 작비엔사는 화려하지 않았다. 이 절은 작비엔이라는 고승을 숭배하기 위해 지금으로부터 2000년 전에 세워졌다고 했다. 화려함보다는 예전 모습 그대로의 소박함을 간직하고 있었다.

우리 두 사람은 이곳저곳을 살펴보다가 부처님을 모신 대웅전으로 보이는 전당 앞에서 서 있었다. 자이란은 바로 우리 앞을 지나가는 승려를 뒤쫓아 갔다. 자이란은 승려에게 다랑의 모습을 구체적으로 설명하면서 그녀가 혹시 이곳에 있는지 물었다. 하지만 승려는 고개를 가로저었다. 자이란의 얼굴에 실망하는 빛이 역력했다.

"만나서 꼭 물어보고 싶었는데……."

자이란은 이렇게 혼잣말을 중얼거리며 내게 돌아왔다. 그 말 속에 어떤 뜻이 숨어 있는지 알 것 같았다. 자이란은 다랑을 만나 묻고 싶었던 것이다. 아니, 허락을 받고 싶었던 것이다. 서전트 하를 사랑해도 되는지.

자이란과 나는 서로의 감정을 익히 알면서도 표시할 수 없었다.

나와 자이란은 온종일 돌아다니다 헤어졌다. 자이란의 집 앞에 바래다 주고 돌아서려는데 자이란이 말했다.

"좀더 같이 있고 싶어요."

나는 자이란을 꼭 끌어안아 주었다. 나 역시 돌아서려니 이상하게 허전했다. 함께 있고 싶었고, 헤어지기 싫었다. 자이란을 품에 안고 있으니 그녀의 체취가 내 온 마음을 흔들어 놓았다. 나도 모르게 내 입술은 그녀의 입술을 찾고 있었다. 부드러운 그녀의 입술이 가볍게 와 닿았다. 하지만 그 순간, 자이란이 갑자기 내 품에서 빠져나가 버렸다.

"서전트, 우리 다음에 만나요!"

나는 허전한 눈빛으로, 간절히 그녀의 검은 눈동자를 바라보았다. 자이란은 달래듯 내 등을 밀어냈다. 다음에, 다음에 만나자며.

❧

이성은 감정을 통제한다고 하지만 여인에게 이끌리는 사내의 마음을 다잡지는 못하는 모양이다. 나는 자이란을 만나는 기쁨 속에서 하루하루를 보냈다. 절에 다녀오고 나서 사흘 후, 또다시 자이란을 만났다.

자이란과의 데이트 날. 근무를 마치기 무섭게 숙소에 들러 사복으로 갈아입고 자이란네로 향했다. 오늘은 정말 데이트다운 데이트가 될 것이다. 미토에 가서 하루를 함께 보내고 올 예정이었다. 나는 우선 자이란을 똔덕팅 거리와 응우엔후에 거리가 만나는 지점에 있는 사이공 강변의 선상 레스토랑으로 데려갔다. 우리는 해물 요리를 먹은 뒤 쇼를 구경하고 미토행 배에 올랐다.

미토 항까지는 배로 1시간 40분 가량이 소요된다. 나와 자이란은 선상에 서서 제법 서늘한 바람을 즐기고 있었다. 아름다운 강변 위로 도시의 불빛이 별빛처럼 화려하게 보였다. 나는 물끄러미 내 옆에 서 있는 자이란을 바라보았다. 그녀의 긴 머리카락이 바람에 흩날린다. 머리카락 사이로 오목한 그녀의 콧잔등하며 큰 눈망울이 언뜻 보인다. 너무나 아름다워 나도 몰래 그녀의 뺨에 슬그머니 입술을 가져다 대면, 그녀는 눈을 흘기며 반대쪽으로 달아나 버린다.

밤이 이슥해서야 미토 항에 당도하였다. 우리는 시내에 있는 호텔에 방을 잡았다. 후옹주옹이라는 호텔은 건물도, 자재도, 시설도 모두 낡았지만 이 일대에서는 제일 알아주는 곳이라고 하였다.

나는 카운터에서 방을 두 개 잡았다. 각자 방을 따로 쓰기로 했던 것이다. 여장을 풀고 나서, 우리는 자이란의 방에서 맥주를 한잔하기로 했다. 방 안에는 에어컨 대신 선풍기가 윙윙거리며 돌아가고 있었고, 다행히 찬물과 더운물이 교대로 나와 샤워를 할 만했다.

우리는 투이호아에서 처음 만났을 때를 회상하며 즐겁게 시간을 보냈다.

"서전트 하가 의식 불명인 상태로 후송되자 응급 조치를 한 다음 담당 간호사를 지정하려는데, 미국인 간호사들이 저마다 안 맡겠다고 고개를 저었어요. 멋대로 자란 머리와 수염은 텁수룩한데 옷은 갈갈이 찢어져 속살이 다 보이는가 하면 냄새는 또 얼마나 지독한지. 정말 대단했어요. 오죽 하면 미국 간호사들이 다 도망을 쳤겠어요?”

이런 저런 얘기를 나누는 동안 자이란의 얼굴이 취기로 발그레해졌다.

“병실에 옮기기 전에 입고 있던 군복을 벗기고 환자복으로 갈아입히는데 정말 혼자 하기 힘들었어요. 군복 윗도리를 벗겨 보니 런닝셔츠는 등쪽만 겨우 붙어 있었고, 팬티는 정말 고무줄만 남아 있더군요. 그걸 보니 얼마나 불쌍한지 눈물이 다 나더군요. 그래서 속으로 생각했죠. 잘 보살펴 줘야지, 하고 말이에요. 아마도, 이게 모두 부처님이 말씀하시는 인연이었던 모양이에요.”

나는 자이란에게 미안한 마음을 어떻게든 달래 주고 싶었다. 한잔 두잔 술잔이 오가다 보니 나도, 자이란도 취기가 올랐다.

“자이란, 이제 그만 자야지.”

나는 자이란을 번쩍 안아 침대로 데려갔다. 자이란을 침대에 눕히려고 보니, 취기로 발그레한 볼이며 얼굴이 너무나 사랑스러워 이마에 뽀뽀를 하였다. 나는 자이란을 침대 위에 눕힌 뒤 또다시 그녀의 입술을 찾았다. 몸을 숙여 그녀의 입술을 향하는데, 그녀가 몸을 일으키며 단호히 거절하는 게 아닌가.

“사전 하! 안돼요. 다랑 문제가 해결되지 않으면 우리는 이렇게 지낼 수밖에 없어요.”

나는 온몸에 힘이 쭉 빠져나가는 것 같았다.

“그래, 기다리자. 시간이 해결해 주겠지.”

나는 자이란의 방에 불을 끄고 내 방으로 돌아왔다.

내 마음에 다랑이 남아 있는 상태에서 자이란에게 가까이 다가가 그녀에게 상처를 주기는 싫었다. 아무튼 여전히 우리에게는 시간이 필요했던 것이다. 아직도 우리 사이에는 평행선이 놓여 있었다.

　다음날 자이란은 명랑한 얼굴로 나타났다. 혹시라도 어젯밤 일로 내가 불편해할까 봐 내 팔짱을 꼭 끼고 함께 다녔다. 우리는 메콩 강 선박유람을 하기 위해 호텔을 나와 근처 음식점에 들렀다. 쌀가루로 만든 푸티우 면을 먹고 나서 항구에 가 모터가 달린 작은 목조선을 탔다. 목조선은 강 한복판에 있는 타이선 섬과 풍 섬으로 향했다. 아주 가까이에서 탁한 흑빛이 도는 메콩 강물을 내려다 보며 양쪽 연안에 우거진, 낮게 이어진 정글을 보며 부드러운 강바람을 즐겼다.

　자이란은 연신 환호성을 질렀다. 그런 그녀를 보니 언젠가 투이호아 미군 병원에서 문학을 공부하고 싶다던 그녀의 말이 떠올랐다. 그녀는 세상 풍파에도 불구하고 여전히 너무나 청순하고 아름다웠고, 그녀의 마음은 물결처럼 부드럽기 그지없었다. 작은 목선 주위로는 온갖 과일을 실어 나르는 작은 배를 비롯해서 고기를 낚기 위해 묵묵히 거물을 던지는 어부들이 보였다. 자이란은 색다른 게 눈에 띌 때마다 신이 나서 손짓을 하며 한 옥타브 높은 음색으로 즐겁게 떠들었다.

　"저것 좀 봐요. 저런 곳에서 살면 얼마나 좋을까요?"

　자이란이 자그마한 타이선 섬을 가리켰다. 섬에 내린 우리는 섬 주위에 있는 여러 곳의 과수원을 산책하며 파파야, 망고, 왕귤, 잭후르츠 등 남국의 과일을 따먹었다. 정말 평화롭고 즐거운 하루였다. 나는 사이공으로 돌아가고 싶지 않았다. 숙소로 돌아가기 싫었다. 전쟁도 싫고, 무기 거래도 싫었다. 자이란과 이렇게 한적한 곳에서 소박하게 가정을 이루며 살면 참 행복하겠다는 생각이 언뜻 스쳐 지나갔다.

　"자이란, 내일부터 출근하는 거야?"

　"서전트, 정말 고마워요. 해럴드 소령에게도 고맙다고 전해 주세요. 이렇게 어머니를 돌보면서 제가 하고 싶은 일을 하게 돼서 얼마나 기쁜

지 모르겠어요."

우리는 즐거운 데이트를 마치고 헤어졌다. 내일부터 자이란은 탄손누트 공항 내 부속 병원으로 출근을 시작한다. 이제 자이란과 한 울타리에서 지내게 된 셈이다.

'그래, 지금은 비록 다가가기 어려운 점이 있지만 시간이 많은 걸 해결해 줄 거야.'

숙소로 돌아오는 발걸음이 조금은 가벼웠다.

샤이랑의 탄생

　자이란은 병원 일을 아주 잘 해내고 있었다. 자이란은 밝고, 친절하고, 순수해서 근무를 시작한 지 얼마 안 되었지만 신임을 받는 눈치였다. 자이란과 나는 거의 매일 만나다시피 했다. 서로 근무가 끝나면 전화 통화를 해서 사이공 시내의 강변 카페에서 만나 차를 마시거나 식사를 했다. 사랑을 고백하지는 못했지만, 서로의 관계를 못 박진 않았지만, 우리는 매일 만나면서 점점 더 가까워지고 있었다. 아니, 오히려 서로를 원하는 마음이 더 간절했던 것도 같다.

　그러던 어느 날이었다. 저녁 무렵 숙소에서 휴대용 권총을 손질하고 있는데 자이란에게서 연락이 왔다. 내가 없는 사이 메모를 남긴 모양이었는데, 연락이 닿는 즉시 자신의 집으로 와 달라는 내용이었다.

　자이란 집으로 지프를 몰고 가는 내내 혹시나 하는 불안감으로 가슴을 졸였다.

　'대체 무슨 일이지? 혹시 자이란의 집에 사고라도 난 건가. 아니면 몸이 안 좋으신 어머니가 돌아가시기라도 한 걸까?'

　나는 무장을 단단히하고 집을 나섰다. 무슨 일이 벌어졌을지 알 수 없었기 때문이었다.

　자이란의 집에 당도한 나는 집 앞에 지프를 세워 놓고 후다닥 뛰어들어 현관 문을 두드렸다.

　자이란이 문을 열어 주었다. 나는 황급히 집 안으로 뛰어들며 말했다.

　"자이란, 무슨 일이야? 무슨 일이 생긴 거야?"

　자이란이 침착하게 대답했다.

　"우선 이리 와서 앉으세요."

　그런데 웬일인지 자이란 뒤에 서 계신 자이란의 어머니가 품에 갓난아이가 안겨 있었다.

　나는 어머니께 인사를 드리며 영문을 모른 채 품 안의 아기를 넘겨다보았다.

　자이란의 어머니가 내 앞에 앉으며 두툼한 봉투를 내게 내밀었다.

　"서전트 하, 놀라지 말아요. 오늘 오후에 어떤 스님이 이 아기를 안고 이곳을 찾아왔어요. 그 스님이 이 아기를 우리에게 맡기면서 자이란과 서전트 하의 아기라고 했어요."

　나는 그녀의 말을 귀로 흘려들으며 봉투를 쳐다보았다. 봉투 앞면에는 '서전트 하' 라고 내 이름이 적혀 있었고, 뒷면에는 월남어로 '다랑'이라고 적혀 있었다. 나는 떨리는 마음으로 편지를 열어 보았다.

　서전트 하!

　저는 부처님께 의지하며 잘 지내고 있습니다. 당신과 의논도 없이 소중한 생명을 탄생시켰습니다. 우리의 사랑이 제게는 너무나 소중하여 결실을 남겨야 할 것 같았습니다.

　당신의 딸, 샤이랑이에요. '샤' 는 당신의 성에서 따왔고, '이' 는 자이란의 '이'에서 따왔고, '랑'은 다랑의 '랑'에서 따와 이름을 지었어요.
샤이랑은 올해 8월 8일 오전 8시에 태어났어요. 아무쪼록 자이란과 함께
이 아이를 잘 길러 주세요. 그리고 당신이 내게 주셨던 고향 주소도 함께
보냅니다. 이것은 내 생명을 지켜 준 부적이었어요. 하지만 이제는 내게
필요 없을 것 같습니다. 그보다는 샤이랑이 자라면 그 아이에게 주세요.
그게 샤이랑을 지켜 줄 거예요.

　　그리고 자이란과 결혼하세요. 그래서 우리의 샤이랑을 훌륭하게 길러
주세요. 다랑은 영원히 물러갑니다.

다랑 드림

　　나는 다랑의 편지를 받고 한참 동안 아무 말도 할 수가 없었다. 너무
나 황당한 기분이 들었다. 꿈에도 생각하지 못했었다. 다랑과는 단 하
룻밤을 보낸 것뿐이었고, 그 하룻밤의 인연이 이렇게 새 생명으로 이어
질 줄 누가 알았으랴.
　　나는 당황하고 혼란스러웠다. 내 나이 겨우 스물세 살이었다. 내가 아
버지가 된 것이다, 아버지. 나는 그 순간 솔직히 두려움에 휩싸였다. 고
향에 계신 가족들이 이 사실을 알면 얼마나 놀랄까 하는 생각도 있었지
만, 그보다는 새 생명에 대한 아무런 준비도 없이 갑자기 받아 안게 된
상황 자체가 놀랍고 두려웠다. 아버지가 된다는 사실에 대해 나는 단
한번도 생각해 본 적이 없었던 것이다.
　　나는 편지를 접고도 아이를 들여다볼 엄두조차 내지 못한 채 쩔쩔 매
고 있었다.
　　그러자 옆에 있던 자이란이 그런 나를 지켜보더니 어머니 품에 있던
아기를 받아 안아 다정한 미소를 지으며 아기에게 입을 맞추며 말했다.

샤이랑의 탄생　253

"서전트 하, 아기가 당신을 쏙 빼닮았어요. 여기 이 눈, 코, 입을 보세요. 당신이랑 똑같아요. 아, 정말 너무 귀여워요."

자이란은 얼어붙어 있는 나를 감싸 안듯 아기를 내 품에 건네주며 말했다.

"서전트 하, 이 아기 좀 보세요. 당신 아기예요. 아니, 우리 아기예요."

엉겁결에 아기를 품에 안았다. 따뜻한 온기와 비릿한 내음이 느껴졌다. 하지만 나는 여전히 정신이 없었다. 아기를 내려다보니 신기할 뿐이었다. 코도, 입도, 얼굴도 모두 장난감처럼 작고 귀여웠다. 어찌된 일인지 아이가 나를 보더니 방긋 웃어 주었다.

그 순간 나는 모성과 부성이 얼마나 다른지 실감했다. 샤이랑은 내 분신이었지만, 나는 어색했고, 불편했다. 갑자기 들이닥친 일이라서 그렇기도 했지만 자이란의 태도와 너무 달랐다. 자이란은 피 한 방울 섞이지 않은 아기를 아주 사랑스러운 표정으로 연신 바라보며 기뻐했다. 자이란에게는 내게 없는 모성이 있었다. 그녀는 이 생면부지의 아기를 시종일관 사랑스럽게 바라보았다.

나는 샤이랑을 안고 생각했다.

'다랑은 이렇게라도 나와의 인연을 이어가고 싶었던 거야. 그래서 그날, 그렇게도 나를 열심히 사랑했던 거야.'

나는 도무지 다랑의 사랑을, 그 깊이와 폭을 가늠할 수가 없었다. 그리고 혼자서 아이를 배에 품고, 아이를 낳고, 또 이렇게 떠나보낸 다랑이 너무나 안쓰러워 나도 모르게 눈물이 흘렀다.

자이란의 어머니가 보다 못해 나를 위로하였다.

"서전트 하. 지금 당장 무슨 결정을 내려야 할 필요는 없어요. 시간이 필요해요. 서로서로 이해하고 생각해 볼 시간이 필요해요. 당분간 서전트 하는 하던 일을 계속하면서 생각해 보세요. 샤이랑은 내가 돌볼게요."

자이란의 어머니는 샤이랑을 받아 안고는 방으로 들어가셨다.

마루에는 나와 자이란만이 남아 있었다.

내가 먼저 자이란에게 말했다.

"자이란! 미안해! 다랑이 자이란에게 양해도 구하지 않고 이렇게 아기를 보내왔군. 자이란에게는 너무 미안하지만 정말 나는 어떻게 해야 할지 모르겠어. 자이란이 좀 도와 줘."

나는 진심으로 자이란에게 청하였다. 다른 방법이 없었다.

자이란이 조용히 미소 지으며, 내 두 손을 잡고 말했다.

"서전트 하! 걱정 말아요. 샤이랑은 다랑이 우리 두 사람에게 준 선물이라고 생각해요. 내가 잘 키울게요."

그러더니 나를 품에 안고 꼭 어머니가 아들을 위로하듯 내 등을 두드려 주었다. 나는 너무 고마워서 그런 그녀를 가슴에 꼭 껴안고 한참을 있었다.

"다랑이 정말로 우리의 사랑을 허락한 거예요. 나는 그것이 너무 기뻐요."

자이란이 혼자 중얼거리듯 말했다. 잠시 후, 자이란이 귀대 시간 늦겠다며 나를 재촉하였고, 나는 미안한 마음을 뒤로 한 채 부대로 돌아왔다.

숙소로 돌아온 나는 그대로 잠을 이룰 수가 없었다. 여전히 안절부절 못하고 있었다. 자이란에게 부탁을 해놓기는 했지만 내 피를 가지고 태어난 내 자식이었다.

나는 숙소를 나와 텝스와 테일러를 불러냈다. 나는 두 사람에게 다랑이 내 아기를 낳았다고 말했다. 한껏 걱정스러운 표정으로 소식을 전하자 처음에는 농담인 줄 알던 그들은 내 표정이 심상치 않을 것을 보고는 그제야 내 말을 곧이곧대로 받아들였다.

테일러가 텝스를 보며 말했다.

"결국 다랑이 일을 저질렀군."

텝스가 말했다.

"정말 동양 여자들 너무 헌신적이란 말야. 그런데 아기는 누가 키우지. 다랑이 다시 나타난 거야?"

나는 쉽게 입을 열 수가 없었다. 여전히 걱정이 태산 같았다.

테일러와 텝스가 그런 나를 보더니 "네게 새 가족이 생겼으니 우리 가서 축배를 들자고!" 하면서 클럽으로 끌고 갔다.

그날 나는 알코올의 힘을 빌려 근심을 밀어낼 요량으로 실컷 술을 마셨다. 하지만 도무지 아무리 마셔도 취기가 오르지 않았다. 내 아기가 생겼다는 긴장감이 나를 놓아주지 않았다.

며칠 후 내게 딸이 생겼다는 소문은 우리 팀들뿐만 아니라 블랙 이글파에도 퍼져 나갔다. 다랑의 옛 부하들은 샤이랑이 다랑의 딸이라는 것을 알고는 아이에게 필요한 물건을 한 아름 사들고 자이란의 집에 갖다 주었다.

❧

샤이랑은 자이란의 집에서 무럭무럭 자랐다. 자이란은 샤이랑을 진심으로 사랑하면서 돌봐 주었고, 그녀의 어머니 역시 친손녀처럼 아끼면서 샤이랑에게 애정을 쏟고 있었다. 그래서 나는 마음이 놓였다. 임무가 없는 날에는 샤이랑을 보러 자이란 집으로 갔다. 그리고 바쁠 때에는 병원에 있는 자이란을 찾아가 아이가 어떻게 지내는지 물어보기도 했다.

자이란의 말대로 샤이랑은 다랑이 우리 둘에게 보낸 선물이었다. 자이란은 이제야 나와의 관계에 대해 다랑의 허락을 받은 것이다. 자이란은 기쁘게 모든 사실을 받아들였다. 소강 상태처럼 머뭇거리던 우리 둘 사이에 드디어 다랑이라는 장벽이 걷힌 것이다. 점점 시간이 흐를수록 둘 사이의 평행선이 하나로 합쳐지고 있었다.

나는 샤이랑 때문에 자이란 집에 허물없이 드나들었다. 자이란의 어머니 역시 그런 나를 사위라도 되는 양 대접해 주었다. 정성스런 식사를 마련해 주는 것은 물론이었고, 내 속옷을 늘 챙겨 주셨으며, 내게 숙소에서 세탁하지 말고, 빨랫감이 있으면 가져오라고 하셨다.

귀대 시간이 늦어질 때면 자이란네서 자고 나올 때도 많았다. 하지만 자이란의 어머니가 엄격하셨기 때문에 자이란과는 아직 육체적 관계까지 이르지는 않았다.

샤이랑이 온 지 두 달이 지났다.

어느 일요일, 샤이랑을 보러 자이란네 갔더니 지금 살고 있는 집이 너무 좁아 보였고, 샤이랑이 자라기에 쾌적한 것 같지가 않았다.

마루에 누워 있는 샤이랑을 보며 자이란에게 넌지시 말했다.

"자이란, 이사하자. 샤이랑도 있는데 집이 조금 좁은 것 같아. 내가 집을 마련해 볼게."

자이란이 자존심 상하지 않게 조심스럽게 말했지만 처음에는 자이란이 그럴 필요 없다며 펄쩍 뛰었다.

"자이란, 부담 갖지 말아 줘. 우리 샤이랑이 있잖아. 샤이랑 때문이라도 집을 옮겼으면 좋겠어."

자이란은 내 진심을 알겠는지 어머니와 의논해 보겠다고 했다.

"서전트, 어머니도 좋다고 하시네요. 그런데 어머니는 이왕이면 옛날에 아버지 살아 계실 때 살았던 옛집으로 가셨으면 좋겠다고 하세요.

괜찮겠어요?"

"그럼, 괜찮고 말고. 내가 한번 알아볼게."

자이란의 옛집은 지금 살고 있는 곳에서 조금 떨어진 곳이었는데, 단아한 프랑스식 2층 양옥이었다. 지금 살고 있는 사람을 찾아가 시세보다 조금 웃돈을 주고 집을 장만하였다.

드디어 옛집으로 이사하던 날, 자이란의 어머니는 집안 구석구석을 돌아다니면서 옛일을 회상하는 듯하더니 이내 감격의 눈물을 쏟으셨다. 아버지의 병세가 악화되어 병원비를 마련하느라 처분한 집이었는데, 그 집에는 자이란 일가의 손때가 묻어 있는 소중한 집이었던 것이다.

"서전트, 너무 고맙고 미안해요. 이젠 죽어도 조상님들을 제대로 볼 수 있게 되었어요."

자이란의 어머니는 내게 머리를 조아리며 말했다.

나는 자이란의 어머니를 다정하게 바라보며 말했다.

"어머니, 무슨 말씀이세요. 오히려 제가 너무 고마워요. 이렇게 샤이랑도 잘 키워 주시고……."

어느새 내 옆에 자이란이 다가와 내 팔을 끌고 나오며 말했다.

"어머니가 저렇게 기뻐하시는 걸 정말 오랜만에 봐요. 어머니는 평생의 한을 푸셨어요. 아버지 치료비 대느라 이 집을 팔았었는데, 이 집은 어머니에게 당신의 과거이기도 하지요. 잃어버린 집을 되찾았으니 얼마나 기쁘시겠어요. 당신 덕택에 우리 가족의 보금자리를 되찾게 되어 뭐라 감사해야 좋을지 모르겠어요."

나는 자이란을 바라보며 말했다.

"자이란, 이 집을 되찾아 주는 일은 사실 그렇게 어려운 일이 아니었어. 그보다 자이란이 있어서, 또 자이란의 어머니가 계셔서 이렇게 샤이랑과 더불어 행복하게 생활하고 있다는 사실이 얼마나 나를 안심시켜 주는지 모를 거야. 고마워할 사람은 오히려 나야."

새집에서 즐겁고 행복하게 있는 그들을 보자 비로소 아주 오랫동안의 불안이 잦아드는 걸 느낄 수 있었다. 이 땅에 발을 들여놓은 지 2년 남짓이 되었다. 나는 이 땅이 이제 별로 낯설지 않았다. 다랑이 있었고, 자이란이 있었고, 내 피붙이가 있어서일까.

아주 오랫동안 헤매다 겨우겨우 제집에 찾아든 것만 같은 기분이었다.

둥지를 틀다

새집에서 곤하게 잠이 든 샤이랑을 보고 숙소로 돌아왔다. 이제야 모든 것들이 제자리를 찾는 느낌이었다. 사실 자이란에게 사랑을 고백하지 못한 것은 다랑 때문이기도 하지만 그런 소리를 입 밖에 내지 못하는 무뚝뚝한 내 성격 탓도 많았다. 사랑해, 라는 말을 입 밖에 내는 게 너무나 멋쩍었다. 하지만 이제 무언가가 필요했다. 자이란과 구체적으로 미래를 설계해야 했다.

새 집에 있는 샤이랑과 자이란, 자이란의 어머니를 보고 오니 마음이 뿌듯함과 동시에 더더욱 조바심이 생겼다. 어느새 사이공에 이렇게 둥지를 틀게 되다니…….

나는 자이란과의 관계에 대해 생각해 보았다. 한국에 돌아가 제대를 한 다음 사이공으로 돌아와서 자이란과 결혼식을 올리는 것도 방법일 것 같았다. 더플백에 제법 묵직하게 현금이 모였으니 그 돈이면 이곳에서 충분히 잘살 수 있을 것 같았다. 하지만 쉽게 결단을 내리지 못하고 있었다.

숙소로 돌아와 보니, 내일 오전 10시까지 사령부 인사계로 오라는 연락이 와 있었다. 나는 잠시 무슨 일인가 생각하다, 피로 때문인지 금세 잠에 빠져 들고 말았다.

다음날, 인사계를 찾아가니 나를 기다리고 있는 것은 귀국 명령서였다.

나는 순간 머릿속이 하얗게 텅 빈 느낌이었다. 전쟁이 막바지로 치닫고 있다는 걸 느끼고는 있었지만 이런 날이 이렇게 빨리 올 줄은 몰랐다. 마음이 천근만근 무거웠다. 온갖 일들이 머릿속에서 윙윙거렸다. 자이란도 그렇고, 샤이랑도 그렇고, 7인 팀과 하던 일도 그렇고. 기껏해야 2년 여의 시간이었는데, 대체 나는 그 짧은 세월 동안 어찌하여 이렇게 많은 일들을 벌여 놓게 된 걸까. 나 스스로 곰곰이 생각해 보아도 알 도리가 없었다.

나는 침대에 앉아 다시 한번 귀국 명령서를 들여다보았다. 12월 8일 캄란 기지에 집합하여 고국으로 돌아가는 귀국선을 타라는 내용이었다. 오늘이 11월 8일이니, 꼭 한 달 정도의 시간이 남았을 뿐이었다.

7인 팀과 하던 일들이야 그럭저럭 움직이면 해결되겠지만, 자이란과 샤이랑 일을 도무지 어떻게 하는 게 좋을지 망연자실했다. 나는 가슴에 무거운 추를 단 것처럼 버거웠다. 하지만 그렇다고 맥 놓고 앉아 있을 수는 없는 일이었다. 그래서 우선 해결할 수 있는 일들을 해결해 나가면서 궁리를 해 보기로 했다.

다음날, 7인 팀 우두머리인 해럴드 소령의 사무실로 찾아갔다. 귀국 명령을 받았다고 전하고, 팀 일을 정리해야 할 것 같다고 했다.

"서전트, 그동안 아무 말도 못했지만 나도 곧 귀국해야 할 상황이네. 전쟁은 끝나가고 있고, 서서히 병력을 본국으로 철수시키는 중이지. 아마 다른 팀원들도 다 비슷한 상황일 걸세. 그러니 팀원들에게 서전트 하가 미안해야 할 건 없어. 서전트 하도, 서전트 하대로 귀국 준비 잘

하고, 여기 남아 있을 티엔반 소령에게 연락해서 우리 한번 모두 모이도록 하세."

해럴드 소령의 사무실을 나오며 안도의 한숨을 내쉬었다. 7인 팀의 일은 근심할 게 없었다. 그 다음 걱정이 침대 밑에 모아 둔 현금이었다. 내가 귀국한다는 소문이 돌면 사이공 마피아들을 비롯해서 이 돈을 탐내는 자들이 많을 게 틀림없었다. 이 돈을 고국으로 무사히 가져 갈 방법을 강구해야 했다.

나는 지프 차의 액셀러레이터를 힘껏 밟았다. 숙소로 돌아온 나는 우선 침대 밑에 있는 철제 상자를 꺼내 보았다. 뚜껑을 열어 보니 수북히 쌓인 달러 지폐가 조용히 잠자고 있었다. 나는 자물쇠를 단단히 채워 두었다.

그 다음날은 비행대장을 찾아갔다. 주월 사령부로부터 귀국 명령을 받았음을 보고한 뒤 귀국 준비를 위해 시간을 좀 내주셨으면 좋겠다고 부탁했다. 그러자 비행대장은 내게 지상 근무를 보라고 지시를 내린 뒤 나머지는 적당히 알아서 시간을 내어 가며 정리하라고 암시를 주었다.

그러고 나서야 자이란이 근무하는 병원으로 차를 돌렸다. 내내 마음이 무거워 나도 모르게 한숨이 새 나왔다. 자이란을 만나서 이야기를 하긴 해야겠는데 아직 이렇다 할 해결 방법도 못 찾은 상태 아닌가.

갑자기 병원으로 찾아온 나를 보고 자이란이 반색을 하며 나타났다.

우리는 구석진 병원 벤치에 앉았다.

"웬일이에요, 이 시간에."

나는 쉽게 입을 열 수 없었다. 자이란은 그런 나에게 자꾸 캐물었다.

"무슨 일 있어요? 왜 그러는데요?"

나는 차마 귀국 명령을 받았다는 말을 꺼내지 못하고 계속 머뭇거리고만 있었다. 그러자 자이란은 무슨 일인지 알았다는 듯 다감한 어조로 말했다.

"서전트, 샤이랑 때문에 그래요? 샤이랑이 걱정돼서 그러는 거죠?"

자이란은 불안해하는 나를 보고 나를 위로해 주려는 듯 내 팔을 꼭 끌어안고 내 어깨에 살며시 고개를 기대 왔다.

나는 자이란의 길고 탐스런 머리카락을 매만지며 담담하게 말했다.

"자이란, 할 말이 있긴 한데 이따 집에서 만나서 얘기하자. 일찍 집으로 와. 나도 집으로 갈 테니까. 어머니랑 같이 이야기할게."

나는 도저히 입을 떼지 못하고 그녀를 병원으로 돌려보내려 했다. 하지만 자이란은 뭔가 느껴지는 게 있는지 불안한 듯 계속 무슨 일이냐며 나를 채근했다. 내 팔을 붙잡고 놔주지 않는 그녀를 겨우겨우 달래 병원으로 돌려보냈다.

'티엔반 소령을 만나 봐야겠어. 그는 아무래도 여기에 사는 사람이고, 앞으로도 여기서 살아야 하니까 샤이랑과 자이란 문제에 대해 좋은 방법을 알려 줄지도 몰라.'

티엔반 소령은 만나자는 연락을 받고, 자기도 지금 막 퇴근하려는 참이라며 렉스 호텔의 프랑스 식당에서 만나자고 했다.

저녁을 먹으면서 이런 저런 얘기를 나누다 내가 먼저 말을 꺼냈다.

"소령님! 귀국 명령을 받았어요."

티엔반 소령은 내 말에 깜짝 놀라는 표정이었다.

"그래? 언제, 언제 귀국하는가?"

"12월 8일이니까 한 달 정도 남았어요. 그래서 개인적인 문제를 의논하고 싶어서 오늘 만나자고 한 겁니다."

티엔반 소령이 말했다.

"7인 팀의 행동대장이 귀국을 한다니 정말 섭섭하게 됐군. 그런데 해럴드 소령도 이 사실을 알고 있나? 사이공 마피아들도?"

"해럴드 소령께는 이미 말씀을 드렸어요. 하지만 사이공 마피아들은 모를 거예요. 아직 알리지 않았어요. 시간도 좀 남았고, 다른 정리할 일들 때문에 경황도 없고……."

그러자 티엔반 소령이 담배에 불을 붙이며 말했다.

"잘했네. 마피아들은 서전트 하의 귀국 소식을 알면 우리와의 평화 관계를 깰지도 모르지. 워낙 마피아들은 환경 변화를 싫어하거든."

티엔반 소령은 담배 연기를 혹 내뿜으며 천천히 말했다.

"서전트 하! 당신이 귀국하면 미국 친구들도 귀국을 하게 되거나 이 일을 하지 않게 될 거야. 그리고 자연히 우리 7인 팀도 해체되겠지. 하지만 마지막으로 저들에게 건네주기로 계약한 일이 하나 남았네. 저들에게 그 물건을 넘겨줘야 내가 사이공에서 살아갈 수 있을 텐데……."

티엔반 소령의 표정이 짐짓 어두워졌다.

나는 내 고민을 풀어놓을 수가 없었다.

내가 더 이상 아무 말도 못하고 가만 있자 자신의 상황을 설명하기 시작했다.

"서전트 하! 귀국을 코앞에 둔 당신에게 또 이 일로 위험을 감수하라고 하는 게 사실 무리인 건 아네. 하지만 이미 계약은 돼 있고, 내 신용과 생명이 걸린 문제야. 그러니 어떻게든 마지막으로 이 일을 끝내 줘야 해. 그래야 내가 살아."

티엔반은 내 두 손을 꼭 잡아끌고는 이렇게 호소하였다. 블랙 이글 파와 해약할 수 없는 큰 계약이 있는데, 마지막으로 그 문제를 해결해 달라는 것이었다.

그야말로 혹 떼러 왔다가 혹을 붙인 형국이었다. 자이란과 샤이랑 문제의 해법을 찾기 위해 그를 만나자고 한 것인데 거꾸로 그의 하소연을 듣는 처지가 되었던 것이다.

"일단 진정하세요. 방법을 찾아봐야죠."

티엔반의 요구가 무리는 아니었다. 우리는 어떻든 1년 여 남짓 함께 목숨 걸고 일해 왔다. 상황의 변화와 상관없이 그새 소령은 마피아들에게 군수 물자를 인도해 주기로 여느때와 같이 계약을 했을 것이고, 이 일은 7인 팀 모두에게 책임이 있었다.

이렇게 생각한 나는 티엔반 소령을 안심시켰다.

"소령님, 우리 7인 팀이 당장 해체된 것도 아니고, 또 내일 당장 모두 귀국하는 것도 아니지 않습니까. 우선 해럴드 소령과 팀원 모두를 소집해서 결정한 뒤에 마지막 작전에 들어가면 되지 않겠습니까?"

그제야 티엔반 소령은 안도의 한숨을 몰아쉬었다.

"사실 오늘 소령님을 만나러 온 건 자이란과 샤이랑을 어떻게 해야 좋을지 몰라서 의논을 드리려는 거였어요. 소령님은 월남 사람이니 누구보다도 월남 아가씨의 마음을 잘 알지 않겠어요? 소령님 생각에는 제가 어떻게 하는 게 좋겠습니까?"

나의 정중한 부탁에 소령이 잠시 생각해 보더니 이렇게 말했다.

"자이란과 우선 결혼한 뒤에 고국에 돌아갔다가 파월 기술자로 다시 사이공으로 오는 방법이 있어. 와서 자이란과 살면서 샤이랑을 키우면 되지 않겠나?"

당연하다는 듯한 티엔반 소령의 말을 듣고, 나는 무릎을 쳤다.

'아, 바로 이거야. 생각을 하고는 있었는데. 그래, 순서가 좀 바뀌긴 했지만 자이란과 먼저 결혼식을 올리는 게 좋겠어.'

나는 드디어 해법을 찾았고, 그러고 나자 마음이 한결 가벼워졌다.

"티엔반 소령님, 고마워요. 내가 왜 그 생각을 못했는지 모르겠네요. 그리고 아까 소령님께서 말씀하신 그 일은 먼저 해럴드 소령과 두 분이 만나서 의논을 하세요. 나는 두 분의 의견에 따르겠어요. 그리고 그동안 귀국 준비를 해야겠어요."

나와 티엔반 소령은 둘 다 어려운 문제를 그제야 풀었다는 듯 홀가분한 마음으로 헤어졌다.

티엔반 소령과 인사를 나누고 렉스 호텔을 나오니 어느덧 사이공 하늘은 어둠에 잠겼다. 하지만 사이공의 밤은 적막하지 않았다. 낮 동안의 열기에 지친 사람들이 분주히 거리를 오가고 있었다. 시클로^{삼륜 인력거}와 자전거, 자동차들이 분주히 오갔다. 나는 한결 가벼워진 마음으로 자이란의 집으로 향했다.

내 차 소리를 들었는지 자이란이 샤이랑을 안고 대문까지 나와서 나를 맞이해 주었다. 나는 두 사람을 힘껏 가슴에 안으며 속삭이듯 말했다.

"사랑하는 나의 가족들!"

사랑을 실어 힘껏 껴안으며 둘의 빰에 번갈아 얼굴을 부벼 대자 자이란이 놀란 표정으로 말했다.

"서전트, 무슨 일 있어요? 무슨 안 좋은 일이라도 생긴 거예요?"

자이란은 한 손으로는 샤이랑을 안고, 남은 한 손으로 내 등을 어루만지며 근심스럽게 말했다. 이때 걱정이 되는 듯 자이란의 어머니가 현관문을 열고 밖으로 나오셨다.

나는 그들을 모두 정원 의자로 이끌었다.

두 사람은 무슨 일인지 걱정스러운 표정으로 의자에 앉았다.

키 큰 야자나무 잎이 낮의 열기를 몰아내듯 밤바람에 흔들리고 있었다.

나는 두 사람을 바라보며 천천히 입을 열었다.

"한 달 후에 귀국하라는 귀국 명령을 받았어요."

내 말을 듣고 자이란과 어머니의 안색이 파랗게 변하였다. 너무 놀라서 무슨 말을 해야 할지 모르고 허둥대며 나와 샤이랑을 번갈아 바라볼 뿐이었다. 입을 다물지 못한 채 아무 말도 못하고 있던 자이란이 잠시 후 큰 숨을 몰아쉬더니 어렵게 말을 꺼냈다.

"그럼, 우리는, 이제, 영원히, 헤어져야 하는 거예요?"

그러더니 자이란의 크고 맑은 두 눈에서 눈물이 주르륵 흘러내렸다. 지독한 상황에 이른 딸의 절망을 보고 자이란의 어머니는 자신의 심장을 어루만지며 딸을 위로하였다.

"자이란, 자, 울지 말고 다 같이 방법을 찾아보자!"

그러더니 내게도 말했다.

"서전트 하! 너무 괴로워하지 말아요. 사람 사는 일인데 무슨 방법이 있겠지요."

나는 울고 있는 자이란의 두 손을 꼬옥 쥐고 말했다.

"자이란, 내 말 잘 들어. 울지 말고. 여기 오기 전에 이 문제를 의논하려고 티엔반 소령을 만났어. 그가 한 가지 방법을 가르쳐 주었어. 우선 자이란과 결혼을 하는 거야. 그리고 나는 한국으로 돌아가서 군대를 마치고 다시 기술자로 이곳으로 오는 거야. 자이란, 어때? 이렇게 하면 되지 않겠어?"

자이란은 내 말에 고개를 들더니 기쁨에 겨워 나의 목을 꼭 끌어안았다. 내 앞에 앉아 계시던 그녀의 어머니는 한 팔로 샤이랑을 안고서 내게 다가와 내 등을 천천히 어루만져 주었다. 나의 말에 막막하기만 했던 두 사람의 가슴이 확 뚫린 모양이었다.

자이란의 어머니가 말했다.

"서전트 하, 시간이 많지 않으니까 내일 당장 친척들과 의논해서 결혼 날짜를 잡을게요. 결혼식을 우리가 다 준비할 테니까 서전트 하는 다른 귀국 준비나 잘 하세요."

자이란은 아직도 내 품에 기대어 안도의 눈물을 흘리고 있었다.

"자이란, 이게 다 너의 운명인 모양이다. 조상님께 감사를 드리고 마음 편하게 갖고 결혼 준비를 하거라."

자이란뿐 아니라 인자한 어머니가 옆에 계신 게 이렇게 고마울 수가 없었다. 나는 자이란의 어머니께 고마운 마음을 전했다.

"어머님, 고맙습니다. 정말 앞으로 훌륭한 가족이 되도록 노력하겠어요. 정말 고맙습니다."

내가 진심으로 얘기하자 자이란의 어머니는 가슴에 품은 샤이랑의 볼에 입을 맞추며 집 안으로 들어가셨다. 우리 두 사람을 위해 자리를 비켜 주신 모양이었다.

달빛 속에서 자이란은 울고 있었다. 하늘이 무너질 것만 같던 절망은 걷혔지만 여전히 이별은 남아 있지 않은가. 나는 말없이 그녀를 바라보았다. 내 가슴속으로 흐르는 눈물을 그녀가 알고 있을까. 잠시 후에 자이란은 눈물을 거두었다. 나는 자이란의 가는 어깨를 두 손으로 움켜쥐었다.

"자이란, 그동안 샤이랑을 잘 키워 줘서 너무 고마워. 이젠 그만 울어. 금방 돌아올 거야. 샤이랑과 자이란을 두고 어떻게 오래 있겠어. 귀국하자마자 주변 정리를 하고 금방 다시 돌아올게."

자이란은 나의 말에 다시 눈물을 터뜨렸다. 조용한 정원이 자이란의 울음소리로 가득 채워졌다. 우리 두 사람은 그렇게 말없이 오랫동안 몸을 기대고 앉아 있었다. 줄지어 늘어서 있는 정원수의 커다란 이파리들이 봄바람에 나부끼며 우리 두 사람을 위로해 주고 있었다. 슬픔에 겨운 밤이었다.

티엔반의 마지막 선택

　로즈클럽 2층의 한 밀실. 마지막 작전을 위해 모처럼 7인 팀들이 한자리에 모여 앉아 있었다. 마지막 작전을 앞두고 있어서인지 모두들 감회에 젖어 굳은 표정으로 서로의 얼굴만 살펴보고 있었다. 누구 하나 가벼운 농담 따위는 입에 올리지도 못했다. 무거운 공기다.

　해럴드 소령이 먼저 입을 열었다.

　"그동안 우리는 2년 가까이 서로를 의지하며 생사고락을 함께 했다. 덕분에 우리는 돈을 모았다. 이제 이 작전을 마지막으로 각자의 고국으로 돌아가 남은 인생을 살아갈 것이다. 위험해서 꺼려지는 사람은 빠져도 좋다. 이번 일은 돈을 위해서가 아니다. 우리의 신용을 위해서다. 블랙 이글과 이미 계약을 끝낸 일이다. 끝까지 약속을 지키는 신의를 보여 주기 위한 것이다."

　해럴드 소령은 말을 마치고 팀원들을 천천히 살피더니, "그럼 구체적인 작전은 티엔반 소령이 설명할 것이다."라고 하고는 티엔반을 쳐다보았다.

메모지를 들고 있던 티엔반이 자리에서 일어나 의자를 옆으로 치우고 앞으로 나섰다.

"마지막 작전이라고 생각하니 감회가 새롭다. 하지만 큰일을 앞에 두고 감상에 젖어서는 안된다. 언제나처럼 마음을 단단히 긴장시키고 유종의 미를 거두자. 이번 작전은 1개 대대 병력이 일주일 동안 전투할 수 있는 화력을 넘기는 일이다. 이미 물건은 다 확보해 놓았고, 이동 수단도 준비되어 있다. 헌병대 관할 창고에 보관해 놓은 물건을 블랙 이글파에게 넘겨주고 그들에게 돈을 받으면 끝이다. 하지만 한 가지 반드시 주의해야 할 게 있다. 저들이 마지막 거래라고 대가를 지불하지 않고 탈취하려고 병력을 모으고 있다는 소식을 들었다. 따라서 그 어느 때보다 위험한 일이 될 수도 있다."

작전은 내일 저녁 12시, 거래 장소는 떤빈 지역에 있는 떠이닝 버스 터미널에서 약 3킬로미터 떨어진 공터라고 했다.

우리는 숨죽여 티엔반의 한마디 한마디를 새겨들었다. 그는 팀원들 각자에게 임무를 지시하고 목이 마른 듯 맥주를 병째 들이켰다.

"거래 장소는 이미 내가 현지 답사한 뒤 결정했으니 염려하지 않아도 된다. 트럭 두 대 분량의 무기를 저들에게 넘겨주고 50만 불을 받기로 했다."

7인 팀은 숙연한 가운데 헤어졌다. 모두들 착잡해 보였다. 살아가면서 우리들의 인생은 몇 개의 매듭을 갖게 될까. 저마다 처지는 다르지만 사이공에서의 생활은 가늠하기 어려운 소용돌이 속과 같았을 것이다. 하지만 이제 그 소용돌이는 잦아들고, 우리는 생의 한 매듭을 지으려는 것이다.

다음날 저녁, 7인 팀 전원은 푸누안 지역 하이바쩡 거리에 있는 헌병대 창고로 모여들었다. 무장을 한 일곱 명의 사나이는 모두 긴장한 듯 입을 굳게 닫고 있었다. 나의 일은 종전처럼 테일러와 함께 물건을 상대편에게 넘겨주고 돈을 받는 일이었다.

약속 시간은 11시 30분, 우리는 30분 전에 현장에 당도하였다. 시간이 될 때까지 약속 장소에서 약 500미터쯤 떨어진 곳에서 주위를 살피고 있었다. 군데군데 허물어진 담장과 멀대처럼 서 있는 야자나무가 300평 정도의 평지를 에워싸고 있었다. 그 텅 빈 공간으로 한낮의 열기를 밀어낸 바람이 이리저리 몰려다니고 있었다.

"해럴드 소령님! 주위를 한번 둘러보고 오겠습니다."

마지막 순간까지 긴장을 늦출 수 없는 나는 혹시 있을지도 모를 불상사에 대비하기 위해 주위를 둘러보마고 했다.

해럴드가 고개를 끄덕였다.

"고생하지 말고 저들을 기다렸다가 일을 끝내지 그래. 별문제 없어 보이는데."

웬일인지 티엔반 소령이 나를 만류하였다.

"아닙니다, 소령님. 20분 안에 둘러보고 오겠습니다. 내가 오기 전까지는 절대로 현장에 접근하지 마십시오."

마지막 거래라는 것을 저들이 알고 어떻게 나올지 알 수 없는 일이었다.

나는 300미터쯤 떨어져서 약속 장소를 중심으로 주위를 꼼꼼히 살펴보기 시작했다. 조용히 걷다가 포복을 하며 주위를 살피는데 이상한 소리가 들려왔다. 가만히 보니 우리 팀이 기다리고 있는 맞은편 쪽에서 사람들이 움직이는 게 아닌가.

나는 순간 자세를 낮추고 가까이 다가갔다. 서른 명 남짓의 병력이 중무장을 한 채 이동 중이었다. 그런데 이상하게도 블랙 이글 파가 아니었다. 나는 소스라치게 놀랐다. 바로 베트콩들이었던 것이다. 게다가 그들 뒤에는 스무 명 가량의 비무장 인원이 이동을 하고 있었다.

오늘 거래에 대한 정보가 새어 나가 베트콩들이 무기를 탈취하러 내려온 것이라고 직감했다.

베트콩들의 움직임은 빨랐다. 그들은 지형 지물을 이용해 몸을 숨기며, 약속 장소인 광장을 피해 기다리고 있는 7인 팀에게 다가가고 있었다.

나는 낮은 포복으로 동료들을 향해 바삐 움직였다. 적진을 급히 빠져나온 나는 동료들에게 급히 달려가며 큰 소리로 말했다.

"소령님! 베트콩들이 몰려옵니다. 우리가 속았어요. 서른 명 정도가 중무장을 하고 우리를 포위하려 들어요. 시간이 없어요. 무기들을 차와 함께 폭파시킨 후 이곳을 빠져나가야 합니다!"

해럴드 소령은 팀원들에게 급히 명령을 내렸다.

"무기를 폭파하고 전원 이곳을 빠져나간다. 어서 움직여!"

팀원들이 명령에 따라 폭약을 막 장치하려는 순간 티엔반 소령이 권총을 빼 들더니 해럴드 소령의 머리를 겨누었다.

"잠깐! 모두 무기를 버려라!"

티엔반 소령은 무기를 버렸는지 팀원들 한 사람 한 사람을 확인했다.

"베트콩들이 도착할 때까지 모두들 꼼짝 마. 한 사람이라도 움직이며 해럴드의 머리통이 날아갈 줄 알아!"

티엔반은 이윽고 나를 쏘아보며 말했다.

"서전트 하, 거기 그대로 서 있도록. 넌 위험한 놈이니 가까이 접근 마!"

티엔반과 나는 불과 10여 미터를 앞두고 마주 보고 서 있었다.

"소령! 우리는 그동안 생사를 같이 해왔다. 무슨 이유로 우리를 배신하는가?"

다른 동료들도 모두 티엔반을 쏘아보고 있었다.

티엔반이 말했다.

"좋아! 대답하지. 베트남은 머지않아 통일될 것이고, 베트콩들이 정권을 잡을 것이다. 너희들이야 이 땅을 떠나면 그만이겠지. 하지만 나는 너희들과 다르다. 나는 조국을 사랑한다. 이념이 달라도 조국은 조국이다. 그래서 베트콩에게 협조하기로 하고 오늘 거래를 준비한 것이다."

그는 당당하게 대답했다.

"팀원들의 목숨도 팔았는가?"

"그렇다! 너희들의 목숨과 무기들을 넘기면 호치민 동지로부터 최고 훈장을 받기로 돼 있다!"

입으로는 티엔반과 이야기를 나누면서 소매 밑에 감추어 두었던 단도를 뽑았다. 어떤 상황이든 작전을 위해 무장을 할 때 빼놓지 않는 게 바로 이 단도였다. 총은 앞에 던졌지만 비장의 무기는 몸 안에 숨겨져 있었다.

그가 말을 마치고 해럴드의 허리춤을 다시 고쳐 쥐는 틈을 이용하여 나는 몸을 한 바퀴 회전하면서 그 추진력을 이용하여 동료들의 목숨을 팔아 치운 배신자를 향해 칼을 던졌다. 단도는 바람같이 날아가 그대로 티엔반의 이마에 정확히 가서 박혔다.

칼을 맞은 티엔반은 몸을 부르르 떨더니 나무토막처럼 뒤로 넘어졌다.

그러자 누구의 지시도 없이 팀원들은 눈치껏 날렵하게 몸을 움직여 무기를 실은 트럭을 폭파시키기 위해 폭약을 장치하였다. 놈들이 무기를 옮기기 위해 트럭 안으로 들어갈 때를 기다렸다가 무기와 함께 모두 폭파시키기 위해서였다. 폭약 장치를 마친 팀원들은 정글 속으로 몸을 숨기고 베트콩들이 접근해 오기를 기다렸다.

잠시 후 베트콩 첨병이 소리 없이 다가오더니 별 의심 없이 본대를 향해 손짓하였다. 그러자 우르르 다가와 한꺼번에 트럭 안으로 들어가고 있었다. 그중에서 지휘관으로 보이는 녀석이 칼을 맞고 쓰러져 있는 티엔반을 발견하더니 빠르게 말했다.

"모두들 조심해서 무기를 챙긴 다음 빨리 이곳을 빠져나가라!"

베트콩들이 모두 트럭 위로 올라가자 텝스가 기다렸다는 듯이 폭파장치를 눌렀다. 광장 한복판에서 굉음과 함께 불길이 치솟았다. 트럭이 폭발하면서 동시에 그 안에 있던 폭약들이 함께 폭발하여 주위에 있던 베트콩들도 모두 죽거나 중상을 입고 쓰러졌다.

7인 팀은 아수라장 같은 현장을 뒤로하고 즉시 철수하였다.

모두들 처참한 심정이었다. 그동안 숱하게 거래를 해왔지만 이렇게 위험했던 적은 없었다. 간담이 서늘했던 팀원들은 가슴을 쓸어 내리며 안도의 한숨을 내쉬었다. 생사를 함께 하기로 한 동료의 배신으로 얼룩진 마지막 작전이었다.

그제야 티엔반 소령이 사이공 마피아와의 의리를 들먹이며 왜 그렇게 마지막 작전을 하려고 했는지 알 것 같았다.

무엇보다 팀원들의 목숨까지 팔아먹었다는 생각을 하니 더없이 착잡한 심정이었다. 불과 며칠 전까지도 이런저런 개인적인 일을 의논했던 사람이지 않은가. 내 두 손을 꼭 잡고 마지막 작전을 도와 달라고 부탁할 때도 나는 그에게 형제와 같은 정을 느꼈었다.

팀원들은 모두 로즈클럽으로 몰려갔다.

맥주를 들이키는 팀원들의 표정 역시 어두웠다.

"참 슬픈 일이다. 마지막 작전이 내부의 배신자 때문에 실패로 끝나고 말았다. 마음이 착잡하겠지만 모두 하느님의 뜻이라고 생각하고 각자 부대로 돌아가 본국으로 돌아가는 날까지 열심히 근무하길 바란다. 오늘 일은 월남 정부와 협의하여 수습할 테니 신경 쓰지 말도록. 그동안 고생 많았다."

해럴드 소령이 팀원들에게 말한 뒤 나를 바라보았다.

"서전트 하! 마지막까지 우리의 목숨을 보호해 줘서 팀원 모두를 대표해서 감사하게 생각하네. 그럼, 모두들 부대로 돌아가 오늘 사건이 수습될 때까지 조심해서 행동하길 바란다. 이상이다!"

해럴드 소령이 먼저 자리를 떠났다. 우리는 작별의 인사를 나눈 후 씁쓸한 마음으로 모두 부대로 귀환하였다.

이별

　귀국을 코앞에 둔 나는 마음과 몸이 덩달아 바빴다. 현실적으로 해결해야 할 일들이 산더미처럼 많았다. 내일은 결혼식을 치른다고 했는데, 아무것도 실감나지 않았다. 며칠 전에 맞춰 둔 정장 양복 한 벌이 숙소에 멋쩍게 걸려 있었다. 자이란과 어머니가 결혼식 준비를 맡은 터라 나는 결혼식 날 아침 양복을 입고 식장으로 가면 그 뿐이었다.

　시간도 여유도 없는지라 결혼식에 대한 어떠한 달콤한 환상 따위도 끼어들 여지가 없었다. 귀국 준비의 한 부분일 뿐이었다.

　귀국을 앞두고 그동안 친하게 지냈던 사람들을 만나고 인사를 나누었다. 티엔반의 배신으로 얼룩진 마지막 작전 이후 7인 팀은 공식적으로 모인 적이 없었다. 테일러와 텝스 등은 개인적으로 만나 이런저런 얘기를 나누었다.

　"해럴드 소령은 본국에서도 계속 군 생활을 할 모양이야."

　텝스의 말을 듣고 내가 그에게 물었다.

　"넌 이제 뭐하고 살 작정인데?"

텝스가 빙긋 웃으며 대답했다.

"테일러와 함께 뉴욕에서 장사나 할까 해. 밑천이 든든하니 한번 해볼 만할 것 같아서."

나는 텝스의 어깨를 두드리며 말했다.

"늘 붙어 다니더니 장사도 같이할 모양이군. 자네들이 부러운데……."

테일러가 끼어들었다.

"트루먼은 태국에서 무역업을 할 생각이라고 하고, 오닐 상사는 텍사스에서 목장을 하겠대. 카우보이가 된 오닐, 정말 잘 어울리지 않아?"

"내가 제일 불안하군. 상황이 안 좋아 보여. 월맹군이 이기면 앞일이 어찌 될지 걱정이 태산이야. 그건 그렇고. 내일 내 결혼식에 모두들 와줄 거지?"

우리는 헤어지며 서로를 다정히 가슴에 안았다. 앞으로 만나기 어려운 친구들이었다. 그동안 알게 모르게 정이 들어서 돌아서서 가는 둘의 모습을 보니 섭섭하고, 슬픈 생각이 났다.

나는 귀국을 사흘 앞두고 자이란과 결혼식을 올렸다. 아침에 일어나서 마치 근무복을 챙겨 입듯 양복을 입고 숙소를 나섰다. 결혼식은 가까이 있는 성당에서 올렸다. 자이란 가족이 천주교 신자였기 때문이었다. 결혼식에는 자이란의 친구들과 친척들, 가족들, 그리고 내 부대 동료들이 참석한 가운데 조촐하게 치러졌다.

순백의 웨딩드레스를 입은 자이란은 눈부시게 아름다웠지만 나는 그 모든 감격을 충분히 만끽할 수 없었다. 자이란을 사랑하지 않은 것은 아니지만, 결혼은 마치 생각지도 못한 내 딸 샤이랑처럼 막막한 나의 현실이었다. 실감나지 않는다는 게, 형식적으로 치른다는 게, 고향의 가족들이 한 명도 참석할 수 없다는 게 나를 불편하게 하고 슬프게 했다.

결혼식을 마치고 자이란의 일가 친척들, 가까운 친구들과 함께 자이란의 집으로 옮겨 왔다. 결혼식 피로연을 하기 위해서였다. 정원 가득, 집 안 가득 사람들이 몰려 있었다. 자이란의 친척들은 샤이랑이 나와 자이란 사이의 딸로 알고 있었다. 친척들마다 샤이랑을 들여다보고 귀여워해 주었다.

자이란의 삼촌이 어머니를 붙들고 말하는 소리가 들렸다.

"국제결혼이긴 해도 서양 사람이 아니고 동양 사람이라 그나마 마음이 놓이네요. 게다가 망해 가던 형님 집안이 이렇게 사위 덕에 일어서게 되었으니, 서전트 하는 정말 우리에게 귀한 사람이에요."

그는 기쁜 표정으로 자이란의 어머니 손을 붙들고 가운데로 나와 덩실덩실 춤을 추었다. 나는 그들 모두를 물끄러미 바라보다 슬며시 사람들이 없는 뒤뜰로 빠져나왔다. 문득 다랑 생각이 났다. 다랑이 고맙기도 했고, 다랑에게 미안하기도 했다.

'다랑! 샤이랑을 위해 어쩔 수 없었어. 네 뜻이기도 했고. 하지만 이렇게 막상 결혼식을 치르니 네 생각이 나는구나. 어느 하늘 아래 살고 있니? 우리 소식을 들으면 얼마나 마음이 아프겠어. 정말 안타까워. 다랑, 지켜봐 줘. 나와 샤이랑, 자이란을.'

나는 야자나무가 드리워진 남쪽 하늘을 망연히 바라보며 야생마 같은 다랑의 얼굴을 떠올렸다. 친지들과 즐거운 시간을 보내던 자이란은 두리번거리며 나를 찾았으나, 내가 보이지 않자 나를 찾아 뒤뜰로 왔다.

자이란은 잠자코 내 옆에 서 있었다. 이상하게 자이란은 내가 아무 말 하지 않아도 내 마음을 꿰뚫곤 했다. 내 행동이나 표정, 상황만으로도 내 마음을 환히 들여다보고 있는 것처럼 잘 알았다. 내 보호자처럼 환자일 때부터 돌보아 주었기 때문일까.

자이란은 하늘을 바라보고 있던 내 옆에 서더니 내 등을 살며시 쓰다듬어 주었다.

"서전트, 당신 마음 알아요. 당신 지금 다랑 생각하지요? 사람이니까 당연해요. 하지만 서전트, 다랑은 여기 없어요. 여기에는 이제 샤이랑과 자이란밖에 없어요. 다랑도 어쩌면 서전트 당신이 샤이랑과 이 자이란을 사랑해 주길 바랄 거예요. 용기를 내세요. 이제 당신에게는 가족이 생겼어요."

자이란은 내 가슴에 얼굴을 묻었다. 그녀의 얼굴에 맑은 눈물이 흘렀다. 혹시라도 내 마음이 자기에게서 멀어지는 건 아닐까 하는 두려움 때문인 것 같았다.

"자이란, 미안해. 결혼식 날 신부를 울리다니. 못된 신랑이야."

나는 자이란을 품에 안고 조용히 말했다.

"자이란! 난 변한 게 없어. 내 마음도 변한 거 없고. 그저 샤이랑을 보면서 다랑 생각이 난 것뿐이야. 우리의 결혼은 다랑도 바라던 일인걸."

축하객들이 떠나고 어느새 밤이 찾아왔다. 드디어 첫날밤을 보내게 되었다. 나는 그동안 자이란과 잠자리를 함께 한 적이 없었다. 그동안 참기 힘들 정도로 자이란을 품고 싶었지만, 다랑이라는 장벽이 한참 동안 둘 사이를 가로막고 있었고, 나중에는 자이란의 어머니가 점잖게 우리 둘을 타일렀기 때문이다.

자이란은 마음의 빗장을 활짝 열었다. 그녀가 조용히 내 가슴에 안겨왔다. 침대에 자이란을 안고 누웠다. 한 마리 새처럼 사이공으로 날아갔던 자이란이 내 품에서 조금씩 격렬하게 움직이기 시작했다. 그간 꾹 참아왔던 두 사람의 욕정이 우리 두 사람을 불 구덩이 속으로 몰아갔다. 그녀의 움직임은 점점 더 격렬해졌다. 그녀는 이제야 온전히 나를 소유하게 된 사실에 기뻐 몸을 떨었다. 혼자만이 나를 소유하고 싶었을 자이란의 마음을 알 것 같았다.

나 역시 자이란을 애무하던 부드러운 몸짓이 점점 거세졌다. 자이란의 몸은 고향처럼 푸근했다. 그동안 사모했던 마음이 한꺼번에 분출하여 한 차례의 격정이 우리 두 사람을 훑고 지나갔다. 그제야 땀에 뒤범벅이 된 자이란이 활짝 핀 꽃송이처럼 소담스런 웃음으로 나를 바라보았다.

우리 두 사람은 갈증을 달랠 양으로 침대에서 일어났다. 자이란이 등 뒤에서 나의 어깨를 껴안으며 말했다.

"서전트, 사흘 후에는 당신은 당신 나라로 돌아가겠죠. 당신이 다시 돌아오든 안 돌아오든 그건 어쩌면 당신의 자유예요. 하지만 서전트, 사이공에 당신의 딸 샤이랑과 내가 기다리고 있다는 사실을 잊으면 안 돼요."

자이란의 얼굴에서 흐르는 눈물이 내 등을 타고 내려갔다.

나는 몸을 돌려 불안해하는 자이란을 안아 주었다. 나의 마음을 확인한 자이란이 내 가슴에 파고들며 큰 소리로 울음을 터뜨렸다. 자이란의 가슴속에 홀로 일렁이던 불안감이 한꺼번에 폭발하듯 자이란의 울음을 쉽게 잦아들지 않았다.

나는 가슴이 아팠다. 자이란의 불안이 가슴 아팠다. 그녀와 내 앞에 놓은 불안한 미래가 가슴 저리게 아팠다.

우리는 절대로 헤어지는 일 따위는 없을 거라고 축원하며 격렬하게 안았다. 자이란과 나의·첫날밤은 그렇게 지나고 있었다. 검은 어둠이 우리 두 사람을 포근히 안아 주었다.

새벽 무렵, 선잠에서 깨어난 나는 다시 잠이 오지 않아 뒤척였다. 이제 곧 귀국한다고 생각하니 월남에서 보낸 세월이 주마등처럼 흘러갔다. 수송선에 몸을 실은 게 엊그제 같은 데 벌써 2년 반이라는 시간이 흘렀던 것이다. 삶과 죽음의 고비를 겪은 게 얼마던가. 또 다랑과 자이란이라는 여인을 만나 사랑을 나누고, 내 혈육을 낳았다.

어둠을 몰아내는 청아한 새벽빛이 눈부신 햇살에 밀려날 때까지 내 머릿속으로는 월남에서 보낸 일들이 영화처럼 돌고, 또 돌았다.

❧

귀국 하루 전. 마지막으로 해결해야 할 것은 바로 숙소에 있는 돈 가방이었다. 7인 팀과 함께 내 생명을 담보로 모아들인 돈이 족히 3000만 달러는 되는 것 같았다. 지금 한국 돈으로 환산하면 대략 210억원 정도. 너무 많아서 도저히 다 들고 귀국할 수 없을 정도였다. 지고 가기도 힘들 만큼 모았다는 사실에 혼자 쓴웃음을 지었다. 들고 갈 수만 있다면 얼마나 좋을까. 욕심은 났지만 욕심대로 움직여지는 세상이 아니지 않은가.

사실 이런 사태가 생길 것 같아서 이미 손을 써놓은 상태였다. 평소 사귀어 놓았던 한국군 보안사에 근무하는 백 하사에게 10만 달러를 집어주고 내 귀국 더플백을 검열 없이 통과시키게 조치를 취해 둔 것이다. 그래도 내가 짊어지고 갈 수 있는 양은 모아 놓은 돈의 반 정도였다. 결국 더플백을 두 개 만들어 나를 수밖에 없었다. 나는 지프 차에 내 짐과 두 개의 돈가방을 모두 싣고 자이란의 집으로 향했다.

결혼에 즈음하여 일주일 정도 휴가를 내고 집에서 쉬고 있던 자이란이 홈드레스를 갖춰 입고 현관문을 열어 주었다. 새색시 태가 났다.

일단 반을 가지고 귀국하는 대신 나머지 돈은 다시 사이공에 돌아와 사업 자금에 쓰려고 남겨 둘 작정이었다. 나는 우선 짐을 집 안에 들여놓은 뒤 정원에 있는 야자나무 밑에 구덩이를 1.5미터 정도로 큼지막하게 팠다. 그러고는 돈을 가방에 넣고 다시 비닐 봉지에 밀봉하여 그 구덩이 속에 파묻어 놓았다.

자이란은 안에서 마실 거리며 먹을 거리를 만들어 놓고 나를 기다리고 있었다. 구덩이를 파느라 흘린 땀방울을 소매로 쓱 문지르며 집 안으로 들어갔다. 비로소 귀국 준비를 마친 셈이다.

방으로 들어오자 자이란이 말없이 서글픈 눈길로 나를 바라보고 있었다. 코앞에 둔 이별 때문에 천근만근 마음이 무거운 자이란이었다. 나는 갑작스런 귀국 통지서를 받고 이것저것 정리하느라 경황이 없는데다 금세 다시 돌아올 생각이었기 때문에 이별의 슬픔에 깊게 빠져 들지는 않았다. 하지만 자이란을 볼 때마다 가슴이 아렸다. 지금 이렇게 새근새근 잠들어 있는 샤이랑을 사이에 두고 자이란을 바라보니 쉽게 말문이 열리지 않았다.

나는 그저 말없이 자이란의 어깨를 어루만지다 가만히 안아 주었다.

사이공의 마지막 밤은 덧없이 흘러갔다. 나는 온 마음을 다해 자이란을 안았다. 자이란은 안타까움과 슬픔이 뒤범벅이 되어 내 품에서 소리 없이 울었다.

드디어 날이 밝아왔다. 자이란이 애써 밝은 얼굴로 내 귀국 준비를 거들었다. 하지만 내 눈에는 그녀의 맑은 눈동자에 가득 들어 있는 눈물이 보였다. 나 역시 가슴 한쪽에 어둡게 자리잡고 있는 불안감을 애써 눌렀다.

'돌아올 수 있어. 돌아올 거야. 돌아와야 해.'

드디어 집 앞에 세워놓은 지프 차에 귀국 보따리를 주섬주섬 챙겨 들고 나와 실었다. 자이란의 어머니 역시 말없이 우리를 지켜보고 계셨다. 희미하게 미소 짓고 계신 어머니에게 넙죽 인사를 올렸다.

"어머니, 다녀오겠습니다. 자이란과 샤이랑을 부탁합니다."

자이란의 어머니는 내 손을 꼭 잡으며 말했다.

"여기는 걱정 말고, 건강하게 다녀오게."

내가 샤이랑을 안고 있는 자이란을 앞세우고 지프 차에 오르자 자이란의 어머니는 뒤로 돌아서며 눈물을 훔치셨다. 나는 자이란과 샤이랑을 태우고 탄손누트 공항으로 향했다. 나를 보고 방긋방긋 웃어 주는 샤이랑은 아무것도 모른 채 자이란의 품에 안겨 있었다. 하지만 여태 애써 참아왔던 자이란은 더 이상 참기 어려웠는지 눈물이 흐르기 시작했다. 공항으로 향하는 내내 마르지 않는 샘물처럼 줄줄줄 눈물이 흘러내려 자이란의 앞섶을 적셨다. 나는 쉽게 입을 열 수가 없었다. 대체 어떤 말로 그녀의 슬픔을 위로할 수 있으랴.

그저 마음속으로 이렇게 읊조렸다. 자이란, 힘내. 돌아올 거야. 꼭 돌아올 거야. 기다려 줘.

어느덧 지프 차는 탄손누트 공항에 들어섰다. 매일매일 보고 다니던 공항이었는데 오늘은 유달리 낯설어 보였다. 공항 한구석에는 캄란까지 나를 수송할 귀국 비행기가 저만치 서 있었다.

차에서 내린 나는 자이란을 안고 달래주었다.

"자이란, 울지 마. 군 문제가 해결되는 대로 금세 돌아올게. 그래, 나도 사실 조금은 불안해. 미군들이 철수를 시작했고 월맹에게 유리한 쪽으로 상황이 흐르는 것 같아서. 혹시라도 상황이 안 좋아져서 사이공으로 못 돌아오면 어쩌나 하고. 하지만 자이란, 어떤 일이 있어도 죽으면 안 돼. 만에 하나 상황이 안 좋아지면 꼭 미군들과 함께 움직이도록 해. 알았지?"

자이란은 내 말을 듣는 동안에도 눈물이 비 오듯 흘렀다. 나의 위로에 그저 고개를 끄덕일 뿐이었다. 대기 중이던, 캄란 항으로 가는 C-130기가 부르르 몸을 떨더니 금세 시동 소리가 들려왔다. 캄란 항까지 비행기로 간 다음 거기서 수송선을 타고 귀국하게 돼 있었다.

가만히 울고 있던 자이란이 비행기 시동 소리에 고개를 들더니 샤이 랑을 양팔로 꼬옥 껴안은 채 내 가슴에 머리를 대고 몸부림치며 울부짖 기 시작했다.

시동 소리에 뒤섞인 자이란의 울부짖음을 들으니 가슴이 천 갈래 만 갈래 찢겨 나가는 듯 아팠다.

"꼭 돌아와야 해요! 하림, 꼭 돌아와요! 샤이랑과 자이란이 끝까지 기다릴게요!"

나는 울부짖는 자이란을 안고 달랬다. 자이란은 힘겹게 숨을 몰아쉬 며 울음을 참았다. 나는 숨을 고르는 그녀를 두고 비행기에 올랐다. 비 행기에 오르다 문득 뒤돌아본 그녀. 어린 샤이랑을 품에 안고 서 있는 그녀의 아오자이는 흘러내린 눈물에 흠뻑 젖은 채 자이란의 몸에 착 달 라붙어 있었다.

자이란은 샤이랑을 한 손에 안고, 다른 한 손을 높이 들어 나를 향해 휘저었다. 그녀의 흰 아오자이가 황량한 공항 바람에 길게 휘날리고 있 었다. 어린 샤이랑을 품에 안고 있는 자이란의 모습이 어쩌면 그렇게 처연하게 아름다울 수 있을까.

비행기는 매정하게 활주로를 향해 질주했다. 드디어 비행기 문이 닫 히고 굉음과 함께 하늘로 날아올랐다. 이륙했던 비행기가 방향을 잡으 려고 선회를 하는 동안 창밖을 내다보았다. 자이란은 아직도 그 자리에 서 하늘을 향해 하염없이 손을 흔들고 있었다. 비행기는 무심히 고도를 잡고 북쪽을 향해 날기 시작했다.

나는 소망합니다

세월은 잔인하게 흘렀다. 나는 74년 초에 고국으로 돌아왔다. 그리고 귀국 즉시 민간인 신분으로 사이공으로 돌아갈 방법을 찾느라 사방팔방으로 쫓아다녔다. 하지만 길은 모두 막혀 있었다. 이미 베트남은 공산 정권이 들어서고 있는 중이었고, 한국군과 미군은 모두 철수해 버린 상황이었다.

사이공에서 돌아올 때 이미 베트남에 공산 정권이 들어서리라고 짐작은 하고 있었다. 침몰하는 배의 갑판 위로 쥐가 몰려나오듯 우리를 배신한 티엔반을 봐도 알 수 있는 일이었다. 하지만 이렇게 빨리 망해 버릴 거라고는 생각하지 못했다.

오자마자 제대하고 수속을 밟으면 돌아갈 수 있을 줄 알았다. 돌아가서 자이란과 샤이랑을 데리고 한국으로 귀국할 작정이었다.

나는 너무나 초조하고 불안해서 제대로 잠을 이룰 수 없었다.

자이란과 샤이랑은 대체 어찌 된단 말인가. 그리고 다랑은? 다랑은 어디 있는 걸까?

짧다면 짧은 2년 여의 세월 동안 나는 사이공에 혈육을 만들어 놓았고, 질긴 인연의 끈을 남겨 놓았다.

나는 베트남 대사관으로 쫓아갔다. 사정을 얘기하고 제발 돌아갈 수 있는 길을 알려 달라고 간청하였다. 베트남 대사관 사람들은 상황이 최악이라 베트남에 남아 있는 대사관 직원조차 한국으로 귀국하지 못하는 형편이라고 말했다.

나는 절망했다. 사랑하는 내 가족들이 사지에서 어떤 운명에 처해 있는지도 모른 채 멀고 먼 이곳에 속수무책으로 있는 내 자신이 너무나 한심스러웠다. 그동안 살아오면서 나라는 존재가 이렇게나 무기력하고 미약한 존재라는 사실을 처음으로 느꼈다.

75년 5월 드디어 베트남에는 공식적으로 공산 정권이 들어섰다. 그리고 조금 지나자 태평양 위에 보트 피플이 나타나기 시작했다. 다낭 등의 해안 도시를 통해 월남군이나 미군을 도왔던 사람들이 죽음을 피해 보트에 올라탔다.

우리 나라에도 보트 피플이 나타났다. 나는 그들이 도착한 곳이라면 만사를 제쳐 놓고 달려갔다. 인천으로, 제주도로, 여수로, 부산으로. 하지만 자이란을 찾을 수 없었고, 소식조차 알 길이 없었다.

제 핏줄도 아닌 샤이랑을 안고 자이란은 사지에서 얼마나 나를 원망하고 있을까? 나를 볼 때마다 생긋생긋 웃어 주던 핏덩이 샤이랑이 어른거려 미칠 것만 같았다. 혹시 미군 소속 한국군과 결혼한 탓에 반동분자로 찍혀 처형당하지는 않았을까?

나는 오로지 한 가지 소원만 빌었다. 자이란과 샤이랑이 미군을 따라 철수하기를 간절히 빌었다. 미군 소속 탄손누트 공항에서 일했으니 전혀 가능성이 없는 것도 아니었다. 이제 침착하게 마음을 가다듬고 다른 방법으로 자이란을 찾을 수밖에 없었다.

　나는 귀국할 때 군수 물자를 팔아 모은 달러를 더플백 가득 담아 가지고 나왔다. 그 돈은 여러 가지 어두운 절차를 밟으면서 많이 줄어들었다. 고국으로 돌아오는 바래트에서 나는 정보 기관 장교 앞에 끌려갔다. 나는 그 자리에서 더플백에 있는 달러의 반을 내놓았다. 이미 그들은 나의 수상쩍은 더플백에서 새어 나오는 달러 냄새를 귀신같이 맡았던 것이다.

　그 다음에는 부산에 도착하여 또 남은 달러의 반을 그들의 다른 동료에게 내놓아야 했다. 다음에는 대구에서 또 그 나머지 반을 또 다른 놈들에게 빼앗겼다. 내 돈이 검은 돈이라는 것을 알고 있는 그들은 자신들의 동료에게 정보를 주어 내가 움직이는 길목마다 지키고 있다가 그 돈을 빼앗아 간 것이다.

　나는 속으로 빼앗겼다는 생각조차 하지 않았고, 별로 아깝지도 않았다. 어차피 귀국할 때 나는 더플백 안의 돈은 내 돈이 아니라고 생각했다. 죽지 않고 살아 돌아올 수 있는 것만으로도 큰 행운 아니던가. 이국만리 낯선 땅에 피와 살을 묻고 돌아오지 못한 동료를 생각한다면 너무나 미안한 일이었다.

　더플백은 많이 헐거워져 있었다. 나는 그 돈으로 고향에서 농사짓는 친척 어른들께 황소를 사 드렸다. 그 뒤 서울에 와서 약간의 땅을 사두었다. 그리고 기회만 닿으면 사이공으로 돌아갈 생각에 대학마저 포기하고 기다리고 있었다.

　베트남이 완전히 공산화되고 몇 달이 흘렀다. 아무것도 계획하지 못한 채 세월을 보내고 있었다. 그러던 어느 날이었다. 어머니 제사를 모시러 고향으로 내려간 나는 형수님이 전해 주는 한 통의 편지를 받아 들었다.

　발신인의 주소와 이름은 없고, 수신자 주소만 영어로 기재되어 있었다.

나는 아무 생각 없이 봉투를 열었다. 베트남에서 근무하던 미군 전우가 보냈으려니 짐작했다.

하지만 나의 예상은 빗나갔다. 편지는 군의관 미첼이 보낸 것이었고, 그 안에는 놀라운 소식이 적혀 있었다.

서전트 하.

탄손누트 공항 병원에서 자이란과 같이 근무하던 군의관 미첼입니다. 자이란 소식을 궁금해하실 것 같아 이렇게 연락을 드리는 것입니다. 자이란과 샤이랑은 미국으로 철수했습니다. 그리고 자이란은 불행히 병원에 입원해 있습니다. 철수할 때 타고 있던 헬기가 철수선 위로 착륙하다 추락하는 바람에 가슴을 크게 다쳤습니다. 그때 폐를 많이 다쳐서 조금 심각한 상황입니다. 의사인 내 판단으로는 오래 살 수 없을 것 같군요. 하지만 샤이랑은 무사합니다.

미국에 도착하자마자 우선 자이란을 병원에 입원시켜야 했고, 그럴려면 미국인과 연고가 있어야 해서 나는 자이란과 서류상으로 결혼을 했고, 샤이랑은 내 딸이 되었습니다. 샤이랑의 이름은 사라입니다. 이 모든 것은 자이란의 뜻이 아니었습니다. 하지만 두 모녀를 살리는 길은 이것밖에 없었기 때문에 내가 결정한 일입니다. 지금 멀리 한국에 있는 당신보다 두 모녀에게는 옆에서 돌보아 줄 수 있는 내가 필요합니다. 여기 일은 걱정 마시고 서전트 하도 한국에서 새로운 출발을 하시기 바랍니다. 샤이랑이 자라서 성인이 되면 그때 서전트 하를 찾아가도록 하겠습니다. 당신이 찾지 않도록 하기 위해 이곳 주소는 알리지 않겠습니다.

미국에서 미첼

나는 이 편지를 읽고 거의 미칠 지경이었다. 나는 그대로 집 밖으로 뛰쳐나와 뚝 위를 달렸다. 샤이랑과 자이란의 이름을 목청껏 부르며 달려갔다. 눈물이 비 오듯 흘러나와 앞을 볼 수 없었다. 나는 그야말로 미친놈처럼 뛰었다. 뛰다가 넘어지고, 일어나서 또 뛰고. 지칠 때까지 뛰고 또 뛰었다. 도저히 내 감정을 억제할 수가 없었던 것이다.

하늘이 원망스러웠다. 이럴 거라면 인연조차 맺어 주지 말 것이지. 만일 편지에 적힌 대로 모두가 미첼 혼자만의 생각이라면 받아들일 수 없었다. 하지만 나는 아무 일도 할 수 없었다. 미국으로 날아가 찾아다닐 수도 없는 노릇이었다. 아픈 자이란과 핏덩이 샤이랑.

뚝 위에 드러누워 하늘을 보았다. 그리고 나를 다독였다. 자이란과 샤이랑이 무사하기를 얼마나 바랐던가. 그거면 된 거라고. 그게 어디냐고.

나는 서울에 올라와 되는 대로 살았다. 결국 이렇게 헤어지고 만 자이란과의 인연을 떠올리며 술로 세월을 보냈다. 생활이 엉망이니 군에 가기 전에 잠시 몸담았던 불순한 '조직'이 나를 유혹했다. 처음에는 그저 이렇게 되는 대로 살아갈까도 생각했다.

그때 갑자기 다랑 생각이 났다. 이 보잘 것 없는 사내를 위해 헌신했던 그녀에게 부끄러운 삶이 되면 안 될 것 같았다. 자이란과 샤이랑 생각도 났다. 비록 그들은 멀리 있지만 그들에게 부끄러운 남편과 아버지가 될 수는 없었다.

그때부터 나는 정신을 차렸다. 그 '조직'과 거리를 두어야 했다. 그러려면 그들과 내가 전혀 다른 세계에 있음을 그들에게 알려야 했다. 일정한 신분이 필요했기에 나는 공무원 시험을 거쳐 공무원이 되었다.

세월이 흐르면서 나는 미첼이 얼마나 고마운 사람인가 뼈저리게 느꼈던 게 한두 번이 아니었다. 처음에는 미첼이 죽이고 싶을 만큼 미웠다. 하지만 그는 내가 해야 할 일을 대신해서 해 준 너무나 고마운 사람이었다. 정말 평생을 두고 갚아도 갚을 수 없는 은혜를 입은 것이다.

나는 더 이상 자이란과 샤이랑에게 집착하지 않는 것만이 그들을 행복하게 해 주는 길이라는 생각이 들었다.

지금의 아내를 만난 게 그 즈음이었다. 공무원 생활을 시작한 지 얼마 안 되었을 때였고, 아직 상처가 다 아물지 않았던 시기였다. 같은 사무실에서 일하던 내 아내는 나에 대해 여러 가지로 궁금해했다. 까닭 없이 내뿜는 내 한숨 소리도, 언뜻언뜻 내 얼굴에 스치는 어두운 그늘도 모두 궁금해했다. 그녀는 끈질기게 그 이유를 물었다.

나는 퇴근길에 조금씩 조금씩 내 이야기를 들려주기 시작했다. 아내는 날마다 날마다 다음 이야기를 해 달라고 졸랐다. 나는 하나도 숨김 없이 털어놓았다. 이렇게 편안하게 털어놓고 나니 마음도 훨씬 가벼워지는 것 같았다. 그러면서 상처도 조금씩 아물어 갔다.

오뉴월 가랑비에 옷이 적듯 자주 만나 이야기를 나누면서 정이 쌓이기 시작했다. 나는 내 상처를 아무런 편견과 선입견 없이 품어 주는 그녀가 너무 고마웠다. 오랜만에 느껴 보는 안식이었다.

그로부터 1년 후, 아내는 집안의 반대를 무릅쓰고 나와의 결혼을 강행했다. 딸아이를 둔, 한 번 결혼했던 남자에게 어떤 부모님이 선뜻 딸을 내주겠는가. 나는 아내와의 인연도 또 도중에 끊어지고 마는 게 아닐까 노심초사했다. 아내와 나는 25년을 살았고, 또 앞으로도 영원히 함께할 것이다.

샤이랑은 한국을 다녀간 뒤 2년 후에 미국 라스베이거스에서 홍콩계 중국인과 결혼식을 올렸다. 나는 그때 회사 일로 참석하지 못하고 아내가 대신 다녀왔다. 아내는 나 대신 미첼을 만나 감사의 인사를 전했다. 그리고 자이란의 묘지도 참배하고 돌아왔다. 자이란의 묘지는 라스베이거스 근교 사막에 있는 공동묘지에 20년 넘게 빛바랜 비석 하나가 쓸쓸히 서 있을 뿐이라고 했다. 내가 저지른 숱한 업보를 군소리 않고 뒤치다꺼리해 준 아내가 너무 고맙고, 미안했다.

30년의 세월이 흘렀다. 이제 오십 중반을 넘어 퇴직을 눈앞에 두고 있다.

산다는 것은 무얼까? 또 죽는다는 것은 무얼까? 사람들은 말한다. 삶이 일장춘몽 같다고. 짧다고 하면 짧고, 길다고 하면 긴 인생이다.

이렇게 내 젊은 날의 일기장을 펼쳐 놓고 보니, 자잘한 삶의 욕심들이 다 사그라지는 것만 같다. 더 이상 바랄 게 없다면 거짓이겠지. 소망이 있다면 단 하나. 세 사람의 기구한 운명이 바람막이가 되어 세상 풍파로부터 샤이랑을 지켜 주기를 바랄 뿐이다. 더불어 한국에서 낳은 나의 두 자식까지도 보듬어 주기를.

현재 샤이랑은 아픈 상처를 다 이겨내고 프로그래머로 열심히 일하는 한편, 결혼해서 단란한 가정을 꾸리며 행복하게 살고 있다.

나는 종종 먼 하늘을 바라보며 샤이랑의 행복을 멀리서 마음으로나마 기원할 뿐이다.

지은이 **하 림**

1947년 경상남도 합천에서 출생.
1967년 대구에서 고등학교를 졸업하고
1970년에 육군에 입대해 파월에 자원했다.
제대한 뒤에 공채 시험에 합격해 2003년 현재 공무원으로 근무 중이다.

사이공의 슬픈 노래

1판 1쇄 찍음 | 2003년 10월 22일
1판 1쇄 펴냄 | 2003년 10월 30일

지은이 | 하림
펴낸이 | 박근섭
펴낸곳 | (주)황금가지

출판등록 1996. 5. 3. (제16-1305호)
135-887 서울시 강남구 신사동 506 강남출판문화센터 6층
영업부 515-2000 | 편집부 3446-8773 | 팩시밀리 515-2007
www.goldenbough.co.kr

값 8,500원

ISBN 89-8273-650-6 03810